빅파더 2

빅 파더 2

발행일	2015년 6월 3일			

지은이   원   영
펴낸이   손 형 국
펴낸곳   (주)북랩
편집인   선일영   편집   서대종, 이소현, 김아름
디자인   이현수, 윤미리내   제작   박기성, 황동현, 구성우, 이탄석
마케팅   김회란, 박진관, 이희정
출판등록 2004. 12. 1(제2012-000051호)
주소   서울시 금천구 가산디지털 1로 168, 우림라이온스밸리 B동 B113, 114호
홈페이지 www.book.co.kr
전화번호 (02)2026-5777   팩스   (02)2026-5747

ISBN   979-11-5585-613-0 04810(종이책) 979-11-5585-614-7 05810(전자책)
         979-11-5585-615-4 04810(세트)

이 도서의 국립중앙도서관 출판예정도서목록(CIP)은 서지정보유통지원시스템 홈페이지(http://seoji.nl.go.kr)와
국가자료공동목록시스템(http://www.nl.go.kr/kolisnet)에서 이용하실 수 있습니다.
(CIP제어번호 : CIP2015014858)

BIG FATHER

빅 파더

우리들이 외면한 이야기

2

원 영 장편소설

북랩 book Lab

차 례

1부

1권 1부에서 이어집니다

개와 늑대의 시간

존은 갑자기 식은땀을 흘리면서 잠에서 일어났다. 어느덧 새벽빛이 주위를 비추고 있었고, 거의 꺼져가는 모닥불의 하얀 재가 바람에 날리고 있었다. 만일을 대비해 깡통을 달아서 주변에 늘어놓은 줄은 그대로였고, 동물의 기척은 없었다. 모닥불 너머에 뒤척이면서 자고 있는 산초만이 유일하게 움직이는 무언가였다. 존은 배낭에서 물을 꺼내 마셨다. 좀처럼 꿈을 꾸지 않는, 그러나 한 번 꿈을 꾸면 반드시 그것과 관련된 사건이 일어나는 그에게 방금 꾼 꿈은 강한 예지몽의 느낌이었다. 큰 보리수 아래 있는 바위, 그 바위에서 존은 자신의 그림자와 싸웠다. 둘시난테는 벗겨져서 뒹굴고 있었고, 산초는 바위 아래 쓰러져 있었다. 그림자와 자신은 한데 엉켰고, 천천히 둘의 존재가 사라졌다. 그리고 둘시난테는 갑자기 발이 생기더니, 산초를 향해 달려갔다. 자신은 하얀 연기가 되어서, 보리수나무 사이로 들어갔고, 산초는 둘시난테를 신고, 유럽의 고성으로 달려가는 꿈이었다. 도통 무슨 꿈인지 이해할 수 없었다. 너무도 선명한 기억, 결코 잊을 수 없는 그림자의 차가운 느낌. 잠에서 깬 그는 밤새 뱀과의 격투에서 승리하고, 먼 땅을 붉게 물들이며 솟아오르는 라의 배[1]를 보았다.

잠에서 깬 산초와 짐을 정리하고, 간단한 아침을 먹은 뒤, 묵묵히 길을 걷던 존은 계속 꿈 생각뿐이었다.

"다음 마을이 보이네요. 들어가죠?"

고개를 들어 보니, 꽤 넓은 도시가 있었다. 도시였던 것 같은데, 지금은 낡고 쇠락한 느낌이 들었다. 과거에 번성했지만, 지금은 그렇지 못한 도시라고나 할까?

이곳은 '보이지 않는 손[2]'과 '평화에의 경제적 귀결[3]'이라 불리는 두 개의 사제단이 한때 지도층으로 사람들을 이끌어 나가는 도시였다. 그들은 성공적인 경제정책을 통해 도시의 부와 번영을 이끌었다. 그러나 농경지의 부족, 인구의 증가, 기후변화 및 사제단의 의식변화 등으로 많은 경제적 어려움을 겪게 되었다. 두 개의 사제단은 발전을 위해 다양한 의견을 제시했고, 결국 뜻이 맞는 사람들끼리 재구성되어 새로운 조직으로 변했다. 하나는 '강인한 성장'이고, 다른 하나는 '용감한 분배'였다. 그들은 내일 열리는 공개 토론회에서 현 상황을 타개하기 위한 각자의 주장을 내세울 예정이었다.

존과 산초는 식당에 앉아서 오랫동안 식사하면서 주변의 수군거림

---

1) 이집트 신화에서 태양을 비유하는 표현 중 하나이다.
2) 영국의 경제학자 아담 스미스가 『도덕감정론』에서 최초로 언급한 시장의 자율조정기능. 『국부론』을 통해 자기 이익의 추구가 사회 전체의 이익을 나아가며, 그를 이끄는 것이 '보이지 않는 손'이라는 개념을 정립했다.
3) 영국의 경제학자 케인즈가 쓴 저서. 이 책으로 그는 유명인이 되었고, 이단적 경제학자로 주목받았다.

을 통해 위와 같은 정보를 입수할 수 있었다. 존은 두 개의 사제단은 꽤 유명한 사제단이며, 세계 곳곳에 그 지파가 있다고 산초에게 설명해 주었다. 그러나 산초는 처음 들어보는 이름이었다.

"숲의 마법사들 같은 조직인가요? 난 잘 모르겠는데…"

"음, 그들과는 좀 다르다네. 사제단은 마법을 사용하지 않아. 그들은 그보다 더 사회참여적이고, 실증주의에 가까운 학문을 공부한다네. 사제단은 어떻게 하면 인간이 더 부유해지고, 번영할 수 있나를 생각해. 그리고 학문이나 경영참여를 통해 그 방법을 제시하지."

"역사학자들처럼 과거의 경험에서 미래의 흐름을 읽어내는 건가요?"

"아니, 뭐랄까… 사제단은 자신의 생각을 주장하기 위해 몇 가지 가정이 전제된 사회 모델을 만들고, 그 사회 모델에서 적당한 이론을 만들지. 예를 들어서, 같은 품질, 다른 가격의 제품이 있다면, 모든 국민은 합리적인 선택을 하기 때문에 저렴한 제품만을 구입한다는 것이지. 그런데 그 국가는 고립되어 있어서 무역이 불가능한 곳이야. 원료의 품질과 가격도 동일하고, 그 제품을 구입하는 수요자의 수도 동일해. 그런 식으로 몇 가지 가정이 전제된 특수한 상황을 설정하고, 그 상황에서 자기들이 원하는 결론을 추론해내지. 다른 모든 조건이 같다면, 제품의 가격 차이가 나는 것은 제조공정 때문이라는 결론을 내리거나 해당 물품의 가격을 조정하기 위해서는 통화의 양을 조절하면 된다는 등의 결론을 제시해 준다네. 그리고 그 결론은 다소 복잡한 수학식을 사용하여 증명되지."

"비현실적인데요? 무역을 하지 않는 국가는 있을 수 있지만, 원료의 품질과 가격이 동일하다거나 국민들이 항상 합리적인 선택을 하는 것은 아니잖아요? 모델을 만드는 가정 자체가 너무 이상적이고, 이론적인 거 아니에요?"

"맞아. 가끔 이론적으로는 우수하지만, 현실적이지 못한 결과물이 나올 때도 있어. 하지만, 과거에는 그게 잘 맞았지. 그래서 크게 번영했던 도시들은 사제단의 학문을 공부하거나, 고위 사제들에게 미래를 물었지. 사제들은 과학적인 이론과 수학을 통해 미래를 예측하려 했어. 시간이 지나면서, 그들은 자신들의 한계를 인정했고, 자신들이 계산하지 못한 변수를 예측하기 위해 점술을 도입했다네. 우리가 주워들은 신탁이 바로 그것이지. 아무리 뛰어난 사제라도 모든 것을 생각할 수는 없고, 자신이 생각하지 못한 변수를 계산할 수는 없으니까. 그걸 신탁에 의존하는 거지."

"잠깐, 나도 자리에 앉아도 되겠습니까?"

존과 산초의 이야기를 듣던 옆 테이블의 남자가 다가와서 물었다. 존은 가볍게 고개를 끄덕이면서 의자를 내어주었다. 머리가 벗겨지고, 알이 두꺼운 안경을 쓴 중년의 남자는 자신이 먹던 음식 그릇을 가져왔다.

"본의 아니게 두 분이 나누는 이야기를 들었습니다. 나는 '보이지 않는 손'에 입문한 뒤, '평화에의 경제적 귀결'로 옮겼다가 은퇴한 사제입니다. 현재 존재하고 있는 사제단에 속해 있지는 않지만, 그들이 해결하려는 문제에 대한 책임감을 가지고 있는 사람이지요. 당신은 사제단의 학문에 대해서 많이 알고 계시군요."

"혹시 제가 잘못 이야기한 것이 있다면, 사과드립니다. 정정해 주십시오."

"아니오. 잘못 말한 것은 없습니다. 가상의 세계에서 만들어낸 수학공식을 인간 세상에 그대로 적용시키기란 어려운 법이지요. 난 이미 사제가 아닙니다. 내가 관심 있는 것은 예측할 수 없고, 계산할 수 없는 변수를 측정하는 점술이죠. 내가 젊었을 때, 그런 것이 도입되리라고는 상상도 할 수 없었어요. 그런데 지금 나는 그 점술의 중심에 있죠."

"음, 실례지만, 성함이…?"

"하하. 남에게 밝힐만한 이름은 없소이다. 다만, 내가 존경하던 뉴턴의 유명한 저서인 『프린키피아』를 내 별명으로 쓰고 있지요. 그냥 프린키피아라고 불러요."

"그게 뭐죠?"

산초가 되물었다. 존은 프린키피아라고 자신을 밝힌 남자를 보았다. 그 남자는 존을 보고 고개를 끄덕였고, 그것을 자신이 설명해도 좋다는 뜻으로 이해한 존은 산초를 보면서 말했다.

"뉴턴이 말년에 저술한 작품이지. 그는 자연의 모든 현상과 철학 즉, 사고와 관념 등이 수학적으로 표현가능하다고 생각했어. 우주의 모든 것을 표현할 수 있는 학문이 수학이라는 것을 말하고자 했던 책이지."

"상당히 많은 것을 알고 있군요. 성함이 무엇인지 좀 물어봐도 되겠습니까?"

"존 나이테라고 합니다. 이쪽은 산초입니다. 배움을 위해 여행하는 사람들입니다."

"이 도시에 온 것을 축하해요. 우리는 학식 있는 자들을 언제나 환영합니다. 내일 있을 공개토론회에 꼭 참석하시고, 좋은 의견이 있으시면 기탄없이 말씀해 주십시오."

"두 개 사제단이 노력했는데도 이 도시의 상황은 좋아 보이지 않습니다. 무엇이 이 도시를 경제적으로 어렵게 만들었는지 알려주실 수 있습니까?"

"물론이죠. 이 도시의 사제들은 사실 다 아는 내용들입니다.

첫 번째는 도시 노동자들이 종사하고 있는 일자리의 질과 양의 저하입니다. 과거 아시아와 유럽의 문명이 어떻게 역전되었는가를 참고하면 조금 더 쉽게 이해할 수 있는 문제입니다. 흔히 유럽의 산업혁명으로 인해 유럽이 아시아보다 발전된 과학기술을 가지게 되었다고 합니다. 그런데 단순히 산업혁명이 전부가 아니라는 것입니다. 당시 아시아는 충분한 인구로 인해 많은 노동력을 확보할 수 있었고, 모든 산업분야는 노동집약적인 형태로 발전하였습니다. 기술 개발을 통해 노동력을 절감할 수 있었지만, 굳이 그럴 필요가 없었던 것이죠. 값싼 노동력이 넘쳐나고, 노동하지 않는 젊은이들이 늘어나는 것은 사회문제를 일으킬 수 있으니, 기술 개발을 억제하고, 노동력 위주의 산업을 주도하는 것이 사회유지를 위해 중요했습니다. 하지만, 유럽은 그만한 노동력을 확보하지 못했습니다. 그들은 상대적으로 적은 노동력으로 많은 결과물을 생산해내야 했고, 그것은 기술집약적인 산업이 발전하는 형태가 된 것이죠. 즉, 아시아는 원시적인 산업구조를 유지해야 했기 때문에 유럽에게 기술 수준의 역전을 허용한 것이죠. 유럽은 산업혁명 이후 기계가 노동력을 완전히 대체하다시피 하였죠. 풍부하지 않았던 노동력마저도 기계의 등장으로 찬밥신세가 된 것입니다.

우리 도시를 비유하자면, 노동력이 풍부한 아시아에서 산업혁명이 일어난 것입니다. 남아도는 노동력이 가득한데, 노동력을 최소화시킬 수 있는 기계가 등장한 거죠. 과거의 우리는 노동집약적인 산업과 노동자들의 성실성에 의존하여 경제를 발전시켰습니다. 그러나 도시의 산업구조는 기술집약적이거나 자본집약적인 형태로 변했습니다. 과거 열 명이 필요했던 생산직은 이제 한 명만 필요합니다. 그러나 이와 반대로 도시의 인구는 꾸준히 증가해서 과거 열 명의 노동자가 있었다면, 지금은 스무 명의 노동자가 있습니다. 적당한 보수와 휴식을 제공하는 양질의 일자리를 구하는 것은 하늘의 별따기와 같습니다. 우리는 노동집약적인 산업을 유지하는 정책을 선택할 수 없고, 잉여인력이 되어버린 노동자들에게 일자리를 제공해 주기도 어렵습니다. 현재도 그렇지만, 앞으로 기술의 발전은 노동력이 필요한 일자리를 더욱 감소시킬 것이며, 인구 수와 평균수명을 증가시킬 것입니다. 머지 않은 미래에 도시 노동자들과 그들의 가정이 모두 경제적인 붕괴에 이를 수 있습니다. 대규모의 빈곤층이 발생되는 거죠.

두 번째는 자연환경의 변화입니다. 불과 수십 년이라는 짧은 시간에 이 도시의 기후가 변했습니다. 연 평균온도가 무려 2도나 상승했죠. 보통 도시인들은 그것이 의미하는 바가 어떤 것인지 알기 어려울 것입니다. 온도 상승의 무서운 것은 인간들에게 직접 영향을 미치는 것이 아니라, 식물과 곤충, 동물들에게 치명적인 영향을 준다는 것입니다. 단적인 예로 온도 상승으로 인해 벼와 밀, 콩, 옥수수 같은 중요한 식용식물들이 자라지 못한다면, 10년도 지나기 전에 식량 부족으로 인류의 대다수는 굶어죽게 될 것입니다. 벌들이 너무 더워서 죽게 된다면, 식물들도 다 죽겠죠. 동물들이 상승된 온도에 의해 개체 수가 줄어든다면, 인간은 식물과 동물이 사라진 세상에서 살아가야 합니다. 오. 생각만 해도 끔찍하군요. 가장 끔찍한 것은 기후변화를 어떻게 대처해야 하는지 확실한 방법이 없다는 것입니다. 이것은 변수가 너무 많기 때문에 수학적인 계산으로 답을 내는 것이 불가능합니다. 미래에 온도가 더 상승한다고 하면, 확실하게 예측되는 미래는 하나입니다. 동식물의 생장이 지장을 받고, 우리 도시는 주변에서 식량을 구할 수 없게 되는 것이죠.

세 번째는 자본의 탐욕입니다. 우리 도시는 여러 금융기관이 있습니다. 이들은 과거 경제 성장기에 호황을 누리면서 성장했습니다. 잘 아시다시피 금융은 모든 산업 분야에 생명을 공급하는 피와 같은 역할을 합니다. 그러나 호황기에 금융기관들은 너무 쉽게 돈을 벌었습니다. 상품을 팔아서 이윤을 남기는 것이 아니라, 돈으로 돈을 벌다 보니, 돈에 대한 개념이 사라진 것이죠. 그들은 절대적인 부와 상관없이 상대적인 부를 추구하게 되었습니다. 무조건 남보다 더 벌어야 했죠. 불법행위를 해서라도 더 많은 돈을 벌어서 투자자에게 이익을 주고, 회사에 이윤을 남기며, 보너스를 많이 받는 사람이 유능한 사람으로 칭송받았습니다. 그들은 산업의 핏줄이 되어야하는 금융의 본질을 잊고 오직 돈, 더 많은 돈을 벌기 위한 기계로 변했습니다. 호황기에는 모든 것이 쉬웠습니다. 그러나 경제 발전이 정체기에 접어들고, 퇴보하기 시작하자 문제가 생겼습니다. 그들이 대출을 해 주었던 기업들이 부도가 나기 시작했고, 주식의 가치는 더 이상 상승하지 않았습니다. 우량 채권들은 쓰레기가 되었고, 부동산 가격도 제자리걸음을 유지했습니다. 아무데나 돈만 투자하면 이익을 보던 황금의 시대가 끝나버린 겁니다. 그들은 투자자들에게 투자 손실에 대한 보고서를 하루 종일 써야 했고, 동료들이 정리해고 당하는 광경을 목격해야 했습니다. 투자은행, 일반 은행, 보험사들이 망하기 시작했고, 그 여파는 전 금융권에 퍼졌습니다. 돈이 돈을 만들지 못하자, 마침내 그들은 위험하기 짝이 없는 그리고 파멸이 예고된 행동을 시작했습니다. 부실 채권을 우량 채권들 사이에 끼워 파는 폭탄 돌리기를 시작했죠. 그뿐만 아니라, 주식 파생상품이라는 희대의 도박상품을 만들어서 매일 원금의 수십 배가 오고가는 합법적인 도박판을 만들었습니다.

이들의 위험한 도박은 오래가지 못했습니다. 결국 폭탄은 터졌고, 주식 파생상품은 극소수의 행운아들을 제외한, 모두에게 큰 상처를 주었습니다. (행운아가 아닌 다른 표현이 더 어울리겠지만…) 금융사들은 깊은 상처를 입었고, 이 상처는 자력으로 치유가 불가능해 보였습니다. 그래서 정부는 시장에 개입하였습니다. 산업의 활성화 및 원활한 자금 유통을 위해 국민의 동의도 얻지 않고, 세금을 투입하여 금융사들의 상처를 치유해 주었습니다. 그러나 소중한 세금이 투입된 대가는 납세자들에게 돌아오지 않았습니다. 금융사 임원 중 귀책사유가 분명한 일부가 해고당했을 뿐, 금융사는 자신들을 살려준 시민들에 대한 감사함도 없었고, 큰 사고를 낸 자신의 본질을 깨닫지도 못했습니다. 그들이 배운 교훈은 다른 것입니다. 금융은 산업의 필수요소이기 때문에 죽을 것 같으면 시민의 세금으로 되살아날 수 있다. 호황과 불황이 존재하지만, 금융은 불사신이다. 우리들은 고통받는데, 그들은 아직도 돈을 벌기 위해 수단과 방법을 가리지 않는 탐욕의 시대를 살고 있습니다. 이들이 돈을 벌기 위함이 아닌, 도시의 산업 발전을 위한 금융의 역할을 해야 하는데, 현실적으로 그것이 매우 어렵습니다.

네 번째는 부의 양극화입니다. 원래 가장 이상적인 부의 분배 형태는 마름모(◇)입니다. 부의 대부분이 중산층에게 모여 있는 것이죠. 이것이 가능하기 위해서는 건강하고 교육받은, 양질의 일자리를 가진 중산층이 많아야 합니다. 경제성장기에는 이것이 가능했습니다. 누구나 열심히 일하면 돈을 벌 수 있었습니다. 직장인이나 자영업자의 구분이 없었고, 공무원과 사업가 모두 투자의 기회가 많았죠. 그러나 경제 성장이 둔화되면서 투자처가 사라지고, 일자리가 줄어들자, 중산층이 사라지기 시작했습니다. 이들 중 일부는 투자 성공을 반복하면서 고소득층이 되었고, 나머지는 천천히 저소득층에 흡수되기 시작했습니다. 경제위기에서 살아남은 대기업은 더 많은 수익을 내기 위해 중소 자영업자들의 영역을 공격하기 시작했고, 그들과 결탁한 세력들의 지원으로 압도적인 승리를 거두었습니다. 앞에서 말한 바와 같이 도시의 산업은 자본, 기술 집약적인 구조로 변했는데, 중소 자영업자들은 기술이나 자본 면에서 대기업과 경쟁이 되지 않았습니다. 대기업이라는 소수는 부와 권력을 가진 경제집단이 되었고, 그들에게 경제 터전을 파괴당한 자영업자들은 사업을 통해 성장할 수 있는 기회를 박탈당했습니다. 자본이 없는 이들은 신규 사업을 할 수 없었고, 저질의 일자리를 가진 노동자가 되어야 했습니다. 경제소득을 기준으로 한 인구구성은 마름모에서 삼각형(△)이 되었습니다. 소수의 고소득층과 다수의 저소득층이 분포하는 형태가 된 것이죠. 사실 이런 형태는 특이한 것은 아닙니다. 동서고금의 인간 사회는 대부분 이런 형태를 가지고 있었죠. 문제는 부의 분배입니다. 부의 분배형태는 역삼각형(▽)이 되었습니다. 소수의 고소득층이 모든 부를 독점했죠. 다수의 저소득층은 전체 부에서 극히 일부만을 소유하게 되었습니다. 그들은 고소득층으로 올라갈 수 있는 사다리를 봉쇄당했습니다. 중산층은 거의 사라졌습니다. 다수의 저소득층은 궁핍한 경제환경에 불만을 가지고 있고, 이는 사회문제로 발전할 수 있습니다. 소수의 고소득층의 부를 합법적이고 정당하게 사회로 환원하는 방법도 쉽지 않습니다. 그들 중 다수는 열심히 일을 하고, 성공적으로 투자하여 지금의 부를 이루었습니다. 합법적인 방법으로 부자가 된 사람들에게 너는 돈이 많으니 돈을 많이 내놓으라고 한다면, 그 누구도 열심히 일을 해서 부자가 되려고 하지 않을 것입니다. 산업의 발전형태로 볼 때, 부의 양극화는 더 심해질 것으로 예상됩니다. 그것이 가져올 수많은 사회문제는 이 도시를 붕괴시킬 수도 있다고 보입니다.

위의 네 가지가 가장 큰 이유입니다. 그래서 '강인한 성장'과 '용감한 분배'는 각각의 해결책과 자신들이 추구하는 경제정책의 방향을 제시하여 토론을 하고, 시민 다수의 지지를 확보하여 자신들의 생각대로 이 도시의 경제를 되살리겠다고 하는 것입니다."

"내일 공개토론회에서 모든 것이 결정되는 것인가요? 도시의 운명이 결정되는 시기군요."

"1회 토론으로 모든 것이 결정되지는 않습니다. 그러나 첫 토론인 만큼 영향이 크겠지요. 난 누가 승리하건 간에 우리 도시의 문제를 해결해 주기를 진심으로 바라고 있습니다."

"둘 다 최선의 방안을 이야기하겠군요."

"프랑스 속담 중에 '개와 늑대의 시간'이라는 말이 있죠. 해가 기울어 사물이 어두워지기 시작하고, 땅거미가 질 무렵 모든 사물의 윤곽이 흐려져서 저 멀리 어슬렁거리며 다가오는 실루엣이 내가 키우던 개인지, 나를 해칠 늑대인지 분간할 수 없는 시간이라는 말이죠. 어느 사제단의 주장이 우리에게 최선일지, 옳은 것인지, 잘못된 것인지 알 수 없어요. 지금이 바로 그 시간인 것이죠."

프린키피아는 외지에서 온 손님들에게 입장권을 두 장 주었다. 그리고 공개토론회에 청중으로 참여해 주기를 다시 부탁했다. 그의 이러한 호의에는 자신의 말을 모두 이해할 지적 수준을 갖춘 여행객에 대한 반가움이 깔려 있었다. 존은 이런 호의를 공짜로 즐기는 사람이 아니었기에 식대를 대신 계산했다.

다음 날, 존과 산초는 토론회장 앞에 있는 튀김으로 배를 채우고 입장했다. 더러운 기름에 튀긴 것 같은 느낌이 들어서 찝찝했지만, 가격 대비 양이 많아서 그들은 만족했다. 아직 시작하려면 시간이 좀 있었기에 존은 자신의 꿈 이야기를 산초에게 들려주면서 자신의 생각을 모두 전달하고 싶었다.

"산초. 할 말이 있네. 얼마 전에 좋지 않은 꿈을 꾸었어. 보리수 아래에서 내가 내 그림자와 싸우다가 사라지는 꿈이지. 내 신발은 발이 생기더니 자네에게 달려갔어."

"보리수라길래, 유명한 붓다의 이야기인가 했더니만, 그림자와 싸우고, 신발을 나에게 뺏긴 것이 꿈의 내용이군요. 음, 기분이 좋진 않겠네요."

"난 가끔 이런 생각을 하네. 자네의 인생은 자네의 것이지만, 경찰 대신 다른 길을 택하는 것이 어떨까 하는 것이지."

"존. 미리 말하지만, 난 경찰이 좋아요. 잘못된 것은 바로 잡고, 잘못될 것을 예방할 수 있는 일이 내 적성에 딱 맞죠. 난 당신 같은 학자도 아니고, 마법사도 아니며, 세상을 떠돌아다니면서 여행하는 것은 이번으로 충분해요."

산초는 존이 무엇을 말하려고 하는지 알고 있었고, 단호하게 존의 제안을 거절했다. 존은 그 다음 말을 잇지 못했다. 존의 직감으로 그 꿈은 자신의 죽음을 예언하는 것 같다는 말이었다. 그래서 '자신이 죽게 되면…'이라는 가정하에 산초에게 하고 싶은 말을 하려던 참이었다. 그러나 지금 산초에게 그것은 정말 말도 안 되는 가정이었다.

각자의 시간은 가끔 상대적으로 혹은 절대적으로 흘렀고, 마침내 기다리던 그 순간이 왔다. 슬슬 라의 배에 감긴 뱀의 머리가 들리고, 눈빛이 변하며, 낮 시간 동안 순하게 있던 뱀이 밤의 본능에 몸을 맡기고, 배의 주인을 향해 이빨을 드러냈다. 배의 주인은 이제 오랜 어둠 속에서 뱀과 싸워야 했고, 뱀을 정복해서 세상에 태양빛을 비추어야 하는 시련의 시작이 온 것이다. 진행을 맡은 남자는 어제 만났던 프린키피아였다. 프린키피아는 엄숙한 표정으로 토론장에 입장한 뒤, 주변을 둘러보면서 말했다.

"안녕하십니까, 존경하는 시민 여러분. 지금 우리는 두 개 사제단이 우리 도시를 부흥시킬 답을 신에게 묻는 역사적인 현장에 오게 되었습니다. 자, 박수와 함성!"

무겁게 그리고 진중하게 토론장 안을 가득 채우는 박수와 함성이 들렸다. 초록색의 성장 사제단과 노란색의 분배 사제단은 자리에서 일어나서 사람들에게 인사를 했다. 프린키피아의 간단한 설명과 소개가 끝나고, 성장 사제단이 기후변화에 대한 대안을 발표하기 시작하였다.

"안녕하십니까. 많은 대화를 나누고 싶지만, 오늘 자리의 중요성을 알고 있기에 유머나 홍보를 제외한 담담한 대안만을 발표하도록 하겠습니다.

먼저 기후변화에 대한 해결책을 제시하도록 하겠습니다. 우리는 온도 상승의 원인이 공장에서 배출하는 대기오염 물질과 폐수, 가정 폐수를 제대로 정화시키지 못하고, 자연에 버리는 것이라고 판단했습니다. 이상적으로 말하자면, 이들을 모두 정화시키는 시스템을 구축하는 것이 바람직하지만, 현실적으로 가정 폐수를 모두 통제한다는 것은 불가능한 것입니다. 그래서 우리는 공장에서 배출되는 대기와 수질 오염을 최소화시켜서 온도 변화의 원인을 제거한다는 것에 중점을 두었습니다. 하나의 기업을 지정한 뒤, 그 기업이 배출하는 오염물을 정화할 수 있는 장비를 설치합니다. 시행착오가 있겠지만, 결국 성공할 것입니다. 그 후, 모든 기업은 시험 기업과 유사한 배출 설비를 갖추도록 법을 제정하고, 보든 배출 설비에 성과가 증명된 오염물 정화 장치를 설치하는 것입니다. 기존 공장과 기업들이 설비를 변경하는 데 시간과 돈이 들겠지만, 장기적으로 볼 때, 가장 저렴하고 확실하게 오염의 근원을 제거하는 방법입니다. 오염물 정화장비는 대량 일괄 생산이 가능하고, 전문적인 관리 인력 양성이 가능합니다. 개별적으로 다른 공장과 기업에 맞춤형 오염물 정화 장비를 설치한다는 것은 탁상공론일뿐입니다. 우리는 이를 통해서 더 이상 온도가 상승하는 것을 막고, 더 나아가 가정용 폐수에도 동일한 작업을 시행할 것입니다. 더 이상 오염되지 않는 자연은 자정작용을 통해 원래 자신의 모습으로 돌아올 것입니다."

분배 사제단 중 한 명이 일어서서 말했다.

"모든 공장과 기업의 배출설비를 하나로 통일한다는 것이 가능한 이야기요? 그것이야말로 탁상공론이요."

"내 발표는 끝이요. 분배 사제단에 인내를 모르는 분이 계시군. 내가 당신의 질문에 대답하기 전에 분배 사제단은 어떤 해결책을 가져왔는지 듣고 싶군요."

"좋습니다. 분배 사제단은 기후변화에 대한 해결책을 발표해 주십시오."

프린키피아가 분배 사제단을 보면서 말했다. 그의 시선을 따라 모두의 시선이 분배 사제단을 향했다. 그들 중 한 명이 일어서서 준비해온 자료를 읽으며 발표를 시작했다.

"이런 기회를 주셔서 감사합니다. 저희는 그동안 도시를 위해 봉사할 기회를 찾고 있었습니다. 지금이 바로 그 기회인 것 같습니다. 분배 사제단이 가장 중요하게 보는 것은 현재 환경보호 관련 규제의 엉성함과 관리 조직의 부족, 일반 기업들을 친환경 생산으로 유도하는 동기부여입니다. 엄격한 법과 인센티브, 이를 관리 감독하는 조직만이 문제를 해결할 수 있는 유일한 방법입니다.

먼저 환경규제에 관해 이야기하겠습니다. 현행법은 경제 성장을 지원하기 위해 제정된 것으로 기업의 생산과 투자, 안전에 관한 규정은 많지만, 오염물질 배출에 대한 규정은 없습니다. 대학과 연계한 연구를 통해 각 기업과 공장이 배출하는 오염물질의 종류와 양을 측정하고 이를 줄여나갈 수 있는 법안을 통과시킬 것입니다. 이것은 현 상황이 악화되는 것을 막는 첫 번째 안전장치가 될 것입니다.

그러나 법안이 통과되어도 이를 관리 감독할 인력이 없다면 무용지물일 것입니다. 우리는 환경감시위원회를 신설하고, 조사관리 인원을 대폭 고용할 것입니다. 그들은 해당 산업 분야의 전문가들로 구성이될 것입니다. 그들은 자신들이 가장 잘 알고 있는 산업 분야의 조사관이 되어 환경 규제가 얼마나 잘 지켜지고 있는지, 혹은 편법을 동원해서 빠져나가려는 이들이 있는지 감시할 것입니다. 이들은 공무원의 신분을 가지게 될 것이며, 우리 도시의 새로운 파수꾼이 될 것입니다.

규제 강화 못지않게 중요한 것은 유인책입니다. 우리는 자발적으로 오염물질의 배출을 감소시키고, 규제를 잘 따르는 기업들에게 세제 감면 등의 혜택을 줄 것입니다. 경제적으로 어려운 산업환경을 고려할 때, 무조건적인 규제 강화는 자본력이 약한 중소기업들을 모두 죽이는 결과를 가져올 수 있습니다. 그것은 최악의 상황입니다. 우리가 원하는 것은 대기업과 중소기업을 모두 포용할 수 있는 미래입니다. 환경을 소중히 여기는 기업이 법을 따르고, 오염물질을 축소함으로 발생될 수 있는 추가 비용을 세금 감면을 통해 보전한다면, 아무 문제도 없을 것입니다."

"환경감시위원회는 절대권력기관이 되어서 자기들 맘대로 권력을 휘두르겠군. 세제감면을 통해 법을 지킬 이유를 만든다는 이야기는 결국 세금으로 문제를 해결하겠다는 것이 아닌가? 그런 식으로 시민들을 우롱하면 안 되지!"

성장 사제단의 누군가가 큰 소리로 외쳤다. 두 사제단은 서로 목소리를 높이면서 상대의 정책을 비난하기 시작했다. 존과 산초는 프린키피아가 그들을 진정시키느라 애쓰는 모습을 지켜보고 있었다. 아까 먹은 튀김이 뭔가 잘못되었는지 산초의 아랫배가 살살 아파오기 시작했다. 그러나 참을 만 했기에 산초는 그들의 토론에 집중했다.

프린키피아는 그들의 소동을 진정시키고 다음 주제를 진행하기 시작했다.

"우리에게 중요한 것은 일자리의 질 저하, 노동의 가치 하락을 어떻게 해결할 것인가, 입니다. 이것도 환경변화만큼이나 중요한 문제입니다. 이번에는 분배 사제단에서 먼저 이야기를 하십시오."

"감사합니다. 이번 문제에 대해서는 성장 사제단이 억지를 부리지 않는 한, 우리들의 의견이 받아들여질 거라고 생각합니다.

괜찮은 일자리가 줄어들고 있다는 문제를 해결하기 위해 우리가 집중하고 있는 것은 산업의 다양성과 중산층의 육성입니다. 너무 정직하고 답답한 정답처럼 들리지만, 힘든 시기일수록 정면승부가 필요한 법입니다. 과거 제조업 위주의 성장 정책은 현재 한계에 도달했습니다. 우리는 1차, 2차, 3차 산업을 모두 포용해야 합니다. 그리고 그 산업들은 대기업이 아닌 자영업자들에 의해서 발전해야 합니다. 친환경 농법을 이용한 자영농의 상품 작물 개발을 통한 1차 산업의 발전, 서비스업과 문화관광산업의 육성을 통한 3차 산업의 발전 등은 2차 산업에 집중된 인적 자원을 재분배할 것이고, 다수의 사람들이 자신의 사업을 경영할 수 있도록 도와 줄 것입니다. 제조업이 아닌 다른 분야에 많은 일자리가 창출되며, 그 일자리가 자영업자들로 구성해야 합니다. 자영업자들은 자신의 일에 대한 보람을 느낄 수 있고 신규사업 진출에 따른 경쟁자 없는 시장에서 성장할 수 있으며, 자본가들의 도구에서 벗어나서 자신들이 원하는 삶을 살 수 있을 것입니다. 중소기업 육성 진흥법을 만들 것이며, 대기업이 그들을 자본으로 압박하지 못하도록 규제할 것입니다. 창업을 장려하고, 지원할 것입니다. 제조업에 노동력이 쏠리는 현상이 완화되면 자연스럽게 노동의 가치도 상승될 것이며, 처우도 향상될 것입니다."

"대다수의 사람들은 선구자가 되어 창업을 하는 위험을 감수하기보다, 다른 사람들이 빠져나간 제조업 분야에서 개선된 처우를 받는 안정적인 노동자가 되기를 원하겠죠. 대중의 심리를 전혀 파악하지 못하는 골방 학자들의 농담모음이군요."

성장 사제단 중 한 명이 다 들릴 만한 큰 소리로 비아냥거렸다.

"소모적인 비난은 자제하시고, 이번에는 성장 사제단에서 의견을 말해 주십시오."

"지금 필요한 것은 일자리 창출입니다. 그리고 우리 도시는 발달된 제조업이 강점입니다. 이것을 활용하면 됩니다. 개방성을 전제로 도시의 면적을 확장하는 종합 건축계획이 필요합니다. 도시 외곽의 부지를 정비하고, 도로와 다리를 건설하는 대규모 공사를 시행하면 많은 일자리가 생기고, 대기업뿐 아니라, 그들의 협력업체들도 이익을 볼 수 있습니다. 이 확장사업에 자연환경 보전을 위한 치수공사와 조경공사가 포함됩니다. 환경변화의 근본적인 해결은 어렵겠지만, 악화되는 것을 방지할 수 있으니 일석이조의 효과를 볼 수 있죠. 확장된 우리 도시가 할 일은 외부도시와 모든 것을 공유하는 정도의 개방성을 보여주는 것입니다. 우리 시대는 도시 하나가 자급자족을 하는 시대가 아닙니다. 교류와 무역을 적극적으로 시작하는 것입니다. 우리가 확장한 부지에 외부 도시의 기업이 들어오고, 그들의 투자가 시작될 것이며, 다른 도시의 노동자가 올 것입니다. 우리 도시의 시민들도 다른 도시에 나가서 일을 할 것이고, 우리의 기업이 진출할 것이며, 투자의 대상이 증가될 것입니다. 확장공사에 참여하지 않는 이들은 도시 내부에서 직업교육을 받게 될 것이며, 그들은 다른 도시로 가거나 새로운 일자리를 얻을 기회를 제공받게 됩니다. 우리 도시 안에서 우리끼리 모든 것을 해결하겠다는 생각은 버려야 합니다. 그런 생각으로 이 위기를 이겨낼 수 있을 거라는 자기 위로는 한심할 뿐입니다."

"일자리의 증가가 노동의 가치 상승으로 이어질 것 같은가? 그리고 그 돈은 어디서 나오지? 국민들의 세금인가? 다른 도시들과 교류는 당신들의 말처럼 쉽게 가능할 것 같나? 사제답지 않게 상상력이 지나치군."

그들은 또 서로 일어서서 소리를 지르고, 삿대질을 하면서 비방을 시작했다. 산초는 다행히 진정된 배를 어루만졌다. 그러나 이번에는 존의 표정이 좋지 않았다. 애써 무언가를 참고 있는 듯했지만, 영 불편해 보이는 표정은 감출 수가 없었다. 산초는 나지막이 속삭였다.

"좀 비싸더라도 깨끗하고 좋은 음식을 먹을 것을 그랬나 봐요."

"나도 동감하네. 하필이면 이런 때에…"

"좀 더 버티죠. 토론이 재미있는데요."

"그래야지. 노력해야지."

프린키피아는 만일의 사태에 대비하여 경찰을 토론장 안쪽에 배치시켰다. 그는 주변을 정리한 뒤, 다음 주제로 넘어갔다 이번에는 성장 사제단이 먼저 의견을 말하였다.

"모든 사업은 공통점이 있습니다. 바로 돈이 필요하다는 것이죠. 그런데 단 하나, 금융권은 돈을 상품으로 취급합니다. 그들의 실수는 우리 도시의 경제를 크게 위협했었죠. 다시 반복되어서는 안 될 비극이었습니다. 그래서 우리는 그 해결책을 제시하려고 합니다.

금융회사들은 보험, 은행, 투자 등으로 나뉘어져 있고, 각 분야별 감독기관이 존재합니다. 우리는 이 감독기관을 하나로 합치려고 합니다. 금융감독위원회를 설립하는 것입니다. 위원회는 자금의 경로를 파악하여 불법 자금의 유통을 차단하고, 탈세를 추적할 것이며, 과도한 탐욕을 제어하는 관리감독의 역할을 할 것입니다.

사람들은 대형 금융기관의 탄생을 두려워합니다. 그러나 그것은 자연스러운 것입니다. 그들은 더 강해지기 위해 인수 합병을 반복합니다. 그것은 생존을 위한 투쟁의 결과이며, 대형 금융기관 그 자체가 악이 되는 일은 없습니다. 그러나 그들이 자신들만의 이익을 추구하게 되면, 그때는 막기 힘든 괴물이 되는 것입니다. 우리는 대형 금융기관이 괴물이 되지 않도록 올바른 방향을 제시하고 이끌어 주는 일을 할 것입니다. 억지로 금융기관을 분할하는 것은 시장에 대한 지나친 개입이며, 외부 자본으로부터 방패를 스스로 치워버리는 것입니다. 자유를 주되, 부정부패가 개입할 여지를 주지 않는 것입니다. 법을 존중하는 거대 금융기관만큼 믿을 만한 동료가 어디 있겠습니까? 중소 금융기관도 마찬가지입니다. 금융시장에 대한 개입보다 공정하고 투명한 과정을 유지하도록 하는 규제기관이 필요합니다. 올바른 기준과 이를 집행하고 감시하는 눈이 있다면, 금융은 우리에게 훌륭한 조력자가 될 것입니다."

"거대 금융기관과 위원회가 손을 잡으면 우리 도시는 아직 겪지 않은 대재앙을 겪게 되겠군. 이를 방지하기 위해 위원회를 관리하는 다른 위원회를 만들고, 그것을 견제하는 또 다른 위원회를 만들고, 또 만들고, 또 만들어야겠네. 참신하고 무한한 일자리 창출이네."

분배 사제단의 누군가가 말했다. 프린키피아는 못들은 척하고 분배 사제단의 다음 발표자를 지목했다.

"금융기관이 타락한 것은 그들의 힘이 너무 강했기 때문입니다. 우리는 그들의 힘을 뺄 필요가 있습니다. 우리는 각 산업별 협동조합을 만들어서 필요한 자금을 융통해 줄 수 있고, 소규모의 저축은행, 투자은행을 통해 금융의 다양화를 실현할 수 있습니다. 돈을 상품으로 하여 돈을 버는 금융업은 정확하게 말하면 산업이라 할 수 없습니다. 그들은 실물 경제를 지원하는 윤활유 역할을 해야 합니다. 그들의 수가 많고, 종류가 많을수록 실물경제를 이끄는 기업들은 더 좋은 지원을 받을 수 있을 것입니다. 농업이면 농업, 금속이면 금속, 건설이면 건설, 각 분야의 전문가들로 이루어진 금융기관이 협동조합이 필요합니다. 사실 금융권 종사자들은 서류와 주식 등을 보는 전문가들이지, 자신들에게 대출을 신청하는 기업체의 내부 사정과 해당 산업의 흐름을 모두 파악하는 현장 전문가들은 아닙니다. 우리는 각 사업에서 잔뼈가 굵은 진짜 전문가들에게 금융을 맡기는 것입니다. 그들은 부실 대출을 줄이고, 가치 있는 사업에 투자할 것이며, 돈보다는 자신이 평생 일해온 산업 분야의 발전을 위해 일 할 것입니다. 그들은 각각 경쟁도 할 것이며, 그 경쟁은 상호 견제의 기능을 할 수 있습니다. 결국 가장 적합한 기업에게 가장 적합한 형태의 지원이 이루어질 것이며, 금융기관은 돈을 벌기 위한 수단으로 전락하지 않을 것입니다."

"금융에 대해 아무것도 모르는 사람들에게 돈줄을 맡긴다는 뜻은 도시 경제를 개판으로 만들겠다는 선언인가요? 너도나도 다 금융업을 하겠다고 할 텐데, 이런 혼란이야말로 법을 피해 성장하는 악당의 요람이 되는 법이죠."

두 사제단이 몸싸움을 할 것 같은 움직임이 보이자, 경찰들은 재빨리 달려와서 사제단을 진정시켰다. 그들이 과연 지성과 통찰력을 갖추고 이 도시의 미래를 좌우할 사람들이 맞나 싶을 정도였다. 진정해서 자리에 앉는 사제단과 달리 존과 산초는 전혀 진정하지 못하고 있었다. 존의 떨림은 산초에게 전달되었고, 둘은 잠시 자리를 비우고 화장실에 다녀와야 하는가 아닌가를 심각하게 고민하고 있었다. 우아하고, 수준 높은 사제단들의 공개토론회에서 그들이 배운 교훈은 단 하나, 더러운 기름에 튀긴 튀김을 많이 먹으면 안 된다는 것이었다.

프린키피아는 진행을 계속하였다. 부의 양극화에 대해 분배 사제단이 의견을 말하기 시작했다.

"부의 양극화도 원칙론을 써야 해결됩니다. 일반인들은 가질 수 없는 물건들, 명품과 고가의 자동차, 귀금속 등에 부유세를 신설하고, 소득세의 누진율을 높이며, 그 구간을 조정하여 부유한 사람들의 부를 정부에서 징세하고, 그 예산을 다른 사업 발전을 위한 자금으로 전환시켜야 합니다. 돈이 많은 사람은 많은 세금을 내고, 돈이 적은 사람은 적은 세금을 낸다는 지극히 기본적인 상식이 지켜지는 사회를 구현해야 합니다. 부유층은 자신의 세금으로 도시가 발전한다는 자부심을 가져야 하고, 명예와 존경을 받을 수 있습니다. 확보한 세금은 앞에서 우리가 필요하다고 말한 여러 정책을 위해 사용될 것입니다. 지금까지 부유층이 존경받지 못한 것은 부를 축적하는 과정이 정당하지 못했고, 그들이 손에 넣은 부를 사회정의를 위해 사용하지 않았기 때문입니다. 그들은 단지 돈 많은 것을 자랑하고 다니는 짐승들에 불과했죠. 그러나 그들이 내는 막대한 세금이 도시의 경제를 살리는데 쓰이게 된다면 인식이 달라질 것입니다. 비록 수중의 돈은 줄어들겠지만, 그들은 돈으로 결코 살 수 없는 명예를 얻게 되겠죠. 그리고 그들의 돈은 정부에 의해서 사회에 환원될 것입니다."

"정부가 세금이라는 강제력을 동원해서 돈을 뺏는데 그것을 반길 부자들이 어디 있겠소? 그리고 세법이 개정되면 그들이 내는 세금은 사회를 위해 베푸는 것이 아니라, 법에 규정된 당연한 의무를 이행하는 것뿐인데, 그게 왜 명예를 주겠습니까? 세금을 안 내는 부자들이 욕을 먹는 정도겠죠. 도대체 당신들은 무슨 생각을 하고 사는 것이오?"

"당신들은 무슨 의견이 있소?"

성장 사제단은 프린키피아를 보았고, 그는 발언을 허가한다는 손짓을 했다.

"개인이 부를 축적한 것은 그의 노력이고 능력이며 축복입니다. 국가가 이를 함부로 손대면 안 되죠. 그러면 누가 노력해서 부자가 되고 싶어 하겠습니까? 누구나 열심히 노력하면 부자가 될 수 있다는 꿈을 꿀 수 있는 사회를 만들어야죠. 문제는 부의 세습이죠. 그저 부모 잘 만나서 부자로 사는 이들은 부를 통제할 능력이 부족하고, 사회적 위화감을 조성할 수 있습니다. 불법적인 재산의 증여와 상속만 막아도 재원은 확보되고, 사회 정의는 실현될 수 있습니다. 상속세와 증여세를 증가하고, 법망을 보다 촘촘히 만들어서 빠져나가는 일이 없도록 만들어야 합니다. 특히 자신의 재산을 재단에 기부하고 재단의 소유권을 물려주는 식으로 법망을 피해나가는 방법을 통제해야죠. 사실 그것은 19세기에 미국에서 유행하던 수법인데, 일부 부자들이 그 기법을 우리 도시에 수입했습니다. 그런데 우리 도시의 법률은 아직 그 속도를 따라가지 못했죠. 여러 개의 주식회사와 지주회사를 통해 적은 수의 주식으로 계열사 전체를 통제하는 방법도 있습니다.

부의 양극화는 산업구조의 문제가 아닙니다. 시민들의 정신이 문제인거죠. 가난한 이들이 부자가 되면 혈족에게 재산을 많이 물려주기 위해 타고난 부자들보다 더 악랄해집니다. 부자들 역시 자신의 아이들이 더 부유해지는 것을 원하죠. 자신의 부는 자신 대에서 끝난다는 인식이 있으면, 부가 소수의 힘 있는 자들에게 집중되어 그들의 세계에서만 존재하는 일은 없을 것입니다."

여러 사회문제에 대한 각자의 흠 많은 의견 제시가 끝나고, 슬슬 도시의 미래에 대한 종합적인 의견이 제시될 시간이 되었다. 그러나 존과 산초는 인간의 존엄성을 지키기 위해 생리적인 문제를 해결할 시간이 필요했다. 그들은 상한 튀김이 그들의 예상보다 강한 존재였음을 깨닫고, 오랜 시간이 지난 뒤에 토론회장에 돌아왔으나, 이미 중요한 이야기들은 모두 끝난 상태였고, 사람들은 천천히 나가고 있었다. 산초는 그중 한 명을 붙잡고 물어보았다.

"둘의 토론이 어떻게 되었습니까?"

"잘 모르겠어요. 일단 오늘은 적당히 이야기만 하고 다음에 검토를 거쳐서 보완해온다고 하더라고요."

"잘 모르다니요. 이 도시의 미래를 결정하는 중대한 일이잖아요."

"그거야 똑똑하고 높은 분들이 알아서 할 일이지. 우리가 뭐 알겠습니까? 우린 그냥 하라는 대로 하면 되죠. 토론에서 뭐라고 하는지 하나도 모르겠습니다. 어차피 무슨 말인지 알아도 똑같아요. 우리는 시키는 대로 할 뿐입니다. 저런 사람들이 결정한 것을 무슨 수로 바꾸겠습니까?"

산초는 그의 말에 할 말을 잃었다. 이 토론회장을 나가는 사람들의 대다수는 방금 자신과 대화한 남자와 같은 눈빛을 하고 있었다. 산초는 천천히 몸을 돌려 존을 보았다.

"저들이 신에게 도시를 구원해달라고 기도하면 신이 들어주실까요? 내가 신이라면 노력하지 않는 자의 기도는 들어주지 않을 것 같은데요."

"동의하네. 신의 도움이란, 그것을 요구하기만 한다고 주어지는 것이 아니야. 답으로 향하는 길을 보여줄 뿐이지. 그리고 그 길을 걸어서 끝에 있는 답을 구하는 것은 결국 나 자신인거야. 이런 토론회를 백 번, 천 번 한들 행동으로 옮기지 않으면 어떤 것도 변하지 않아."

산초는 방금 존이 한 말에서 처음으로 그가 공감하는 바를 느꼈다. 무언가를 신에게 갈구한다고 해서 신이 그것을 해 주지는 않는다는 것. 원하는 것을 이룰 수 있는 방법과 기회를 제공할 뿐이며, 그것을 깨닫는 것도, 실천하는 것도 스스로의 몫이라는 것이다. 신이 기도에 응답해도 내가 노력하지 않으면 원하는 것은 이룰 수 없다는 것이다.

이 도시의 사람들은 과연 자신들이 해야 할 바를 다 하고 있는 것인가? 잘못된 도시의 환경을 비난하기 전에, 무능하고 헛점 많은 사제단의 이야기를 비웃기 전에, 시민들 스스로가 무언가를 개선시키기 위해 노력하고 있는가? 존은 산초의 생각을 돕기 위해 사제단에 관한 이야기를 하기 시작했다.

"지금은 어떤 방법이 도시에 진정한 도움을 줄 수 있을지, 알 수 없어. 한쪽의 의견을 선택할 수도 있고, 절충안을 선택할 수도 있지. 그 답이 옳은 것인지, 나쁜 것인지 알 수 없어. 잘 선택을 해서 경제 위기를 벗어나면 좋겠지만, 그보다 중요한 것은 문제 해결을 소수에게 맡기는 시민들의 잘못된 태도를 고치는 거지. 결국 이 도시는 사제단이 아닌 시민들의 것이니까."

그들이 밖으로 나오자, 도시의 시민으로 보이는 한 남자가 별 생각 없는 표정으로 과자를 먹고 있었다. 그는 산초의 얼굴을 보면서 히죽히죽 웃었다. 산초는 그 얼굴을 보자마자, 매우 기분이 나빴고, 자기도 모르게 소리를 질렀다.

"웃지 마. 네 이야기야. 너의 미래에 대한 이야기라고. 다른 사람 이야기하는 게 아니야. 지금 네가 관심도 없고, 알지도 못하는 싸움의 결과로 네가 속한 도시와 너의 미래가 결정된다고. 네가 고민해야 하는데, 넌 지금 뭐하고 있냐? 알지도 못하는 사제단에게 네 미래를 전부 맡겨버리고 뭐가 좋다고 웃고 있어? 그래 놓고, 나중에 취업이 어렵거나 급여가 적거나 복지가 안 좋거나 사회전반적인 경기가 어려우면, 네가 아닌 남들 탓을 하면서 키보드 워리어나 될 게 아니냐? 정치 때문이라고, 외국 때문이라고, 같잖은 핑계나 만들어서 뿌려대고, 나는 아무것도 잘못한 게 없는 선량한 사람이고, 시대가 낳은 피해자라고 비겁하게 외면하고 비슷한 놈들끼리 만나서 맘에 안 드는 사람 욕이나 하면서… 누굴 생각하는 거야? 네 이야기라고… 너, 너란 말이다!"

산초가 흥분하자, 그 남자는 도망갔고, 존은 산초를 진정시켰다. 산초는 숙소에 돌아가서도 여전히 무언가를 생각하는 듯 보였다. 존은 산초가 스스로의 생각을 정리하기를 기다렸다. 며칠의 시간이 지난 뒤, 산초는 이전처럼 돌아왔고, 둘은 도시를 떠났다. 토론회의 결과는 끝내 알지 못했다. 그러나 언젠가 시간이 흘러서 다시 이 도시에 올 일이 있다면, 그때는 알 수 있을 것이다. 그들이 선택한 것이 개였는지, 늑대였는지….

무제

산초의 성장을 보는 것은 즐거운 일이었고, 여행은 재미있었다. 그러나 존은 같은 꿈을 반복해서 꾸게 되자, 불길한 기운을 떨칠 수 없었다. 잠시 그 기분을 잊기 위해 둘시난테에게 길 안내를 맡겼고, 둘시난테는 그를 차가운 겨울의 도시 '아시아'로 이끌었다. 앙상한 나뭇가지 사이에 작은 얼음송이들이 맺혀 있고, 강한 바람이 매섭게 부는 곳이었다. 나만타를 떠난 뒤, 처음 와보는 추운 지역이었다. 존과 산초는 도시에 들어서자마자, 옷가게를 찾았다. 산초는 도시 입구에서 최고의 옷 가게를 찾았다. 1층이 옷가게와 잡화점을 겸하고, 2층은 숙소로 이루어진 건물을 발견한 것이다. 둘이 가게에 들어서자, 목탄 난로에서 나오는 열기와 따뜻한 바람이 그들을 반겼다. 주인은 인상이 좋은 아저씨였는데, 추위에 떨고 온 둘을 위해서 따뜻한 차를 가져왔다.

"밖이 많이 춥죠?"

"바람이 차갑네요. 아래 마을은 그리 춥지 않았는데, 여기는 기후가 많이 다르네요."

"원래 이곳은 사계절이 뚜렷한 곳이라서, 겨울은 춥습니다. 이번 겨울은 유난히 눈도 많이 오고, 바람도 많이 불어요. 감기에 걸리지 않게 조심해야 할 겁니다. 여행 중이신가요?"

"예. 혹시 다른 마을과 다른 이 마을만의 특징이나 최근에 있었던 사건이나 그런 것 있으면 알려주십시오. 그게 관심거리예요."

"하하. 그런 것은 없습니다. 모처럼 오셨으니, 편히 쉬시다 가십시오."

몸이 녹을 때까지 잡담을 하던 존과 산초는 두터운 점퍼를 샀다. 계산대 너머 주인의 아내는 무언가 간절한 눈빛으로 자신의 남편을 바라보았지만, 가게 주인은 아무 말도 하지 않았다. 무언가 있음을 직감한 그들은 가게 2층에 짐을 풀었다.

이틀이 지나도 아무 일이 일어나지 않자, 존과 산초는 긴장을 풀었다. 둘은 여유롭게 도시를 여행하고 슬슬 떠날 준비를 하기 위해 숙소로 돌아오고 있었다. 그때 가게 앞에서 주인과 처음 보는 남자 둘이 언성을 높여 싸우는 소리가 들렸다.

"그거 원래 내 땅이었잖아. 이제 돌려줘야지."

"그게 왜 당신 땅이오? 할아버지와 아버지가 경작하고 내게 물려준 땅이오. 마을 사람 모두가 알고 있어요. 당신은 힘과 속임수로 그 땅을 잠시 점거했던 것뿐이오. 법도 내 손을 들어주었소. 모든 게 다 끝났는데, 왜 이제 와서 행패를 부리는 겁니까? 난 그 땅을 절대 내줄 수 없어요."

"난 문서가 있어. 내가 그 땅의 합법적인 주인이라는 증명이 있다고. 네 조상이 그 땅을 경작하고 물려줬다는 것은 중요하지 않아. 부모가 물려준 재산을 남에게 파는 경우는 얼마든지 있으니까. 두고 보

자. 내가 곧 그 땅을 돌려받을 거야."

험상궂은 인상에 덩치가 약간 작은 남자는 길에 침을 뱉고 뒤돌아가기 시작했다. 특이한 나무 신발을 신은 그는 또각또각 소리를 내면서 걸었다. 둘시난테는 그 소리가 마음에 안 드는지 그 신발을 밟고 싶다는 신호를 존에게 보냈다. 그러나 남들이 보기에 그런 행동은 신발과 신발의 싸움이 아니라, 누가 보기에도 존이 그 남자에게 시비를 거는 것으로 보일 것이었다. 그는 둘시난테를 진정시키기 위해 제자리 뜀뛰기를 시작했다. 갑자기 그런 행동을 하는 존을 바라본 산초는 익숙하다는 눈빛을 보내고, 고개를 돌렸다. 산초는 존의 그런 행동에 충분히 적응이 되었다. 아무 개연성 없는 돌발적인 행동. 그는 존을 동정의 눈길로 바라보고 가게 안으로 들어갔다.

주인과 가족들은 아무 말도 하지 않고, 서로의 눈길을 피한 채 앉아 있었다. 그들은 아무 일도 없는 척 갑자기 일어서면서 다른 일을 하려고 했다. 존과 산초는 이틀 전에 보았던 주인 아내의 표정을 기억해냈다. 둘시난테는 존을 의자 앞으로 인도했다. 존은 자연스럽게 의자를 가지고 주인 앞에 앉았다.

"시끄러운 소리가 들렸는데, 무슨 일인지 제가 좀 물어봐도 되겠습니까?"

"별일 아닙니다. 그냥…"

"여보. 그러지 말고, 이야기해요. 혹시 알아요? 이분들이 해결책을 가지고 있을 지도 모르잖아요. 만일 문서라는 것이 있어서 재판을 하게 되면 공동 소유 같은 판결이 나올지도 몰라요. 그 땅이 얼마나 소중한 건지 알잖아요."

주인 뒤에 앉아 있던 아내가 말했다. 주인은 잠시 망설이다가 이야기를 시작했다.

"지금 나간 친구는 원래 옆집에 살던 친구였습니다. 우리 앞집에 사는 친구와 함께 셋이 어린 시절에 자주 놀았었죠. 앞집에 사는 친구 이름은 친인데, 나이가 셋 중에서 제일 많았어요. 친이 학교에 가서 무언가를 배우고 이것저것 가르쳐 주면, 나는 그걸 자파에게 가르쳐 주었죠. 방금 나간 친구 이름이 자파입니다. 우리들은 친했어요. 함께 공놀이도 했고, 음식도 나누어 먹었죠. 사춘기 때 잠시 서먹해지긴 했지만, 어색한 관계는 아니었어요. 문제는 성인이 될 무렵이었죠. 자파는 1년 정도 부모님을 따라서 다른 마을에 살다가 돌아왔습니다. 1년 동안 도박을 배웠죠. 몰랐는데, 도박과 폭력이 자파를 변하게 만들었나 봅니다. 여기저기 시비 걸고, 도박으로 돈을 따서 유흥비로 탕진하면서 세월을 보냈죠. 아마 우리 동네 최초의 속임수 도박사였을 겁니다. 그때는 그게 속임수인 줄 몰랐죠. 나와 친은 자파에게 속아서 큰 빚을 졌고, 그때 둘 다 가지고 있던 땅을 자파에게 넘겨줬었어요. 자파는 마치 자기가 최고인 듯 행동했었죠. 몇 달 뒤, 자파가 살던 마을의 도박사가 왔어요. 그 도박사는 자파의 속임수를 간파했죠. 자파는 큰돈을 잃었어요. 그리고 속임수가 발각되자, 그는 더 이상 우리 마을에서 살 수 없었죠. 자파는 마을 사람들의 비난을 받으면서 도망갔고, 남은 주민들은 뺏긴 물건들을 되찾아서 잘살고 있었습니다."

"그런데 어느 날, 그가 돌아와서 과거 그가 속임수로 갈취했던 재산을 돌려달라고 하고 있다는 거죠?"

"예, 맞아요. 말도 안 되는 소리를 하고 있는 겁니다."

주인은 일어나서 창문을 가리켰다. 창문 너머로 큰 바위가 있는 공터가 보였다.

"저기 있는 저 바위 근처의 땅이 바로 그 땅입니다. 그 너머에 있는 것이 자파의 집이죠. 자파와 우리 집 사이에 있는 바위 근처의 땅을 달라는 것입니다. 남쪽을 보면 나무 하나가 있는데, 그 나무가 있는 땅의 주인이 친이에요. 자파는 저 땅을 모두 되찾겠다고 우기고 있어요."

"친은 여전히 좋은 친구인가요? 당신과 둘이 협력하면 좋을 텐데…"

"친은 여전히 좋은 친구입니다. 하지만, 나와 생각이 달라요. 옛날, 친은 몸이 아팠는데, 자파는 친의 돈을 따고, 그를 때렸죠. 친은 과거 자파에게 당했던 일을 복수하려고 합니다. 그래서 친은 요즘 운동과 무술에 빠져있어요. 설득했지만, 그의 생각은 변함이 없어요. 난 친과 함께 자파를 때리기는 싫습니다."

"생각할 시간을 주십시오. 내가 도와드릴 수 있을 것 같습니다."

존이 뭐라고 말하기 직전, 산초가 목소리를 깔고 말했다. 존은 산초를 돌아보았다. 산초는 존의 우려하는 시선을 느끼며 말했다.

"내가 도와드리겠습니다. 걱정하지 마십시오."

"친. 잠깐 나와 봐."

"자파. 네가 오길 기다렸다. 예전에 너에게 빚진 게 있지. 그런데 넌 그 빚을 안 갚고 도망갔어. 그 빚을 돌려주러 온 게 아니라면 각오 단단히 해."

친은 문을 벌컥 열고 나가면서 소리를 질렀다. 자파는 대답 대신 친을 노려보았다. 이미 서로가 무엇을 원하는지 둘은 모두 알고 있었다. 덩치가 큰 친은 자신의 큰 몸을 위협적으로 움직이면서 자파에게 한걸음 다가갔다. 자파는 자신이 늘 휴대하고 다니는 몽둥이를 매만지면서 친 쪽으로 걸어갔다. 둘은 4, 5걸음 정도 거리에서 마주보고 섰다.

"친, 친."

옷가게 주인이 존과 산초와 함께 친의 이름을 크게 불렀다. 익숙한 목소리를 들은 둘은 여전히 서로를 노려보면서 천천히 뒤로 물러났다.

"오늘은 그냥 가지만, 다음에는 이렇게 가지 않아. 빨리 내 땅의 나무부터 뽑아두는 게 좋을 거야."

"어릴 때 일을 모두 잊었나 본데, 두 번 다시 내 앞에서 까불지 못하도록 두들겨 맞고 싶지 않으면, 다시는 내 집 근처에 얼씬도 하지 마."

자파는 친을 노려보다가 자기 집 쪽으로 떠났다. 친은 새로운 손님이 오는 쪽으로 고개를 돌렸다.

"코리, 무슨 일이야? 너만 아니었으면 지금 자파는 땅바닥에 뻗었을 텐데."

"아, 그래? 내가 좀 늦게 올 것을 그랬군. 우리 집에 온 손님들인데, 자파와 관련해서 의논할 게 좀 있어서…."

"의논할 게 뭐 있나? 한 번만 더 얼쩡거리면 두 번 다시 일어서지 못하도록 패주는 것 외에 다른 답은 없어. 어차피 아시아에서 계속 같이 살 거라면, 언젠가 누가 위인지 가려야 할 때가 올 거야."

"이봐. 안에 들어가서 이야기하지 그래?"

"이쪽으로 들어와요. 코리의 친구는 내 친구이기도 하지."

친의 집은 고풍스러운 목조건물이었다. 곳곳에 붉은 천이 꽃처럼 장식되어 있었고, 맑고 은은한 찻잎의 냄새가 났다. 긴 수염을 기르고 큰 칼을 든 장군의 모습이 그려진 초상화가 있었고, 한쪽 구석에는 마작패가 가지런히 정리되어 있었다. 평범한 가정집인데도, 식탁에 놓여 있는 수많은 의자가 눈에 띄었다. 존이 차분하게 말했다.

"코리에게 간단한 이야기를 들었습니다. 자파의 사기도박과 폭력 전과 및 그가 돌아와서 지금 하고 있는 일에 대해서도 말이죠."

"혹시 무언가 도와줄 생각이라면 괜히 남의 일에 끼어들지 말아요. 좋을 것 없습니다. 나는 자식이 스무 명이 있는데, 늘 남에 일에 끼어드는 녀석이 가장 사고를 많이 치더군요. 난 어릴 때부터 뭐든지 자파보다 뛰어났어요. 속임수가 아니었다면, 내가 땅을 잃는 일도 없었을 것이고, 몸이 아프지 않았다면, 기습당해 맞지도 않았을 겁니다. 지금은 도박을 하지도 않고, 몸도 아프지 않아요. 난 아무 문제 없어요."

"내가 궁금한 것은 자파가 왜 돌아왔느냐는 겁니다. 여러분은 그게 궁금하지 않으세요? 어느 날 종적을 감춘 남자가 무슨 이유로 돌아와서 과거의 재산을 요구하는 것일까?"

존은 단 한마디로 코리와 친의 시선을 끌었다. 그들은 자파가 다시 나타난 것과 그가 가져올 미래에 대해서만 집중했고, 왜 돌아왔는지는 생각하지 못했었다.

"우리가 알지 못하는 이유가 있을 겁니다. 그 이유가 무엇이냐에 따라서 당신들은 적이 될 수도 있고, 과거처럼 친구가 될 수도 있어요. 일단 그 이유를 알아내는 것이 중요해요."

산초는 가끔 존이 대화를 잘 이끌어나간다는 생각을 했다. 존은 문제가 발생해도 해결하기보다 적당하게 상황을 조율한 뒤, 해결의 기회를 제공하고 한 발 빠지는 것을 좋아하는 편이었다. 그러나 그것은 쉽지 않은 일이었다. 당사자들의 생각을 읽고 그들이 원하는 방향을 제시해 주어야 하기 때문이다. 그리고 그 제시안 속에 존의 역할은 없어야 했다. 존이 처음부터 대화를 하면서 화해할 방법을 찾으라는 도덕적이고 비현실적인 권유를 하려 했다면, 친은 그 큰 주먹으로 존을 한 방 갈겼을 지도 모른다. 그러나 존은 전혀 다른 이야기를 하면서 자신이 원하는 바를 드러냈다. 자파가 돌아온 이유를 알 수 있는 방법이 대화 외에 무엇이 있겠는가? 존이 원하는 것은 대화를 통해 당사자들이 문제를 해결할 기회를 주고 자신은 적당한 때에 뒤로 물러나려는 것이 분명했다.

"일단, 내가 먼저 그 친구를 만나보도록 하죠. 혹시 그 친구가 자주 가는 술집이나 식당을 알고 있나요?"

'콜로니아' 식당은 한산했다. 이 식당에 오는 사람들은 늘 정해져 있었다. 술에 취한 도박사들과 호구들, 아니면 이곳에서 만드는 이상한 음식에 길들여진 바보들…. 술집 구석의 테이블에서 자파는 불운한 친구들의 주머니를 털고 있었다. 게임종목은 포커였다. 존은 산초에게 경계를 부탁한 뒤, 자파의 테이블에 앉았다. 자파는 새로 온 손님인 존을 유심히 관찰했다. 존의 포커 실력은 형편없었다. 그러나 존은 막강한 자금력을 바탕으로 승부를 휩쓸었다. 자파는 맛있는 먹잇감을 만난 맹수가 혀를 날름거리듯이 존을 바라보았다.

"친구, 이름이?"

"존, 존 나이테."

"뭐 마시겠나?"

"마티니. 젓지 말고 흔들어서…"

산초는 존의 말을 듣고 터져 나오는 웃음을 간신히 참았다. 이게 무슨 유치한 연극이란 말인가? 그 유명한 제임스 본드의 영화대사를 모르는 도박사도 있단 말인가? 컨셉을 잡아도 이게 뭔가… 차라리 'X 맨'의 갬빗이나 루팡 같은 컨셉을 잡아야 도박사답지 않은가?

"좋아, 존. 이 마을이 처음인가 본데, 아시아는 매력적인 곳이지."

"오늘은 처음이지. 하지만 내일은 아니야. 모레도 아니지."

"한동안 머물 생각인가?"

"난 계획이 없다네. 하지만, 자네가 용감하다면 내일 저녁에도 이곳에서 나를 만날 수 있겠지. 아이들 저금통을 깨서 만든 푼돈만 아니라면, 난 늘 자네를 환영할 거야."

존과 산초는 종종 지루함을 달래기 위해 카드게임을 한 적이 있다. 존이 포커에서 할 줄 아는 것이라고는 특유의 포커페이스를 이용한 블러핑뿐이었다. 아무리 자파가 3류라고 해도, 존은 도박사와 게임을 할 정도의 실력이 없었다. 자파는 내일 보자는 말과 함께 마티니 값을 지불하고 식당을 나갔다. 존도 테이블에서 일어나서 바에 앉았다. 산초는 존의 옆에 앉아서 간단한 음식을 주문했다.

"존! 왜 이런 방법을 택했나요? 친과 코리와 함께 대화의 자리를 마련하려던 거 아니었어요? 과거의 즐거웠던 추억을 일깨워주거나 서로 도우면서 성장했던 이야기를 하면서… 아니면 외부의 적을 이야기하면서 뭉치라고 하거나 이 마을에서 셋이 뭉치면 최고가 된다거나, 뭐 그런 이야기가 나올 줄 알았는데…"

"자파는 다른 사람들과 좋은 친구였어. 그는 아시아의 친구들이 모르는 기술을 배웠지. 좋은 기술이었고, 그 정도 기술이면 모두와 즐거움을 나누는 삶을 살 수 있었어. 하지만 그는 다른 선택을 했어. 친구들이 모르는 기술을 이용해서 자기 자신의 배만 불렸지. 다른 사람들, 자기에게 과거에 도움을 주었던 친구들의 재산을 빼앗고, 그들에게 고통을 주었어. 만일 다른 도박사가 오지 않았다면, 그는 더 큰 잘못을 저질렀을 거야. 시간이 지나고, 많은 것이 잊혔지만, 아직 피해자들의 상처는 아물지 않았어. 그런데 그는 과거의 기억을 잊지 못해, 그가 취했던 약자의 것을 다시 빼앗으러 왔어. 친의 경우, 자파보다 더 강한 남자지. 회복된 친은 설욕의 기회를 노리고 있어. 친도 과거를 지우지 못했어. 결국 그들끼리 싸우게 되는 것은 최악의 상황인 거지. 단순히 둘의 문제가 아니라, 마을의 문제가 될 수도 있어. 친이나 자파는 이 마을에서 꽤 유명한 사람들이니까…. 과거는 과거, 미래를 위해 살아야 한다고 하지만, 어느 정도 감정의 정리가 필요하기도 하고. 무엇보다도 자파는 자신의 기술을 악용하면 어떻게 되는지 스스로 느껴볼 필요가 있어. 남에게 준 아픔을 자신도 알게 된다면, 이후의 삶이 달라질 수 있지. 물론 선택은 그의 몫이지만 말이야."

"존. 우리 실력에 속임수로 자파의 지갑을 털 수 있다고 생각해요?"

"자파가 아까 썼던 속임수는 본인의 능력에서 나온 것이 아니야."

"그게 무슨 소리에요?"

"인간은 누구나 욕망을 가지고 있어. 그 욕망이 변질되어 가장 나쁜 진동을 가질 때가 있는데, 그 진동을 몸에 입고 활동하는 존재들이 있어. 우리가 악마라고 말하는 것들이지. 그들은 인간이 가질 수 있는 가장 저급한 생각의 진동을 먹고 산다. 즉, 나쁜 생각만 하는 사람들은 악마에게 최고의 식량이고, 악마들은 그 사람이 좋은 생각을 하지 못하도록 끊임없이 그를 괴롭히게 되지. 코리의 가게 앞에서 나는 자파의 진동을 느꼈어. 그건 악마들이 탐낼 만큼 타락한 인간의 진동이었지. 악마가 그런 인간을 가만 놔둘 리가 없어. 자파에게 무언가를 가르치고 도박에 운을 가져오도록 술수를 부렸을 거야."

"난 또… 무슨 이야기라고…."

"자파가 왜 돌아왔을까? 왜 사람들에게 고통을 나눠주려고 할까? 친이나 코리가 도박이나 다른 일로 괴로워하면 누가 좋아할까? 반대로 친에게 자파가 고통받는다면 그것은 누가 가장 좋아하는 것일까? 자파의 생각을 먹고 사는 악마를 찾아야 해. 그 녀석을 쫓아내면 나머지는 해결하기 쉬워. 그 악마는 자파의 마음 속 어딘가, 과거의 잘못을 뉘우치고 다시 친구들과 즐겁게 살고 싶다는 생각을 깊은 곳에 가두어 두고 있어. 자신이 먹고 싶은 생각만을 하도록 자파를 조종하고 있지."

"그래서 그 악마는 어디 있나요? 지옥이라도 갈 생각이에요?"

"악마가 사는 곳은 지옥이 아니야. 악마는 우리와 늘 같이 살고 있지. 악마와 접촉할 만큼 정신이 타락한 상태를 지옥이라고 하는 거야. 천국이나 지옥은 장소가 아니라 상태야. 그리고 내 생각에 악마는 이 도시나 근처 어딘가에 있을 거야. 자파가 아주 즐거워지거나 괴로워지면 악마가 나타날 거야. 난 그걸 노리는 거지. 악마를 처리하면 문제는 쉽게 해결될 거야."

말을 마친 존은 앞에 놓인 위스키 한 잔을 비웠다. 그리고 자신의 일기장을 산초에게 주었다.

"혹시 내게 무슨 일이 생기면, 이 일기를 보게. 자네에게 하고 싶은 말이 모두 이 안에 있네."

감이 둔한 산초였지만, 그는 무언가를 느꼈고, 일기장을 다시 존에게 돌려주었다.

"아직 내가 받을 때는 아닌 것 같은데… 좀 더 가지고 다녀요."

둘 사이에 잠시 침묵이 흘렀다. 술을 좋아하지 않는 산초였지만, 왠지 오늘은 한 잔 마시고 싶었다. 산초는 거품 많은 맥주 한 잔을 주문했다.

"존. 자파의 일도 그렇고, 당신도 그렇고, 난 악마를 믿지 않지만, 당신 이야기를 듣다 보면 좀 신기할 때가 많아요. 이번 일이 악마의 소행이라 어떻게 단정 지을 수 있는지… 내가 미친 척하고 묻고 싶은 게 있는데, 세상의 악한 모든 것이 악마 때문인가요?"

"아니, 그렇지 않아. 모든 것의 씨앗은 인간이 만들지. 선이나 악이나 마찬가지야. 천사는 인간이 뿌린 선의 씨앗이 잘 자라도록 돕는 존재이고, 악마는 악의 씨앗이 잘 자라도록 돕는 존재야. 그들은 모두 보조적인 역할을 할 뿐이야."

"그럼, 자파가 뿌린 악의 씨앗은 뭔가요? 마음속의 악함이 악마의 도움을 받아서 성장했다면, 자파는 어떤 악을 마음속에 가지고 있었다는 건가요?"

"자파는 잘못된 욕망을 품었지. 남의 것을 빼앗아 자기 행복만을 추구하려는 욕심이야. 이기적인 동기를 가진 행동은 선한 과정과 결과를 가져올 수 없지. 자파는 아마 지난 과거를 실제보다 더 괴롭게 기억하고 있을 거야. 그 과거를 보상받으려 하는 거지."

"자파는 코리와 친 그리고 다른 사람들에게 자기가 저지른 잘못은 생각하지 않고, 쫓겨난 것에 대해 불만을 가지고 복수하러 왔다는 말이군요."

"친처럼 반응하면 결국 자파와 똑같은 사람이 되어버려. 과거의 잘못을 반성하고 반복하지 않으려고 노력해야 하지. 과거를 완전히 잊는 것은 불가능하니까, 서로 이해하면서 사과할 것은 사과하고 보상할 것은 보상하고 협동하며 미래를 만들어나가야 하는데, 지금 자파와 친은 그렇게 하지 못하고 있어. 특히 자파는 자신의 욕망과 과거의 조작된 기억이 그를 악하게 만들고 있다는 것을 모르는 것 같아."

"왜 과거의 기억이 조작되었다고 하는 건가요? 원래 사람의 기억이란 완전한 것이 아니기 때문에 스스로 믿고 싶은 기억을 상상했고, 결국 그것이 진실을 대체했다는 표현인거죠?"

"그럴 수도 있지. 아, 고마워요."

바텐더가 맥주 한 잔과 약간의 안주를 내주었다. 산초는 오랜만에 맥주를 들이켰다. 술을 별로 마시지 않았는데, 감상적인 기분이 되었다. 천사니 악마니 하는 이야기를 해서 그런 것일까?

"하지만 정말 기억이 조작된 것일 수도 있어. 그건 악마들이 자주 쓰는 수법이거든. 잘 기억해. 악마들이 쓰는 방법 중의 하나를 알려줄게. '힘으로 현재를 지배하는 자는 과거를 지배할 수 있다. 과거를 지배하는 자는 미래를 지배할 명분을 얻는다. 힘과 명분으로 미래를 지배하는 자가 위대한 자다.' 자신이 원하는 미래를 얻기 위해서 조작된 과거와 힘 있는 현재를 활용하는 거지. 개인에게는 과거지만, 국가단위라면 역사가 되겠지. 알다시피, 역사란 과거의 모든 기록이 아니야. 편집자가 취사선택한 과거의 기록 중 일부지. 편집자는 자신의 취향에 따라 어떤 것을 역사로 남길지 결정할 수 있어. 그리고 그 역사는 영토나 자원, 민족과 국가에 대한 권리나 소유의 정당성을 부여하는 근거가 될 수 있지. 역사를 조작하는 국가가 강대국이라면, 다른 나라가 그에 맞설 수 있겠나. 다시 말해서, 강대국은 미래에도 여전히 강대국이 되기 위해 역사를 조작해서라도 자기들에게 정당성을 부여하고 싶어 하는 거야. 이것을 개인에게 적용시키면 이해가 더 빠르지."

"어려워요, 존. 평범한 사람들은 그런 말을 이해할 수 없어요. 악마가 기억을 조작해서 개인의 미래도 나쁜 방향으로 만든다는 거잖아요. 그럼 어떻게 해야 악마가 나를 조종하지 못하게 하는지가 제일 중요하잖아요. 악한 생각을 조금만 해도 악의 씨앗이 마음속에 만들어진다면 이 세상 모든 사람들은 악의 씨앗을 수만 개 만들면서 살아갈 겁니다. 남의 물건을 갖고 싶다거나 규칙을 어기고 싶다거나 지나가는 멋진 여자와 자고 싶다 같은, 그런 게 다 악의 씨앗이라고 한다면, 이 세상은 인간의 수보다 악마의 수가 더 많을 거에요."

"맞아. 그런 생각이 씨앗이지. 하지만, 씨앗을 몇 만 개 심던지 그 씨앗이 발아되지 않는다면 그 자체로는 아무 문제가 없어. 살면서 그런 생각 한 번 안 하고 사는 사람이 어디 있어? 다 똑같지. 하지만, 가능한 그런 생각을 줄이고, 좋은 생각을 하는 게 중요하지. 니체가 한 말이 있지. '그대가 오랫동안 심연을 들여다볼 때, 심연 역시 그대를 들여다보고 있다.' 진실이야. 자네가 악한 생각을 많이 하면, 악의 씨앗이 자라나고, 악마가 관심을 기울이지. 하지만, 자네가 좋은 생각을 한다면 선의 씨앗이 자라나고, 천사가 자네에게 관심을 보일 거야. 씨앗의 수가 중요한 것은 아니야. 네가 무슨 씨앗을 키워서 꽃을 피우고 열매를 맺게 할 것인가가 중요한 거야."

"모든 사람이 생각할 때마다 천사와 악마가 지켜본다는 말이에요? 그건 좀 아닌 것 같은데…. 천사와 악마가 수십억명이 되지는 않을 텐데. 그리고 얼마나 생각을 해야 그 씨앗이라는 게 자란다는 거에요? 늘 착하게 사는 생각을 한다는 것은 평범한 사람들에겐 불가능한 일이에요."

"천사와 악마는 수도 많지 않고, 다들 바빠. 아주 강렬한 생각을 무수히 반복하고, 그 생각을 행동에 옮길 정도가 되어야 관심을 가지지. 어머니 몰래 저금통을 깨서 과자 사먹는 일 정도는 아무리 반복해도 악마의 관심을 끌지 못해. 그냥 자기 인생이 초라해지는 것뿐이지. 선행도 마찬가지야. 단순히 한두 번 하는 것이 아니라, 진심으로 열과 성을 다해 꾸준히 해야 해. 그 정도는 되어야 씨앗이 자란다고 보는 거야. 중요한 건 천사나 악마가 지켜보느냐가 아니야. 선의 꽃을 피우라는 거지. 그것은 늘 즐겁고 행복한 생각을 하라는 말이야. 인생 한 번 사는 거, 나쁜 생각보다는 좋은 생각을 하면서 사는 게 더 좋지 않겠나? 그건 자네에게도 도움이 되고, 세상에도 도움이 되는 거야."

"좋은 말이네요. 하지만, 현실은 그렇지 않잖아요. 세금고지서는 매달 날아오고, 내 월급은 적은데 물가는 오르고, 학자금 대출을 받아 대학 졸업해도 취업하기 막막하고, 취업해도 결혼하고 집 살 돈도 없고, 돈이 있다 한들, 정치도 엉망이고, 사회문제도 많이 발생하고…. 아무래도 좋은 생각보다 나쁜 생각을 하기 쉬워요."

어느새 산초는 맥주잔을 비웠다. 존은 한잔 더 달라는 손짓을 하고, 앞에 놓인 일기장을 품속에 넣었다.

"현실이 힘들면 상상이라도 해. 상상 속에서 누구보다 행복해지라고…. 그 정도는 할 수 있잖아. 현실도 힘든데, 굳이 불행한 상상을 할 필요 없지. 선의 씨앗을 심어두면, 언젠가 그 씨앗이 자라게 될 거야. 상상이 현실로 될 수 있다는 말이지. 주변 환경이 힘들다고 환경에 굴복하면 안 돼. 몸이 피곤하다고 괴로운 현실을 마음속에 품고 잠들면 안 돼. 육체의 요구에 많은 시간을 소비하는 자는 자신이 원하는 것을 이룰 시간이 없어. 상상 속에서 현실을 떨쳐버려. 시간이 지나면, 자네가 상상한 모든 좋은 씨앗들의 꽃이 피고 열매가 열려서 현실이 되어 줄 거라고 믿는 거지. 그리고 반복하는 거지. 성공하건, 실패하건, 나쁜 일만 생각하는 것보다는 도움이 될 거야."

산초는 새로 나온 맥주를 마시면서 물었다.

"좋아요. 긍정적인 생각을 합시다. 우린 자파와 도박에서 모두 이기고, 그를 부추긴 악마를 흠씬 두들겨 줄 거예요. 아. 그런데 우린 둘 다 도박을 못하잖아요. 속임수를 쓰는 도박사를 어떻게 이길 건가요? 이건 상상으로 해결이 안 되는 문제잖아요."

존은 싱긋 웃으면서 작은 목소리로 말했다.

"카드를 투시할 거야. 그럼 문제 없어."

"이 사람이…. 방금 전까지 선의 씨앗이니 천사니, 착하게 살라고 잔뜩 말해놓고…. 뭐야, 말과 행동이 다르잖아. 투시는 속임수보다 더 나쁜 거잖아."

"왜 이래. 사람이 융통성이 있어야지. 이 정도는 괜찮아. 속임수는 악한 행동이지만, 난 선한 목적을 가지고 있으니까…. 내가 믿는 신은 관대하고, 쿨한 분이라 이 정도는 용서해 주시지!"

"선의 씨앗을 키우라던 신의 사자가 마키아벨리스트로 변했군요."

다음 날부터 존과 자파 그리고 몇몇 취객들 간에 질펀한 포커게임이 시작되었다. 가끔 크게 승리하는 자는 자파였지만, 마지막에 돈을 챙겨가는 것은 늘 존이었다. 이틀 정도 존이 이기면, 하루 정도 자파도 적은 돈을 따서 돌아갔다. 그렇게 일주일 정도 지났다. 오늘도 여전히 식당에서 게임을 준비하는 존에게 산초가 물었다.

"이렇게 해서 언제 승부를 냅니까? 화끈하게 이겨서 자파를 빈털터리로 만들고, 악마를 찾아가는 것을 몰래 추격하는 게 어때요?"

"원래 도박사는 목표로 한 상대와 게임을 할 때 처음에는 봐주면서 하는 거야. 그러다가, 기회가 오면 한 번에 싹쓸이 하는 거지."

"좋아요. 그건 이해했어요. 카드를 투시하는 마법사가 패배할 리는 없으니까요. 근데 왜 게임하는 동안 친과 코리가 자파와 만나는 것을 막고 있나요? 정말 싸울까 봐 그래요?"

"그래. 둘의 싸움은 누가 이겨도 좋지 않아. 둘 다 과거에 사로잡혀 있기 때문이지. 자파가 도박에서 돈을 잃은 사람의 아픔을 다시 느껴보고, 자파를 뒤에서 조종하는 악마를 쫓아낸 뒤 만나도 늦지 않아. 그리고 너무 재촉하지 마. 내가 고른 승부의 날은 오늘이니까."

존이 저녁식사를 마치자, 자파가 도착했다. 그는 평소와 다르게 정장을 입고 있었다.

"오늘은 한 번 끝까지 가보도록 하지. 이게 내 전투복이야."

존은 품 안의 회중시계를 꺼내서 몇 번 쓰다듬고 다시 집어넣었다. 그리고 말없이 카드를 돌리기 시작했다. 그때 자파가 그의 손을 잡았다.

"오늘은 내 카드로 하지. 오는 길에 새 것을 사왔어. 표시를 해놓았을까 봐 의심이 간다면, 검사해도 좋아."

존은 형식적인 검사를 마친 뒤, 패를 돌렸다. 카드가 새 것이건 아니건, 전투복을 입건, 잠옷을 입건 승부는 보나마나였다. 아무리 뛰어난 도박사라도 어떻게 카드를 투시하는 마법사를 이긴단 말인가? 존은 자파를 살살 도발했고, 자파는 마침내 판돈을 10배로 키워서 존과 둘이 포커를 치게 되었다. 그러나 달라질 것은 없었다. 존은 모든 게임에서 자파를 압도했다. 그는 분노했지만, 존을 상대로 폭력을 쓰지는 못했다. 존의 뒤에 서 있는 산초가 그를 무섭게 노려보고 있었기 때문이었다. 결국 자파는 집 한 채에 가까운 돈을 잃고 식당을 떠났다. 그러나 그가 향하는 곳이 그의 집이 아닌 도시 외곽이었다. 존은 빠르게 짐을 정리하고, 산초와 함께 몰래 그의 뒤를 따라갔다.

잡목과 덤불로 우거진 절벽의 틈새에 작은 동굴의 입구가 있었다. 입구는 성인 남자 한 명이 서서 지나갈 수 있을 정도로 컸지만, 워낙 외진 곳에 있어서 발견하기 힘든 동굴이었다. 자파는 주변도 살피지 않고, 씩씩거리며 곧장 동굴 안으로 들어갔다. 산초는 그를 따라서 들어가려는 존을 제지하고 몽둥이 하나를 준비한 뒤, 자신이 앞장서서 들어갔다. 동굴은 바위 틈새로 달빛이 새어 들어와서 그리 어둡지 않았다. 깊은 동굴이 아닌지, 입구에서도 안의 대화소리가 들렸다.

"선생. 아시아로 돌아가서 코리와 친을 꾀어내면 모두 나한테 털리고, 그들의 집과 재산이 모두 내 것이 될 거라고 했잖아. 나는 아시아의 누구라도 이길 수 있다고 약속했잖아. 이거 약속이 틀리잖아. 난 처음 보는 노인에게 오늘 완전히 박살났다고, 엉? 이거 어떻게 할 거야? 당신이 책임 질 거야? 난 당신 믿고 아시아에서 맘대로 행패를 부리고 다녔는데, 부자는커녕 거지가 되게 생겼어."

"어리석고 욕심 많은 인간아. 이제 우리 관계도 끝이다. 쓸 만한 놈인 줄 알았더니… 이상한 혹덩어리를 달고 오다니."

카랑카랑한 노인의 목소리가 들렸다. 존과 산초는 서로를 마주 보았다. 이미 상대는 그들이 온 것을 알고 있음이 분명했다. 망설이지 않고 산초는 동굴 속으로 들어갔다. 자파는 자신의 화를 참지 못하고 허공에 주먹을 휘두르고 있었다. 그 앞에는 흰 수염을 길게 기른 노인이 검은 로브를 입고 앉아 있었다. 존과 산초가 모습을 보이자, 자파가 휴대용 몽둥이를 꺼냈다.

"이놈. 잘 만났다. 여기서 죽으면 아무도 모르지. 오늘 끝장을 내주마."

자파는 몽둥이를 휘두르며 달려왔다. 산초도 몽둥이를 움켜쥔 채 앞으로 나갔다. 실제 싸움 경험은 많지 않은 산초지만, 흥분한 상대와 좁은 공간에서 싸울 때 어떻게 해야 유리한가 정도는 알고 있었다. 노인은 연기덩어리로 변하더니, 천장에 딱 붙어서 동굴 밖으로 날아갔다. 존은 그를 따라 동굴 밖으로 나갔다. 자파는 노인이 연기로 변하자, 깜짝 놀라면서 움직임을 멈췄다. 방금 본 것을 믿지 못하겠다는 표정이었다. 산초는 그 방심을 놓치지 않았다. 산초의 몽둥이가 자파가 쥐고 있던 몽둥이를 날려버렸다. 그제야 정신을 찾은 자파의 눈앞에 두툼한 주먹이 날아들었다. 성질만 있을 뿐, 맷집이 약한 도박사는 산초의 주먹 몇 방에 기절해버렸다. 산초는 뻗어버린 자파의 몸을 끌고 동굴 밖으로 나왔다. 존은 마법 지팡이를 들고 검은 연기를 향해 흰 빛줄기를 몇 번 쏘았다. 여러 번 빗나갔지만, 하나가 연기에 맞자, 연기는 부르르 떨면서 절벽 아래로 떨어졌다. 존은 연기를 쫓으려 했지만, 절벽이 험해서 내려가는 것은 불가능해 보였다.

"저게 악마라는 거죠? 진짜 악마는 처음 보는데요. 존. 당신이 지금까지 한 말에 대해 신뢰도가 급상승하고 있어요."

"나만타에서도 한 번 만났고, 내 꿈에서도 한 번 나왔지…. 다음에 만나게 되면, 반드시 없애버리겠어."

존은 쓰러진 자파를 보았다. 악마가 사라져서인지, 잠이 들어서인지 그의 표정은 평온해 보였다. 존은 지팡이를 그의 머리에 대고 주문을 외웠다.

"뭐하는 거에요?"

"꿈을 꾸게 해 주는 거야. 과거에 즐거웠던 기억을 그리고 잘못된 선택을 했던 순간과 잘못을 뉘우치고 화해하는 자신의 모습을…. 아침에 일어나도 잊지 않을 만큼 생생한 꿈을 반복해서 꾸게 해 주는 거지. 아마 내일 아침 자파는 달라져 있을 거야."

"남에게 선의 씨앗을 그렇게 마구 뿌려도 되요? 존. 언제나 당신은 당신의 역할이 행동하는 것이 아니라고 말했잖아요."

"그래. 그렇지. 하지만, 이번은 예외로 하지. 융통성을 발휘해서 말이야. 악마가 개입했으니까, 내가 개입해도 돼."

다음 날 아침 일찍, 존과 산초는 숙소를 떠났다. 존은 자파에게 돈을 돌려주고 친과 화해의 자리를 주선하라는 당부의 말을 잊지 않았다. 코리는 그렇게 할 것이다. 착한 사람이기도 했지만, 둘 사이에서 싸움이 벌어지면, 어떻게 될 것인가 등 현실적인 이유도 충분했다.

마을을 벗어나면서 산초는 무언가 생각난 듯이 존에게 말했다.

"존. 자파가 아닌 다른 도박사가 아시아에 올 수 있잖아요. 그 도박사가 마을의 평화를 깨고 속임수나 다른 기술로 마을 사람들에게 악의 씨앗을 뿌리면 어떻게 하나요?"

"가장 좋은 것은 마을 주민들이 그런 일이 일어나지 않는 체계를 구축하는 거지. 마을 주민들은 이미 한번 타락한 자파라는 문제를 겪었어. 그리고 그 문제는 오늘 해결될 거야. 하지만, 미래에 이런 일을 반복하지 않기 위해서는 스스로 무언가를 해야지. 우리 같은 외부인들이 늘 문제를 해결해 줄 수는 없어. 개인의 생각, 집단의 생각이 중요해."

"존. 물고기를 잡는 방법을 가르쳐주는 것보다 물고기를 주는 것이 필요한 때도 있어요. 당신과 함께 다니면서 느끼는 것이 있는데, 왜 사람들에게 문제와 해결방법을 직접 말하지 않고, 어렵게 돌려서 표현하거나 자리를 피하는 건가요?"

"굶어죽을 정도가 아니라면, 물고기 잡는 방법을 가르쳐 주는 것이 좋아. 각자가 나아가야 할 길, 집단이 나아가야 할 길은 외부에서 가르쳐 주는 것이 아니야. 스스로 인식해야지. 그리고 함께 행동해야지. 소수가 문제를 해결하기 위해 노력하다 실패하면 그것으로 끝나는 것이 아니라, 후손들의 용기를 꺾는 전례가 될 수 있어. 잘못된 문제를 해결하기 원한다면, 스스로의 신념도 갖고, 자신의 역량이 가능한 것인가 잘 살펴봐야 돼. 그리고 함께 해결해야지. 그 '함께' 안에 내 자리가 없을 뿐이야. 내가 직접 모든 것을 해결한다면, 사람들은 본인들의 마음속에 있는 의지와 협동심을 영원히 꺼내지 않을 거야. 난 사람들이 능력 있는 누군가, 이를테면 비현실적인 초인의 출현을 바라는 것보다 스스로 깨닫고, 평범한 주변 사람들과 함께 행동하기를 진심으로 바라고 있어."

차이와 차별 그리고…

　모든 여정은 시작이 있으면 끝이 있다. 그러나 끝은 그 이야기의 끝일 뿐, 인생의 끝은 아니다. 이야기가 끝나도 나는 살아간다. 내가 살아간 모습은 후대에 남겨진다. 그리고 그런 삶의 모습들은 하나의 집단정체성을 형성하기도 한다. 그렇게 형성된 정체성은 이후 세대의 가치관을 지배하는 요소가 된다. 때로 집단이 요구하는 가치에 부응하지 못하거나 다른 가치를 추구하는 삶이 있을 수 있다. 그는 다른 사람과 다른 이야기를 만들어 나갈 것이다. 그 이야기는 영웅들의 서사시와 같은 즐거운 성공담으로 끝날 수도 있고, 시대에 저항하다 희생한 선구자 같은 삶으로 끝날 수도 있다. 하지만, 대다수는 적당한 범위 내에서 저항하고, 적응해서 살아가거나 집단에서 떨어져 나와 살아가게 된다. 자신이 집단과 맞지 않는 가치관을 가진 존재임을 깨닫게 되는 순간부터, 누구나 고민하기 시작한다. 누가 변해야 하는가? 변할 수 있는가? 둘 다 어렵다면, 그는 그 집단을 떠나는 것이 자신이 행복한 것이라고 믿게 된다. 특히 그 이유가 자신이 속한 집단에서 용납할 수 없는 자신의 사랑이라면, 합리화하기에 충분하다.

바로 그런 로맨틱한 늑대가 한 마리 있다. 검은 털을 가진 늑대 루이스. 숲과 황무지의 경계를 떠도는 외로운 방랑자 루이스. 존과 산초를 위협해서 쫓아내고 음식을 훔쳐 먹으려다가 산초에게 얻어맞고 굴복한 루이스. 해가 저무는 시간, 큰 바위 아래 식사를 하는 존과 산초와 함께 자신의 이야기를 하는 검은 늑대 루이스가 바로 그 비극의 주인공이었다.

"난 네 말이 잘 이해가 안 가. 다시 설명해 봐. 무슨 로미오와 줄리엣도 아니고, 결혼하고 가정을 이루면 독립하다시피 하면서, 왜 털 색깔이 다르다는 이유로 결혼을 반대하는 거고, 그 반대를 이기지 못하는 거지?"

"산초, 야만인 같은 힘을 가진 자여. 이곳의 늑대들은 부족생활을 합니다. 그 부족은 털의 색깔에 따라 구성돼요. 우리 검은 늑대들은 하얀 늑대들과 다릅니다. 털 색깔만 다른 것이 아니죠. 우리는 광활한 구릉지를 달립니다. 작은 숲과 덤불에서 쉬죠. 쥐와 토끼와 작은 야생동물을 먹어요. 우리는 강인합니다. 위험하거나 불편한 것을 이겨냅니다. 하지만, 하얀 늑대들은 좀 달라요. 그들은 자신들이 더 고귀한 늑대라고 생각합니다. 그들은 우리를 더럽고 불결하다고 생각합니다. 하얀 늑대들은 설원과 깊은 숲, 추운 곳에서 살아갑니다. 그들은 사슴이나 순록을 사냥하죠. 그들은 작은 동물을 사냥하는 우리보다 큰 동물을 사냥하는 그들의 사냥 방식이 우수하다고 말합니다. 추운 곳에서 사는 그들의 정신이 우리보다 강하다고 말합니다. 그리고 알 수 없는 신을 하나 섬기고 있죠. 그들은 신이 하나라고 믿는데, 우리는 신이 여러 명 있다고 믿습니다. 하얀 늑대들은 검은 늑대들을 존중하지 않습니다. 북쪽의 강을 경계에 두고 수백 년을 함께 지내왔지만, 그들은 늘 우리를 무시합니다. 그래서 우리 검은 늑대 부족은 하얀 늑대들과 결혼하지 않았습니다. 그것은 내가 지켜야 할 전통 중에 하나였습니다. 적어도 내가 그녀를 만나기 전까지는 그랬습니다."

"새벽별보다 아름다운 눈을 가지고 있고, 첫눈이 내린 산보다 더 하얀 털을 가지고 있고, 강에 반사되는 빛의 부서짐보다 우아한 몸짓을 가진 하얀 늑대 다이아나를 만나기 전까지 말이지?"

가만히 이야기를 듣던 존이 마시던 차를 내려놓고 말했다.

"그래요, 다이아나. 당신들이 봤다면, 당신은 이 세상에서 가장 아름다운 늑대라고 감탄할 겁니다. 그녀는 마치 얼음과 눈으로 조각된 여왕 같았어요. 나는 그녀를 사랑했어요. 끊임없이 구애했어요. 하지만, 그녀는 나를 동정했을 뿐입니다. 관심도 있었지만, 그건 사랑이 아니었어요. 내가 검은 늑대이기 때문입니다. 난 내 종족에 대한 자부심이 있지만, 지금 내가 하는 생각은 오직 하나, 왜 나는 하얀 늑대가 아닌가 하는 것입니다."

"하지만, 아까 다이아나를 포기하고, 깨끗이 정리하기 위해 노력한다고 하지 않았나?"

"매정한 인간이여. 사랑을 어찌 그리 쉽게 잊을 수 있습니까? 나는 내 마음속에서 그녀를 지우기 위해 방황하고 있습니다. 얼마 전까지 내가 보는 나무, 풀, 바위, 샘에서 모두 그녀의 얼굴이 떠올랐어요. 하지만, 지금은 그렇지 않습니다. 가슴속에서 타오르던 사랑과 영원의 불꽃도 이젠 식어가고 있습니다. 그녀가 내게 마지막으로 던져준 얼음 꽃송이가 차갑게 내 심장을 찔렀고, 그 상처에서 흐르는 피가 사랑의 불꽃을 작게 만들었어요. 난 이제 이 사랑의 아픔에서 벗어나고 싶습니다."

"존. 이 늑대를 어떻게 해야 되죠? 난 뭐라도 도와주고 싶긴 한데…"

"실연의 아픔을 달래는 방법은 두 가지가 있지. 시간이 지나가거나 다른 사랑을 만나거나…. 하지만 그 두 가지 모두 우리와는 상관이 없어."

"이 늑대, 루이스라고 했던가요? 난 이 늑대가 하는 말이 거짓말 같지 않아요. 왠지 마음이 안쓰러워서… 도와주고 싶어요. 우리 급한 것 없으니, 이 늑대가 마음을 정리할 때까지 같이 있어 주는 것은 어때요? 외롭지는 않을 텐데."

늑대는 인간의 말을 못 알아듣기 때문에 존과 산초는 편하게 대화할 수 있었다. 그것은 산초가 말을 하는 데 무척 편리한 점이었다. 힘든 것은 루이스와 산초의 이야기를 적당히 통역해야 하는 존 하나뿐이었다. 존을 통해 산초의 이야기를 들은 루이스가 대답했다.

"난 좋아요. 새 친구들과 함께 과거를 털어 버리는 것은 좋은 일입니다. 난 밝고 건강하며, 활기찬 수컷 늑대입니다. 나의 야성적이고, 강한 힘은 여행자인 당신들에게도 도움이 될 것입니다. 우리는 좋은 친구가 될 수 있을 겁니다."

다음 날, 존, 산초 그리고 루이스는 서쪽을 향해 걸었다. 사랑 때문에 종족에서 독립한 루이스는 새로운 사냥 영역이 필요했다. 서쪽은 큰 산이 있었고, 많은 냇가가 있었다. 그 산에는 다른 늑대들이 살고 있겠지만, 루이스 하나 정도는 살게 해 줄 것이라 생각했다. 시냇물을 건너고, 오솔길을 지나, 루이스가 사냥한 토끼를 구워 먹고, 달이 뜰 무렵 고목 근처에 걸터앉은 일행은 어디선가 들리는 늑대 울음소리에 주변을 경계하기 시작했다. 루이스는 고목 근처에서 황색의 늑대 털을 발견했다.

"여긴 황색 늑대가 사는 곳이군요. 이 녀석들은 나쁜 놈들입니다. 늘 겉과 속이 다르죠. 마주 보면 웃지만, 돌아서면 욕합니다. 신뢰할 수 없는 악당들입니다. 자신의 이익에 늘 민감한 늑대들이에요. 우리 검은 늑대들이 가장 싫어하는 늑대들입니다. 조심하세요."

루이스가 경고를 주자, 존과 산초는 만일의 경우를 대비해서, 큰 바리케이드를 만들고, 고목 근처에서 불을 피웠다. 늑대 울음소리는 점점 가까워졌다. 확실한 건 한 마리가 아니라는 것이었다. 무리지어 사냥하는 늑대의 전술을 알고 있는 존과 산초는 어떻게 수많은 늑대들과 싸울 것인지 걱정이 되었다. 어두운 나뭇가지 사이에서 파란색, 초록색 인광이 보였다. 루이스는 낮은 자세로 으르렁거리며 싸울 준비를 갖추었다. 존은 마법 지팡이를 꺼내들었고, 산초도 몽둥이를 치켜들었다. 존과 산초는 자신들의 여정이 어디서 어떻게 끝날지 아무도 알 수 없지만, 적어도 산속에서 늑대밥이 되는 것은 아닐 것이라 믿고 싶었다.

울음소리가 멎고 나뭇가지 사이로 그르릉거리는 소리와 함께 약간 비릿한 짐승 냄새가 풍겨왔다. 잠시 정적이 흐르고, 루이스의 측면에서 큰 황색 늑대 한 마리가 뛰어 나왔다. 연이어 두 마리의 늑대가 동시에 루이스를 향해 달려들었다. 존은 빠르게 마법 지팡이를 휘둘렀다. 가장 먼저 뛰어나온 늑대는 존의 마법을 맞고, 바닥에 쓰러졌다. 생명에 지장은 없지만, 잠시 움직이지 못할 정도의 전기 충격 마법이었다. 루이스는 두 마리의 늑대와 엉켜 싸우기 시작했다. 산초는 몽둥이를 들고 달려 나가서, 늑대 한 마리의 등짝을 후려 쳤다. 늑대는 깨갱거리는 소리와 함께 몸을 움츠리고 바닥을 굴렀다. 산초는 한 번 더 몽둥이를 휘둘러서 결판을 내려 했지만, 황색 늑대는 재빠르게 뒤로 도망쳤다. 그때, 수풀 사이에서 한 마리의 황색 늑대가 나타났다. 그 늑대가 뭐라고 울었는데, 무슨 뜻인지는 모르지만, 루이스와 남은 한 마리 늑대가 싸움을 멈추고, 서로 뒤로 물러났다. 루이스는 새로 나타난 늑대를 보고 있었다.

"어떻게 된 거에요?"

"방금 나타난 늑대가 그만두라고, 우리는 싸우면 안 된다고 말했어. 그리고 루이스라고 말했지. 서로 아는 사이인 것 같은데."

"자세히 통역해줘요."

황색 늑대가 한 걸음씩 루이스를 향해 걸어왔다.

"오랜만이에요, 루이스."

"스트로. 이렇게 다시 만나게 될 줄 몰랐어. 여기서 널 보게 될 줄이야."

"2년 만인가요? 언젠가 만나고 싶었지만, 너무 늦었어요."

스트로라고 불린 황색 늑대와 루이스는 한때 친한 동료였다. 어린 시절에 그들은 종족 간의 경계에서 함께 장난치고, 사냥했다. 그들의 관계는 사랑과 우정 사이였다. 그러나 검은 늑대들은 황색 늑대들을 경멸했다. 믿을 수 없고, 겉과 속이 다른 이기적인 늑대들이라고 비난했다. 그리고 황색 늑대들이 어떤 신도 섬기지 않는 것에 대해 비난을 아끼지 않았다. 검은 늑대의 영역에서 황색 늑대가 있을 곳은 없었다. 스트로는 상처 받고 떠났다. 그리고 시간이 흐른 뒤, 깨달았다. 자신이 루이스를 좋아하고 있었음을…. 루이스도 스트로가 자신을 좋아했다는 것을 알고 있었다. 그러나 그는, 그 당시의 그는 스트로에 대해 깊게 생각하지 않았다. 그렇게 시간이 흘렀고, 루이스는 우연히 향한 북쪽 강에서 다이아나를 보게 되었던 것이다. 시간은 스트로에게도 같이 흘렀다. 스트로는 남쪽의 붉은 늑대와 결혼하게 되었다. 황색 늑대들은 붉은 늑대들을 싫어했다. 붉은 늑대들은 황무지와 폐허가 되어 버린 인간들의 도시에서 살았다. 그들은 파충류와 양서류 및 구할 수 있는 모든 동물을 먹었다. 산짐승과 물고기를 주로 먹는 황색 늑대들은 붉은 늑대들이 도마뱀을 먹는 것을 보고 경악했다. 붉은 늑대들은 단순 무식하고, 야만적이었으며, 매우 게을렀다. 그들이 집단 사냥을 하지 않고, 개별적인 사냥을 통해 먹이를 구하는 것은 그들의 낮은 지능과 게으름을 보여주는 가장 확실한 증거였다. 황색 늑대는 붉은 늑대들과 어울리는 것을 싫어했다. 그러나 스트로는 루이스와 추억이 담긴 이곳에서 돌아오지 않을 그를 추억하면서 살아가는 것이 더 싫었다. 그녀는 얼굴도 모르는 붉은 늑대의 수컷과 결혼하기로 결심했다. 그리고 그녀의 형제들과 함께 무리를 떠나서 이동하고 있었던 것이다. 스트로의 형제인 치크, 코렛, 라이는 고목 근처에서 다른 늑대의 냄새를 맡았고, 떠돌이 늑대일 수 있다고 판단하여 공격 준비를 하였다. 스트로는 숨어 있기로 했지만, 오래지 않아 그 냄새의 주인을 기억해내었다. 그리고 한때 자신이 좋아했던 루이스와 자신의 형제들의 싸움을 중지시키기 위해 나온 것이었다.

"한 편의 연애 소설을 보는 기분이군요. 이거 참…"

늑대들이 말을 마치고, 어느새 달이 하늘보다 땅에 더 가까운 시간이 되자, 하품을 참던 산초가 말했다. 졸렸지만, 재미있었다. 존은 루이스와 라이의 상처를 치료해 주었다. 몽둥이에 맞은 코렛은 생고기 두 근을 주자, 산초와 화해했고, 치크는 동생을 치료해 준 존에게 고맙다고 말했다. 루이스는 여전히 그들을 불신했지만, 스트로를 믿었기에 잠을 잘 수 있었다.

늑대들은 야행성이었고, 사람들은 아니었기에 낮과 밤에 반반씩 나누어 쉬기로 타협했다. 타협했다는 것은 존과 산초, 루이스가 황색 늑대들의 여정에 참여하기로 한 것을 의미했다. 루이스와 스트로는 적당히 거리를 유지하면서 대화했다. 루이스는 다이아나에 관한 모든 것을 남김없이 고백했다. 스트로는 무척 슬퍼보였지만, 이겨낼 수 있을 거라고 루이스를 격려해 주었다. 황색 늑대 형제들은 그리 중요하지 않은 잡담을 하면서 걸었다. 산초는 존을 돌아보면서 말했다.

"이런 늑대들도 연애를 하고 결혼을 하는데, 왜 우리는 아직 혼자인거죠?"

"산초. 난 혼자가 아니라네. 난 젊었을 적에 많은 연인이 있었지. 결혼하지 않는 삶은 내가 스스로 선택한 삶이라네. 온전히 신에게 다가가기 위함이지. 아내와 자식이 있으면, 그렇게 사는 것이 어렵거든."

"난 결혼하고 싶은데요. 나만타로 돌아가는 길에 예쁘고 착하고 나를 열렬히 사랑하는 아가씨를 만난다면, 당신이 말한 신의 존재를 믿을 수 있을 겁니다."

"그렇게 네 마음속의 신을 우스꽝스럽게 만들지 마. 신은 네 연애를 위해 존재하는 게 아니야."

"바쁘시겠죠. 하지만, 나도 우주의 일부니까, 행복하고 사랑할 권리가 있잖아요. 신은 나한테 세상에서 가장 예쁜 여자를 아내로 줄 수 있잖아요. 굳이 그렇게 안 할 이유도 없잖아요. 복권당첨보다 훨씬 경건한 소원 아닙니까?"

"신에 대한 자네의 소원은 잘 들었네. 이제 우리를 접대하기 위해 나온 손님과 대화할 시간이야."

숲이 끝나는 지점, 한때 도시의 입구였으리라 짐작되는 바위조각과 덤불로 뒤덮인 석벽 사이에서 붉은 털을 가진 늑대 두 마리가 걸어오는 것이 보였다.

"'마음의 벽'에 온 것을 환영한다. 황색 늑대들이여."

"환영해 주는 것은 고맙지만, 좀 떨어져서 말해. 개구리와 도마뱀 냄새가 진동을 한다고."

코렛이 고개를 돌리면서 말했다. 그 모욕적인 말을 들은 붉은 늑대들은 송곳니를 내보이면서 그르릉거렸다.

"무슨 일로 이렇게 여럿이 몰려왔나? 혼자 있을 때는 아무것도 못 하는 황색 늑대들답군."

"단체 행동을 할 지능이 없는 야만 늑대들에게 우리를 이해해 주기를 요구하는 것은, 검은 늑대가 황색 늑대와 결혼하는 것만큼이나 불가능한 일이지. 신부를 위해 내가 참을 테니, 어서 결혼할 늑대나 불러와. 여기까지 왔으니, 얼굴은 보고 가야겠다."

붉은 늑대들은 따라오라는 고갯짓을 하고, 뒤돌아 가기 시작했다. 스트로와 루이스는 아마 이번이 마지막일지 모른다는 생각에 서로를 마주 보았다. 루이스는 스트로의 흩어진 털을 핥아주었다.

"곧 결혼하게 될 신부인데, 예쁘게 하고 가야지."

스트로는 잠시 루이스를 바라보았다. 기다리던 라이가 스트로를 재촉했다. 황색 늑대 형제들과 함께 스트로는 붉은 늑대들을 따라갔다. 그들의 모습이 보이지 않을 때까지 루이스는 그 자리에 가만히 서 있었다.

"이제 돌아가자. 그만 하면 충분하다."

검은 늑대의 마음에서 전해져 오던 감정의 파동에 집중하던 존이 말했다. 루이스는 존을 보고 고개를 끄덕였다.

"이제 충분합니다. 모든 것이 끝났어요. 내 여행도 여기까지입니다. 이제부터 혼자 살아보겠습니다. 같이 와줘서 고마워요. 당신들과 함께했던 여행은 좋은 선물을 받은 기분이었습니다."

산초는 헤어짐을 아쉬워하면서 가방 속에서 남은 고기를 꺼내 루이스에게 선물로 주었다. 마지막 만찬을 즐기기 위해 존도 과자와 음료를 꺼냈다.

반 정도 음식을 먹었을 무렵, 늑대들이 사라졌던 폐허에서 치크가 맹렬히 달려오는 모습이 보였다. 일행은 먹던 것을 중지하고, 일어섰다. 느낌이 좋지 않았다.

"헉… 헉… 망할… 토마스 자식이 없어."

"뭐라고?"

"토마스. 스트로랑 결혼하기로 한 붉은 늑대. 그 자식이 마을에 없어. 어디로 갔는지 말도 안 했고, 본 사람도 없어. 젠장, 당장 찾아야 해. 좀 도와줘."

존과 산초는 급하게 가방 속에 남은 식량을 넣었다. 루이스는 둘을 기다릴 틈도 없이 바로 앞을 향해 달려 나갔다. 치크는 존과 산초와 함께 폐허 속으로 달렸다. 한참을 달리자, 라이와 스트로 그리고 아까 보았던 붉은 늑대의 모습이 보였다. 라이는 분노와 불안을 감추지 않고, 계속 뭐라고 말하고 있었다. 루이스는 스트로의 곁으로 다가가려다가 주저하면서 그녀 곁을 돌았다. 스트로는 루이스가 온 것을 알았지만, 그에게 고개를 돌리지 않고, 다른 쪽만 바라보고 있었다. 그때 멀리서 작은 붉은 늑대 한 마리가 달려왔다.

"북쪽이야. 토마스가 북쪽으로 갔다는 것은 본 사람이 있어."

"설마, 그렇게 말했는데… 토마스 이 자식."

붉은 늑대 한 마리가 작은 붉은 늑대를 따라 달렸고, 모두가 그 뒤를 쫓았다. 마중 나왔던 늑대의 이름은 사라였는데, 라이는 달리는 내내 토마스에 대해 집중 추궁했고, 사라는 자신이 알고 있는 모든 이야기를 털어놓았다.

붉은 늑대들을 무시하는 황색 늑대 측에서 결혼제의가 들어왔을 때, 붉은 늑대들은 대부분 그 결혼을 반대했다. 황색 늑대들은 늘 자기들이 붉은 늑대들보다 우월하다고 말했기 때문이었다. 집단과 개인의 성향 차이도 컸다. 붉은 늑대들은 자신들의 시조인 몇몇 신들에 대한 강한 믿음을 가지고 있었다. 그러나 황색 늑대들은 어떤 신도 믿지 않았다. 그들은 황색 늑대들이 붉은 늑대들을 경멸한다는 것을 알고 있었고, 그것을 감수하고 결혼을 먼저 제의하는 것은 다른 목적이 있을 거라고 추측했다. 그들은 그 늑대가 결혼할 수 없을 만큼 늙고 약하거나 붉은 늑대들의 비밀을 캐내려는 스파이일 것이라고 상상했다. 그러나 그냥 거절하기에는 뒷맛이 개운치 않았다. 붉은 늑대들은 황색 늑대들의 제안을 일단 받아들이기로 결정했다. 그들도 이 기회에 황색 늑대들이 어떤 종족인지 한 번 알아보자는 의견이 지배적이었다. 그러나 문제가 발생했다. 붉은 늑대들 중에서 이 결혼에 나서는 사람이 아무도 없었다는 것이었다. 그건 심각한 문제였다. 그래서 붉은 늑대들은 이 임무를 수행할 수컷 늑대를 하나 지명했다. 그게 토마스였다. 토마스는 모험을 좋아하는 늑대였다. 개성을 존중하는 붉은 늑대들은 토마스의 여행에 대해 일체 간섭하지 않았다. 토마스는 많은 사냥 지역을 알고 있었고, 많은 동물을 알고 있었다. 그의 지식은 종종 큰 도움이 되었다. 그리고 그는 매사에 개방적인 사고방식을 가지고 있었다. 붉은 늑대들은 토마스라면 황색 늑대와도 잘 지낼 수 있을 거라 믿었다. 그러나 토마스는 따로 만나던 연인이 있었다. 그것은 하얀 늑대였다. 토마스는 여행 중에 우연히 하얀 늑대와 만나게 되었다. 하얀 늑대는 붉은 늑대들에게 경멸의 대상이었다. 하얀 늑대는 추운 곳에서만 살았기 때문에 폐쇄적이고 답답했다. 그들은 광활한 대지를 마음껏 달릴 수 있는 체력이 없었다. 그리고 늘 자신들이 큰 짐승을 사냥한다면서 잘난 척을 하곤 했다. 실상 큰 짐승을 잡는 데 가장 큰 역할을 하는 것은 눈이었다. 큰 짐승들은 눈에 빠져 허우적거리면서 자신들의 체력을 소모했고, 하얀 늑대들이 하는 일은 적당한 유인과 포위 그리고 지치는 것을 기다리는 것뿐이었다. 붉은 늑대들이 보기에 그것은 사냥이 아니었다. 하얀 늑대의 생활양식은 붉은 늑대들이 이해할 수 없었다. 토마스는 그것에 개의치 않았다. 그는 우연히 혼혈 늑대부족을 만났었다. 그리고 혼혈 늑대를 이끄는 점박이 늑대에게서 많은 것을 배웠다. 혼혈 늑대들은 어느 영역에도 속하지 않고, 떠돌아다녔지만, 그들도 늑대였고, 붉은 늑대나 검은 늑대, 황색 늑대나 하얀 늑대처럼 장단점을 가지고 있었다. 새로운 시각에 눈을 뜬 토마스는 하얀 늑대와 친해지기 위해 노력했다. 그 하얀 늑대는 다른 색을 가진 늑대와 어울리는 것을 원치 않았다. 하지만, 시간이 지나면서 결국 토마스에게 마음을 열었다. 토마스는 하얀 늑대와 결혼하고 싶었다. 만일 그것이 안 된다면, 그는 붉은 늑대부족을 떠날 각오도 하고 있었다. 그때 붉은 늑대들이 그에게 말했다. 황색 늑대의 암컷과 결혼하라고…

"그래서 그 토마스란 놈이 어디 있는 거야?"

"하얀 늑대와 함께 북쪽에 있다고 들었어."

"이봐. 일단 그놈을 만난 다음 결론을 내려야겠지만, 아마 이 결혼은 무효가 될 거야. 난 절대 내 동생을 그놈과 결혼시킬 수 없어."

가쁜 숨을 몰아쉬면서 라이가 말했다. 모두가 오래 달리느라 지쳐 있었고, 산초는 한참 뒤처져서 간신히 뛰어 오고 있었다. 보통 사람들과 비교하면 월등히 좋은 체력을 가진 그였지만, 야생의 늑대들과 경쟁하는 것은 무리였다. 지치지 않은 자는 오직 존뿐이었다. 그는 둘시난테에게 모든 것을 맡겼고, 이 대단한 신발은 중력을 무시하는 수준의 능력을 발휘하면서 주인에게 쾌속을 선물했다.

바위투성이 언덕 근처에 도착하자, 큰 바위 아래 있는 붉은 늑대 네 마리와 황색 늑대 두 마리, 바위 위에 있는 붉은 늑대 한 마리와 하얀 늑대 한 마리가 보였다. 루이스는 혹시나 하는 마음에 그 하얀 늑대를 보았다. 오면서 사라의 이야기를 들은 그는 토마스가 사랑에 빠졌다는 그 늑대가 다이아나가 아닌가 생각했었다. 만일 그녀가 다이아나라면, 이 꼬여버린 4각 관계를 어떻게 풀어야 할지 답을 생각할 수 없었다. 그때 커다란 울음소리와 함께 절벽의 굴에서 수십 마리의 점박이 늑대들이 달려 내려오기 시작했다. 그 늑대들은 토마스와 하얀 늑대를 지키듯이 주변을 둘러섰다. 그 두목으로 보이는 늑대가 앞에 나와서 말했다.

"여기는 나의 땅이다. 붉은 늑대, 황색 늑대, 검은 늑대, 하얀 늑대 그 어떤 늑대도 내 허락 없이 이곳에 들어올 수 없다. 내가 이곳에 들어오도록 허락한 자는 토마스와 에피 둘뿐이다. 너희들은 당장 이곳을 떠나라."

그 하얀 늑대의 이름은 에피였다. 다이아나가 아님을 가까이에서 확인한 루이스는 안도의 한숨을 내쉬었다. 마치 마법처럼 그 한숨과 함께 다이아나에 대한 모든 감정이 루이스의 몸 밖으로 빠져나갔다. 그러나 루이스와 정반대로 분노에 가득 찬 늑대가 있었다. 라이는 입에 거품을 물고 날뛰었다.

"내 여동생은 어떻게 하느냐? 토마스, 너 이놈. 당장 내려와라. 내가 너를 죽이고 나도 죽겠다. 스트로의 결혼을 이따위로 망칠 수가 있냐?"

"황색 늑대들에게는 정말 미안하게 생각합니다. 하지만, 난 에피가 아닌 다른 늑대와 결혼할 수 없습니다. 사랑 없는 결혼생활을 유지하는 것보다 차라리 나을 것입니다."

"라이, 토마스의 말이 맞아요. 사랑 없는 결혼은 나도 원하지 않아요."

스트로가 단호하게 말했다. 현실적으로 봐도, 혼혈 늑대무리와 싸워서 이긴다는 것은 불가능한 상황이었다. 사라는 토마스를 보고 말했다.

"토마스, 그 늑대 무리로 가면, 너는 두 번 다시 우리에게 돌아오지 못한다. 그 하얀 늑대도 마찬가지야. 돌아갈 수 없어."

"괜찮아. 꼭 내가 태어난 늑대들과 어울리고, 그들과 같은 생각을 하고, 그들과 같은 관점에서 다른 늑대를 바라보는 것이 최고는 아니야. 난 털의 색은 중요하지 않다고 생각해. 난 내가 사랑하는 에피와 함께 하는 것만이 중요할 뿐이야. 태어난 곳으로 돌아가는 것이 항상 마지막 목표가 되는 것은 아니야. 난 시간이 지나도 이해해달라거나 받아들여달라는 말은 하지 않을 거야. 난 붉은 늑대부족을 떠나서도 살아갈 수 있어. 다른 털을 가진 늑대와 결혼해도 살아갈 수 있어."

루이스는 가만히 고개를 끄덕였다. 루이스는 한발, 한발 가장 큰 용기를 내어서 스트로에게 다가갔다. 스트로는 루이스를 향해 고개를 돌렸다. 그녀도 한걸음씩 루이스를 향해 걸어가기 시작했다. 그들은 나란히 섰다. 그리고 혼혈 늑대들이 있는 바위를 향해 걸어 나가기 시작했다. 함께 왼발을 내딛고, 오른발을 내딛었다. 혼혈 늑대들은 그들이 바위위로 올라올 수 있도록 길을 비켜주었다. 황색 늑대와 붉은 늑대들은 가만히 그들을 바라보았다. 그들의 그런 행동이 무엇인지 다른 늑대들도 알 수 있었다. 루이스와 스트로는 토마스와 에피의 옆자리에 나란히 섰다. 혼혈 늑대들 사이에서 색이 서로 다른 네 마리의 늑대가 나란히 서 있었다. 검은 늑대와 황색 늑대, 붉은 늑대와 하얀 늑대가 서로에게 기대어 서 있는 그 모습은 그리 이상하거나 어색하지 않았다.

그 일이 있고, 사흘이 지났다. 한밤중이 되어서 처음 루이스를 만났던 곳에 존과 산초는 다시 도착했다. 바위에 앉아 있던 존은 무척 뿌듯한 목소리로 말했다.

"늑대들은 크게 성장할 기회를 얻었어. 그들이 서로 다르게 태어났던 것은 서로에 대한 마음의 벽을 허물어야 할 이유가 있었기 때문이지. 그들은 스스로 개선할 기회를 얻었고, 주어진 기회를 이용해서 최고의 결과를 만들어 냈지."

"존. 전에 말한 것처럼 늑대들의 마음을 알고 있었으면, 좀 더 도와주었어야죠. 만일 토마스가 도망을 안 갔거나 에피가 몰래 떠났거나 루이스와 스트로가 조금만 망설였더라고, 지금 늑대들은 전쟁 중이었을지도 모른다구요."

"우리가 할 일은 개입과 행동이 아니야. 관찰과 충고, 기회제공이지."

"그 역할론. 이제 지겹네요. 존. 차라리 지난번의 마키아벨리스트처럼 행동하는 것이 더 나을 뻔했어요. 만일 당신 같은 사람들이 좀 더 적극적으로 사회에 참여했다면, 지금 인류는 훨씬 발전했을 거라는 생각은 안 해봤어요? 생각해봐요. 100년마다 예수나 마호메트나 붓다 같은 사람들이 태어나서 인류를 좋은 방향으로 이끌었다면, 지금 우리가 사는 세상은 완전히 달라졌을 거라고요."

"늘 그런 식으로 말을 하는군. 산초. 이제… 내가 왜 남들과 다른 능력을 가지고 있는데도, 사회를 바꾸는 데 참여하지 않는지 그리고 왜 우리가 함께 여행을 다니는지에 대해 이야기할 시간이 된 것 같군. 내 꿈 이야기도 말이야."

존은 말하고 나서, 잠시 고개를 돌렸다. 마음의 준비가 필요한 시간이었다. 할 말을 가다듬고 있을 때, 갑자기 존의 앞에서 말로 표현할 수 없는 차가운 바람이 불었다. 존은 놀라면서 정면을 보았다. 검은 연기덩어리가 어느새 산초의 뒤에서 피어오르기 시작했다.

"오랜만이군, 존. 이제 우리의 싸움도 끝낼 때가 되었지. 물론 내가 이기고 네가 지겠지만 말이야. 이 친구에게 모든 것은 상대가 있다고 말해 주지 그랬어. 존이 세상을 선하게 만들기 위해 직접 개입한다면, 나도 세상을 악하게 만들기 위해 개입할 수 있다고… 그게 신의 법칙이라고…. 후후후…. 너무 늦었나…?"

산초는 놀라서 뒤돌아보았다. 그러나 그 순간 검은 연기는 산초의 코와 입으로 들어갔다.

산초는 정신을 잃고 그 자리에 쓰러졌다.

"산초, 산초!"

존은 산초를 안고 흔들었다. 산초는 미동도 하지 않았다. 존은 그를 내려놓고 빠르게 주변에 보호진을 그렸다. 그리고 그 안에 산초를 눕혔다. 존은 가만히 앉아서 명상을 시작했다. 그는 이전에 동물원에서 했던 것처럼, 자신의 영혼을 육체의 밖으로 꺼냈다. 그리고 산초의 머릿속으로 들어갔다.

다른 의미의 빅 파더란?

　인간은 소우주라고 한다. 인간의 정신세계는 물질적 대우주와 유사한 형태로 창조되었기 때문이다. 소우주 안에 사랑과 희생이라는 인간의 감정이 머무는 공간이 있다면, 대우주에도 이에 대응하는 행성이 있고, 우주적 공간이 있으며, 그에 해당하는 맛이나 색깔, 소리 등이 있다는 말이다. 악마와 존이 산초의 정신세계로 들어간 것은 또다른 우주로 들어간 것이나 마찬가지였다. 악마는 산초의 정신세계 안에서 자신이 가장 강한 힘을 발휘할 수 있는 본능과 욕망의 공간을 찾아 들어갔다. 존은 악마가 남긴 궤적을 추격해서 산초의 첫 번째 본능의 공간에 도착했다.

　악마가 머무는 곳은 식욕의 공간, 식욕의 소우주였다. 수많은 빵과 고기, 음식이 나선형 소용돌이를 그리면서 식욕본능의 행성 주위를 돌고 있었다. 산초가 좋아하거나 많이 먹은 음식들은 크기도 크고 수도 많았다. 산초가 먹지 못했지만, 사진이나 그림으로 본 음식들은 형태가 흐릿하거나 매우 작았다. 음식들은 하나로 뭉쳐져서 거대한 행성처럼 보이기도 했고, 긴 꼬리를 가진 혜성처럼 날아다녔다. 존은 자신의 의식을 크게 확장해서 산초를 불렀다. 기절한 산초는 잠자는 것과 같아서 무의식이 육체를 지배하고 있었지만 산초의 의식은 내면에서 활동이 가능했다. 존의 진동은 산초의 의식 어딘가에 닿았고, 산초의 의식은 빛처럼 빠르게 응답했다. 존의 옆에 산초의 의식이 형태를 갖추었다.

"존. 이게 도대체 무슨 일이에요? 여긴 어디에요? 나한테 무슨 일이 일어난 거에요?"

"설명하자면 길어. 여기는 너의 무의식이야. 네가 태어나서 지금까지 보거나 먹은 모든 음식을 기억하고, 식욕을 만드는 본능의 공간이지."

"음식의 우주군요. 대단한데요. 우주의 모든 별이 다 음식이잖아요."

"악마가 식욕을 창조하는 중심으로 갔을 거야."

"우리가 여기서 무엇을 해야 하죠?"

"아마 악마는 네 육체적 본능을 강하게 만들어서, 단순한 욕망이 너를 지배하게 만들 거야. 지식과 지혜, 용기와 인내를 모두 잊은 채, 몸이 원하는 대로만 행동하는 인간을 만들겠지. 우리는 악마가 네 본능을 악용하지 못하게 막아야 해."

"난 벌써 배가 고파오는 것 같은데요…."

존과 산초는 중심부를 향해 천천히 날았다. 앞으로 이동한다고 생각하는 것만으로 그들은 이동이 가능했다. 가끔 초코 케이크가 산초에게 날아왔다. 산초는 그것을 피했지만, 계속 날아오자, 케이크를 잡고 먹어버렸다.

"아, 이건… 환상적인 맛인데. 존, 한 입 먹어봐요."

"네가 상상하는 최고의 초코 케이크 맛이니까 그럴 수밖에⋯. 저 악마가 계속 너한테 맛있는 음식을 던지고 있구나. 너를 그저 먹기만 하는 바보로 만들려고⋯. 먹지 마."

"하지만, 어떻게 안 먹어요. 이렇게 맛있는데⋯."

"잘 생각해 봐. 진짜 배가 고픈 건 아니잖아."

"이렇게 맛있는 음식으로 가득 찬 우주에서 먹는 것을 하지 말라고 하다니⋯."

산초는 존의 말을 무시한 채, 둥둥 떠다니는 햄버거와 고기, 수프를 집어서 입에 넣었다. 음식들은 산초의 입에 빨려 들어갔다. 존은 가장 가운데 있는 본능의 공간에 숨어서 웃고 있는 악마를 보았다. 산초가 음식을 입에 넣을수록 그의 크기는 점점 작아지고 있었다.

"산초. 잠깐 멈추고 나를 봐."

"잠깐만요⋯. 아, 맛있어⋯. 멈출 수 없어⋯."

존은 산초에게 날아가서, 그의 양손을 잡았다. 산초는 먹는 것을 멈추고 존을 보았다. 산초는 손을 뿌리치려 했지만, 그러기에 존의 덩치가 너무 컸다. 산초에 비하면 존은 거인이었다. 존은 산초의 손을 잡고 자제력의 진동을 발산했다. 존과 산초 근처에서 자제력과 인내심의 고위 진동이 흐르면서 식욕의 우주 전체를 흔들었다.

"존. 왜 이래요. 놔 줘요. 난 너무 배가 고파서 죽을 것 같단 말이에요."

"이제 그만해. 안 먹는다고 해서 네가 죽는 건 아니야."

"어떻게 알아요?"

"지금 안 먹고 있잖아."

산초는 잠시 멈칫하다가 고개를 끄덕였다.

"그렇군요. 난 지금 안 먹고 있는데…"

정신을 차린 산초의 몸이 차츰 커졌다. 산초는 존의 몸이 점점 작아지는 것을 보았다.

"나를 막으려고 덩치를 키운 거에요?"

"아니, 식욕이라는 본능에 굴복했던 너의 이성과 의식이 작아졌던 것뿐이야. 이제 괜찮아. 조금만 참아."

산초는 숨은 악마를 보았다. 악마는 산초의 의식이 정상으로 돌아오자, 이번에는 거대한 음식덩어리를 만들기 시작했다. 이성을 되찾은 산초는 음식으로 자신을 유혹하는 악마를 보자 화가 났다.

"산초. 여기는 너의 무의식이야. 악마보다 네가 강해. 저 녀석을 없애 버려. 생각해. 여기서는 네가 생각한 대로 모든 것이 이루어질 거야."

방금 엄청난 진동을 만들어낸 존은 지쳐 있었다. 악마는 자신이 만든 거대한 음식덩어리를 산초에게 던졌다.

"네가 감히 내 머릿속에서 나를 이기려 들다니…"

산초는 가만히 악마를 노려보았다. 산초의 앞에 검은 구체가 만들어지기 시작했다.

"어떤 음식으로 공격해도 소용없다. 모조리 이 블랙홀이 먹어 버릴 테니까."

산초는 음식 덩어리를 향해 검은 구체를 던졌다. 검은 구체는 매우 빠른 속도로 거대해졌다. 그것은 순식간에 이 우주를 덮을 만큼 커졌다. 음식들은 블랙홀에 흡수되어 버렸다. 블랙홀은 조금도 줄어들지 않고, 악마를 향해 날아갔다. 숨어 있던 악마는 블랙홀이 날아오자,

뛰쳐나와서 우주의 반대편으로 도망가기 시작했다. 블랙홀은 그대로 중심부에 부딪혔다. 큰 소리와 함께 식욕의 우주 전체에 강한 충격파가 날아왔다. 블랙홀은 사라지고, 모든 것의 크기가 줄어들었다.

"어떻게 된 거죠? 왜 안 없어진 거죠? 난 블랙홀이 닿는 모든 것을 빨아들이라고 생각하고 던졌는데."

"본능은 사라지는 게 아니야. 본인이 자제하는 거지."

"주변의 모든 것이 작아졌어요."

"아닐세. 인간의 가장 큰 본능 중의 하나인 식욕을 자제하는 능력을 갖춘 자네의 의식과 이성이 성장한 거야."

산초는 존을 보았다. 존은 아까보다 작은 모습이었다. 그가 작아진 것이 아니라 자신이 커진 것임을 산초는 실감했다.

"악마는 어디로 갔죠?"

"글쎄. 다른 본능의 공간으로 갔겠지. 악마를 찾아서 이동하자고."

산초는 자신의 무의식의 공간을 존과 함께 날았다. 기쁜 일, 슬픈 일… 기억조차 없는 일들도 무의식 속에는 모두 존재하고 있었다. 존은 함께 날면서 산초에게 말했다.

"이제 깨어나면, 네 이성을 누를 만한 식탐은 없어질 거다. 너는 육체의 본능도 의지대로 조절할 수 있게 될 거야. 그건 매우 중요한 일이지."

"존. 아까는 정신이 없어서 말을 못했지만, 난 이런 상황이 무척 당황스러워요."

"미안하네. 내가 좀 더 냉정하게 주변을 살폈다면, 악마가 자네에게 들어오는 일은 없었을 텐데…"

"난 그 이야기를 하려던 것이 아니었어요. 지난 일은 어쩔 수 없는 것이고, 앞으로 나는 어떻게 되는지가 궁금해요."

"악마가 자네의 내면을 뒤집어 놓았고, 자네는 악마에 맞서서 본능을 다스리기 시작했으니, 평범한 일상으로 돌아가기는 어려울 거야."

"그런가요?"

산초의 의식은 공간의 끝에 도착했다. 식욕의 공간의 벽은 불투명한 커튼처럼 일렁이고 있었다.

"이 모든 것이 끝나고 나면, 나는 당신 같은 삶을 살게 되는 건가요? 이게 내 운명인가요?"

"아니. 운명은 아니야. 자네는 여전히 선택할 수 있어. 평범한 경찰 산초의 삶을 원한다면, 시간이 좀 걸리겠지만, 우리가 함께 했던 여행들은 자네 의식 안에서 잊힐 거야. 평범해진다면 악마가 자네를 괴롭히지도 않겠지. 하지만 자네가 다른 삶을 선택한다면 나와 비슷한 길을 걸어가야 할 거야. 악마는 늘 자네를 막으려 할 것이고…"

"왜죠? 내가 다른 삶을 선택하면 왜 악마가 나를 막으려 하는 거죠?"

"자네가 추구하는 목표가 악마가 추구하는 목표와 대립되기 때문이지. 자네가 해야 할 일은 악마가 가장 싫어하는 일이지."

산초는 공간의 벽 앞에서 잠시 머뭇거렸다.

"지금 바로 선택해야 하나요? 선택하기까지 시간이 좀 남아 있죠?"

"물론이지. 시간은 충분해."

산초는 고개를 끄덕이고 공간의 벽으로 날았다. 산초의 의식은 벽에 부딪히자 액체처럼 변해서 벽에 동화되었다가 다음 공간으로 넘어갔다. 존도 그 뒤를 따랐다.

　다음 공간, 새로운 산초의 의식 속 공간으로 넘어온 존은 자신의 눈 앞에 펼쳐진 광경을 보고 잠시 넋을 잃었다. 식욕의 공간, 그 소우주 도 대단했지만, 이번 소우주는 존의 상상을 초월하는 크기였다. 아까 소우주보다 수십 배는 거대한 공간 속에 수많은 여자의 나체와 속옷 이 날아다니고 있었다. 존은 옆에 있는 산초를 보았다.

　"자네… 경찰서에서 음란물 수사담당이었나?"

　"존. 평범한 남자는 다 이런 거에요."

　음식의 소우주를 작게 만들 정도로 거대해졌던 산초의 의식이 여 기서는 작은 난장이에 불과했다. 산초는 존을 보며 물었다.

　"도대체 여기서 어떻게 해야 하죠? 내가 여자를 좋아하는 것은 음 식을 좋아하는 것과 비교할 수 없는 수준인데…"

　"하하하. 이제 오셨나."

　아까 행성 그림자에 숨어 있던 악마가 산초의 우주에 있는 수많은 나체의 미녀들과 함께 날아오고 있었다.

　"사실 식욕의 소우주에서 한 방 먹은 이후로 큰 기대는 하지 않았는 데, 산초 이 친구, 대단한 보물창고를 무의식 속에 숨겨두고 있었군."

　영상, 사진, 글귀 등 성욕의 소우주를 구성하고 있는 요소들이 악 마에게 흡수되어가면서 악마의 몸이 점점 커졌다. 악마는 산초보다 두 배 정도 커 보였다. 존은 산초의 어깨를 흔들었다.

　"이건 아닌 것 같아. 우리 작전상 후퇴하는 게 어때? 악마가 너의 본 능을 자극한다면, 우리는 너의 이성이나 고귀한 의식을 자극해서 싸우는 거야. 우리 그쪽에 승부를 걸자고."

"아니, 그럴 수 없어요. 난 잘못한 게 없어요. 이건 자연스러운 거라고요."

산초는 완강했다. 그때 존의 영혼을 섬광처럼 스쳐지나가는 생각이 있었다. 존은 이 우주 끝까지 늘릴 수 있도록 큰 소리로 외쳤다.

"그래. 이건 자연스러운 거지. 성욕은 인간에게 필요한 거야. 만일 성욕이 없다면, 인류는 오래 전에 멸망했을 거야. 우리는 식욕의 공간에서 인내와 자제를 배웠어. 하지만 본능은 억제한다고 다 해결되는 게 아니야. 본능은 악한 것이 아니다. 그것을 받아들여. 포용과 이해를 통해 너의 의식을 성장시킬 수 있을 거야."

"그래요. 존. 성욕은 억제해야 할 대상이 아니에요. 받아들이고, 이해하면서 올바르게 내 몸을 위해 사용하면 되는 거에요. 본능을 악용하려는 저 악마가 나쁜 겁니다."

산초의 의식이 커지기 시작했다. 지금 산초는 자신에게 가장 적합한 깨달음을 얻고 있었다. 산초는 악마를 향해 주먹을 휘둘렀다. 성욕의 공간이 흔들릴 만큼 강한 주먹이 악마의 얼굴을 쳤다. 악마는 소우주의 반대편까지 튕겨져 나갔다. 악마는 소우주의 떠다니는 나체의 여자들을 모두 모아서 산초를 향해 던졌다. 산초는 주먹으로 날아오는 영상과 사진들을 모두 부수기 시작했다.

존은 가만히 싸우는 모습을 지켜보았다. 그때 존의 뒤에서 존과 크기가 비슷한 악마의 형상이 나타났다. 존은 이상한 느낌이 들어서 뒤돌아보았고, 악마의 형상은 두 손을 뻗어서 존의 멱살을 잡았다.

"존. 너는 여기서 날 이길 수 없어."

"웃기지 마라."

존도 손을 뻗어서 악마의 목을 졸랐다. 악마는 목이 늘어나면서 존의 얼굴에 자신의 얼굴을 바짝 들이댔다.

"너도 나에게 양식을 주었잖아. 너도 이 세상 모든 유혹에 흔들리고 굴복했었잖아. 오늘의 나를 만드는 데 너도 큰 도움을 주었잖아."

"그랬지. 하지만 난 인간으로 정상적인 삶을 살았고, 앞으로도 그럴거야. 평범한 사람들이 나쁜 생각을 한다고 해서 그게 너를 키우는 것은 아니지. 난 알고 있어. 난 그런 말에 흔들릴 만큼 어리석지 않아."

"오, 그래. 그렇겠지. 하지만, 이 우주를 봐라. 산초가 만든 성욕의 공간은 나한테 무한한 힘을 주고 있어. 비뚤어진 욕망, 부끄러운 과거, 돈을 벌기 위해 성을 파는 사람들, 아무 죄의식도 없이 몸을 파는 인간들의 사념이 모두 이곳에 있다고. 알고 있잖아. 난 인간들이 키운 존재야. 인간들의 자식 같은 존재지. 여긴 나의 고향 같은 곳이라고. 이곳에서 너에게 힘을 주는 존재는 없어. 흐흐흐…. 욕망은 악마의 요람이다."

악마의 힘이 점점 강해졌다. 존은 악마의 목을 조르던 손을 풀어서 악마의 팔을 떼어내려고 했지만, 소용없었다. 악마는 계속 말했다.

"넌 여기서 소멸될 거야. 너의 잔재는 모아서 산초의 이성이 있는 쓰레기 공간에 던져주지. 예전에 이 길을 선택했던 시간을 후회해도 늦었어."

"그럴 필요 없어."

전우주적인 울림과 함께 거대한 손가락이 악마를 들어올렸다. 수많은 여성들의 몸과 하나가 되어 거대해진 산초의 오른손 손가락 두 개 사이에 악마가 잡혀 있었다. 거대한 악마의 다른 형상은 우주의 끝에 날아가 있었다. 산초는 존을 공격하던 악마에게 말했다.

"성욕을 자제해서 극복하는 사람도 있지만, 자연스럽게 받아들이면서 활용하는 사람도 있다. 내가 성욕을 받아들이고 포용하는 방법은 이런 것이다."

산초는 손에 힘을 수었고, 작은 악마의 형상은 '픽'하는 소리와 함께 사라졌다. 존은 산초의 눈높이까지 날아올랐다.

"산초, 괜찮나?"

"내가 물어볼 말이에요. 존. 가능하면, 여기서 악마를 끝장내야죠. 더 이상 내 무의식의 공간을 당신과 악마와 함께 돌아다니고 싶지 않네요."

"그래, 그렇게 하지."

존과 산초는 빛처럼 빠른 속도로 우주 반대편에 있는 악마를 향해 날아갔다. 악마는 공간의 벽 사이에 동화되면서 다음 장소로 이동하고 있었다.

"존, 산초. 소용없다. 성욕이 이 정도라면, 다음 공간에서 승부는 이미 결정된 것이나 다름없다. 남녀노소를 가리지 않는 가장 강한 본능의 세계에서 기다리고 있겠다."

악마의 모습이 사라졌다. 간발의 차로 악마를 놓친 존과 산초는 망설이지 않고, 공간의 벽 속으로 들어갔다.

"아, 이게 뭐야…"

다음 공간에 들어온 악마는 실망을 감출 수가 없었다. 인간은 누구나 물욕을 가지고 있다. 사회가 발달할수록 식욕이나 성욕보다 물욕이 강해지는 것이 악마의 상식이었다. 그러나 그것은 개인마다 차이가 있었다. 산초는 물질적인 욕심이 별로 없고, 육체적 본능이 강한 사람이었던 것이다. 악마가 마지막 승부의 장소로 선택한 물욕의 공간이 산초의 소우주에서 차지하고 있는 부분은 식욕의 공간보다 훨씬 작았다. 중심 행성이 악마의 머리만 한 크기에 불과했던 것이다.

"이런. 다른 곳으로 가야겠…."

"어디로 가시나…!"

이동하려는 악마를 움켜쥔 거대한 두 팔이 있었다. 산초는 자신의 물욕으로 만들어진 공간, 자신의 소우주에서 마침내 악마를 잡았다. 악마는 저주를 하듯 크게 소리질렀다.

"이 멍청한 놈아. 이 세상은 돈이 전부라고! 물욕의 우주 크기가 이게 뭐야!"

"난 돈 많아."

물욕은 상대적인 것이다. 돈이 아무리 많아도, 부족하다고 느끼는 사람이 가지고 있는 물욕의 소우주는 크다. 매우 크다. 그러나 돈이 없어도, 욕심이 적은 사람은 그에 만족한다. 당연히 그의 소우주는 작다. 대신 그 공간을 다른 소우주에게 할애하고 있는 것이다. 인간의 소우주는 무한한 것이 아니다. 인간은 자신이 가장 좋아하고 열렬히 바라는 것에 대해 무의식의 가장 큰 공간을 내어준다. 그것은 희망이 될 수도 있고, 가족이 될 수도 있고, 사랑이 될 수도 있고, 도박이 될 수도 있고, 마약이 될 수도 있다. 신이 물질적인 대우주를 창조하면서 균형과 조화를 이루게 만들었듯이 인간도 수많은 선과 악의 공간이 조화를 이루도록 만들어졌다. 그러나 성장하면서 후천적인 환경과 경험, 본인의 의지와 노력에 의해 그 우주의 구성은 변해간다. 산초는 보통 사람에 비해서 여자를 좀 밝힐 뿐, 돈을 좋아하는 것은 아니었다. 그리고 악마는 그 사실을 몰랐다.

산초는 자신의 손에 잡힌 악마를 보았다.

"난 집도 있고, 음식도 많고, 옷도 많아. 나만타에서 경찰 생활을 하면서 돈이 부족해서 괴로웠던 적은 없었어. 세상에 나보다 부자가 많다는 것은 알아. 하지만, 그건 중요하지 않아. 나는 내 생활에 만족해. 당연히 물욕의 공간이 작을 수밖에 없지."

"너는 마지막 승부를 벌일 곳을 잘못 선택했네."

존의 말이 끝나자, 산초는 양손에 모든 힘을 집중했다. 악마는 이를 갈며 분해했지만, 이미 늦었다. 그는 산초의 손에서 한 줌의 연기로 사라지고 말았다.

"이제 끝났군요."

"식욕은 자제와 인내, 성욕은 이해와 포용, 물욕은 만족과 무관심으로 다스리는 건가. 산초, 자네는 훌륭하게 성장했네."

존과 산초는 가만히 서로를 마주 보았다. 그렇게 시간이 조금 지나자 산초는 약간 쑥스러운 듯 웃었다.

"뭐, 아직 멀었어요. 좀 더 배워야 하죠. 이제부터는 그 마법이나 가르쳐줘요. 나도 동물들이랑 이야기할래요. 지팡이에서 번개 같은 것을 쏘는 법도 가르쳐주고… 날씨를 바꾸는 법도 알려줘요. 악마를 적으로 돌리려면 그 정도는 알아야죠. 난 이야기 속에 나오는 영웅 같은 것이 되는 건가요?"

"아니. 영웅은 아니지. 악마에게 악마 같은 존재가 되는 거지. 자세한 건 때가 되면 자연스럽게 알게 될 거야. 그보다 먼저 선택할 것이 하나 있어. 산초, 인간의 욕망이나 본능을 모두 다스릴 필요는 없어. 하지만 어떤 인간도 피해갈 수 없는 관문이 하나 있어. 그곳에 가보지 않겠나?"

존이 진지하게 물었다. 산초의 표정은 모든 것이 끝났다는 안도의 표정에서 호기심의 표정으로 변했다.

"그게 뭔가요? 중요한 건가요?"

"매우 특별한 성인들이 아니라면 모두가 가지고 있는 죽음에 대한 공포라네. 그 본능은 성욕이나 물욕, 식욕에 비할 바가 아니지. 자네 생각은 어떤가? 지금 죽음에 대한 공포에 맞서 싸워보겠나? 아니면, 시간을 두고 좀 더 성장한 다음, 인간이 가진 가장 강한 본능과 싸워보겠나?"

산초는 망설였다. 망설이는 그의 모습을 보자, 존은 자신이 알고 있는 것에 대해 숨김없이 털어놓았다.

"그것을 극복하는 방법은 사람마다 다르다네. 정확히 말하면 그것은 극복할 수 없는 것이지. 죽음의 순간이 왔을 때, 약간의 두려움을 갖는 것은 당연한 거야. 하지만, 그 두려움이 자네의 선택에 영향을 주지 않을 정도로 작게 만들 필요가 있어. 보통 사람들이 살기 위해 비겁한 행동을 하는 것은 바로 그 두려움이 너무 크기 때문이라네. 죽음을 두려워말고, 외면하지 말고, 받아들이게. 그것은 자네 영혼이 성장하는 과정 중 하나라네. 육체를 가지고 태어난 사람이 육체가 사라지는 것을 어떻게 두려워하지 않을 수 있겠나? 그러나 육체가 사라져도 자네 영혼은 남아 있다네. 그것을 알아야 하네. 죽음이 끝이 아니라는 것을…. 그것을 아는 사람은 죽음의 두려움에 굴복하지 않고, 자신의 정의를 실현할 수 있다네."

존은 말을 마치고 잠시 산초를 보았다. 산초는 결심했고, 자신의 생각을 존에게 전달했다.

산초는 눈을 떴다. 참았던 숨이 크게 터져 나왔다. 마치 그가 태어나서 처음 뱉는 호흡인 것 같았다. 그 호흡을 느낀 뒤, 산초는 비로소 자신이 살아 있음을 실감했다. 그는 천천히 일어섰다. 그는 손으로 어깨를, 가슴을, 허리를, 두 다리를 만졌다. 이것이 살아 있다는 것이었다. 그는 땅 위에 두 발을 딛고 섰다. 그의 앞에 신이 만든 우주의 장엄한 광경이 보였다. 길게 늘어진 언덕과 구릉, 수많은 나무들. 그리고 그 너머에서 떠오르는 황금빛 태양이 보였다. 산초는 태양을 정면으로 보았다. 그는 어제의 그가 아니었다. 그는 눈을 감지 않고도 태양을 마주 볼 수 있었다. 그는 첫 숨을 내신 후, 자신의 육체를 새롭게 느끼고, 떠오르는 태양 안에서 새로운 존재로 태어난 것 같았다.

"이것이 당신이 택한 삶의 느낌이군요, 존."

산초는 감격에 겨운 목소리로 말했다. 그러나 아무 대답도 들리지 않았다. 산초는 천천히 뒤를 돌아보았다. 있어야 할 사람이 보이지 않았다. 존이 앉았던 바위 위에는 메모 한 장과 존의 일기장 그리고 가지런히 정리한 둘시난테만이 놓여 있었다. 산초는 메모를 펼쳐보았다.

'산초. 자네가 이 이름으로 불리는 것은 이번이 마지막이라네. 자네도 기억하겠지만, 원래 내 이름은 존 나이테가 아니라 존 버닝햄 골드버그였지. 나는 시험을 통과하고 내 스승에게 이름을 받았다네. 자네는 이제 24번째 나이테가 되었네. 인류를 발전시키기 위해 노력하는 많은 빛의 존재들 중에서 우리는 좀 특별해. 그 누구와도 협력하지 않고, 스스로의 의지로 판단하고 행동하지. 빛의 존재들에게 우리는 '빅 파더'라는 별명으로 불린다네. 혹시나 해서 하는 말이지만, 자네와 내가 여행하면서 묵었던 호텔의 그 시스템이 아니라네. 이름만 같을 뿐이지.

나는 수많은 사람들에게 그들이 인식하고 개선해야 할 여러 사회문제들을 알려주는 사명을 부여받았네. 내 사명을 자네와 함께 할 수 있어서 즐거웠네. 자네는 아마 나와 함께 겪었던 사회문제들을 해결하는 사명을 받게 될 거야. 이제 행동해야 할 시간이 다가오고 있거든. 신은 인류에게 무한한 시간을 약속해 주지 않았다네. 우리에게 주어진 시간은 많지 않으니 늘 바쁠 거야. 바쁜 우리를 귀찮게 하는 악마를 조심하게. 아마 자네와 맞서 싸울 24번째 악마도 오늘 해가 지면 어딘가에서 태어나겠지. 첫 번째 빅 파더이자 나이테가 탄생한 때부터 우리와 악마의 관계는 매우 특별했지. 우리가 패배한 적은 한 번도 없지만 말이야! 자네의 새로운 삶을 기리며, 빅 파더의 둘시난테를 선물한다네.'

산초는 메모를 읽자마자, 주위를 살펴보았다. 올라왔던 길을 따라서 200m 정도 떨어진 곳에서 걸어가고 있는 존의 뒷모습이 보였다. 산초는 사라져가는 존의 뒷모습을 바라보았다. 그는 존을 부르지 않았고, 그를 쫓아가지도 않았다. 산초는 그저 자신의 자리에 서서 존이 멀어져 가는 것을 지켜보았다. 거의 모습이 보이지 않을 때쯤, 존은 뒤돌아서서 손을 흔들었다. 산초도 그에게 손을 흔들었다. 존의 모습은 천천히 멀어져서 더 이상 보이지 않았다.

산초는 바위에 앉아서 둘시난테를 들어올렸다. 존은 맞춤형 구두라고 늘 자랑했지만, 존의 발보다 커서 두꺼운 양말을 두 개 신어야 발에 맞았던 구두. 산초는 자신의 신발을 벗고 둘시난테를 신었다. 둘시난테는 그의 발에 맞춰 만든 듯 딱 맞았다. 신발을 신은 산초는 자신의 길을 비추는 태양을 올려 보았다. 그의 눈동자가 태양빛으로 물들어갔다.

"24번째 나이테라…."

그는 눈앞에 인간의 도시들이 보였다.

"세상을 천국으로 바꾸기 위한 여행을 시작할 시간이군. 잘 부탁한다. 둘시난테."

2부

프롤로그

　존과 헤어진 산초는 약간의 휴식을 취한 뒤, 나만타로 돌아왔다. 나
만타는 그가 떠날 때와 마찬가지로 조용하고 평범한 일상을 반복하
고 있었다. 다행스러운 것은 산초가 도착하기 전에 존이 돌아와서 사
선에 대한 해명을 하고 보상을 완료했다는 것이다. 존은 다시 여행을
떠났고, 꽤 넉넉한 현금을 산초에게 남겨주었다. 산초는 나만타에 돌
아온 뒤, 오래지 않아 경찰을 은퇴했다. 산초는 존이 남긴 일지를 통
해서 많은 것을 배우고 연습했다. 그는 인간의 세계를 더 정확하게 이
해하기 위해서 다른 관점에서 인간 사회를 보는 것이 필요함을 알게
되었다. 그는 존의 일지에 적힌 마법을 배우면서 지구를 인간과 함께
나누어 쓰는 존재들의 세계를 방문했다. 그는 바람의 정령, 불의 정
령, 물의 정령, 대지의 정령이 사는 차원을 여행했다. 그 과정에서 산
초는 인간과 인간 사회, 역사에 대해 모르고 있던 많은 것을 배웠고,
대단한 영적·육체적 성장을 이루었다. 인간만이 지구에서 살아가는
존재가 아니었고, 정말 중요한 건 눈에 보이지 않는 다는 것을 알게
되었다. 그는 사색을 하면서 거리를 걸었다. 그때 공원에서 낯익은 누
군가가 침통한 얼굴로 앉아 있는 것이 보였다. 그녀는 동쪽 강가에

사는 늙은 사업가 킴벌리였다. 산초는 그녀 곁에 다가가서 앉았다.

"킴벌리. 무슨 일이 있나요? 얼굴빛이 너무 좋지 않아요."

"오, 산초. 오랜만이네. 요새 걱정거리가 너무 많아. 전에 존에게 가끔 상담을 받았는데, 그는 어디로 갔는지 연락조차 되지 않는다네."

"존은 돌아올 것입니다. 그는 늘 그래왔듯이 필요한 순간에 나타날 거에요."

킴벌리는 잠시 산초를 보다가 천천히 말을 꺼냈다.

"난 여기서 가장 오래 산 사람 중 하나이고, 많은 문제를 해결했지. 한때, 다른 사람에게 내 기업이 넘어가면서 부당하게 고통받은 적이 있었지만, 결국 되찾았지. 그 뒤 내 가족 같던 동업자들과 싸움을 하면서 기업이 반으로 쪼개졌지만 그래도 난 잿더미가 쌓인 폐허 같던 환경에서 다시 일어서서 나만타에서 손꼽히는 기업 중의 하나로 재건시켰어."

"알고 있어요. 그때 우리는 당신을 보고 동쪽 강의 기적이라고 불렀죠."

"그 말은 기억해. 하지만, 난 누군가가 나를 보고 말했던, '샴페인을 너무 빨리 터뜨렸다.'는 말도 기억해. 둘 다 맞는 말이지."

그녀는 말을 잠시 멈추었다. 그리고 자신의 오래된 핸드백에서 노트를 꺼냈다.

"여기에 내가 고민하는 것들이 적혀 있어. 이런 이야기를 해도 되는지 모르지만, 누군가에게는 말하고 털어버리고 싶어. 산초, 비밀을 지켜준다고 약속할 수 있지?"

"예. 약속할게요."

킴벌리는 노트를 펴서 그에 적힌 단어들을 지그시 바라보면서 자신이 하고 싶은 말을 천천히 말하기 시작했다.

"난 아주 짧은 시간에 성공했지. 고도압축성장이나 다름없었어. 당연히 그 이면에 부작용이 있었는데, 난 어쩔 수 없는 일이라면서 외면했어. 빠른 제품 생산을 위한 적당주의, 노동자들의 생활을 제대로 챙겨주지 못한 것, 경영진의 독단적인 의사결정, 1차원적인 제조업에 치우쳐서 창의성과 개성을 무시한 채 주어진 절차에 순종하는 직원들을 키워낸 조직문화, 도덕성을 갖추지 못한 고위임원들, 갚기 힘들 만큼 불어난 채무와 직원들의 개인적인 부채들, 기업의 생산 활동과 상관없는 토지 가격이 올라서 회사의 자산이 증가한 것처럼 보이지만, 그것은 본질을 왜곡하는 거품덩어리라는 진실, 노조와 경영진간의 소통부재로 인한 갈등의 심화, 임원, 간부, 직원들 사이에 고르지 못한 부의 분배… 결국 한때 정상을 바라보았던 내 기업은 감추어진 문제들이 드러나면서 엉망이 되어 가고 있어. 겉으로 보기에는 그럴 듯하지만, 슬슬 한계가 오고 있어. 어떻게 해결해야 할지 모르겠어."

"킴벌리. 일단 당신에게 축하한다는 말을 하고 싶군요. 대부분의 문제는 자신이 뭐가 문제인지 모른다는 것에서 비롯됩니다. 그런데 당신은 무엇이 문제인지 잘 알고 있어요. 그리고 해결방법도 아마 알고 있을 겁니다. 하고 싶지 않아서 여전히 외면하고 있을 뿐이죠."

산초는 부드러운 말투로 그녀에게 말했다.

"내가 생각하는 해결책이란 이 모든 문제를 솔직하게 말하는 거야. 그러면 일단 우리 회사 주가는 폭락하여 주주들은 나에게 항의할 것이고, 많은 직원과 고객들이 나를 떠나겠지. 그것을 견디어 낸다면, 다시 일어설 것이고, 그렇지 못하면 그냥 망하겠지. 해결방법을 외면하는 것이 아니라, 이것 외에 더 좋은 것이 있는지 생각하고 있는 거야."

"직원들은 어떻게 생각할까요? 직원들은 어디선가 나타난 초인이 회사를 구원해 주리라 생각할까요? 아니면, 당신이 말한 문제들을 마지막 순간까지 모르기를 원할까요? 사실 그들도 당신이 고민하는 문제들을 모두 알고 있을 겁니다. 알면서 모르는 척하는 사람과 그 문제에 대해 당신과 대화하고 싶어 하지만, 기회를 얻지 못한 사람들이 있는 것이겠죠. 당신과 그들에게 기회를 주어야 합니다. 그래야 어떤 결과를 맞이하더라도 후회가 적어요."

"난 후회하지 않는 방법을 찾고 있어."

킴벌리는 산초를 보면서 살짝 웃었다.

"그런 방법은 세상에 존재하지 않는다는 것도 알고 있지만… 산초, 만일 당신이 나라면 어떻게 말하겠나? 지금도 우리 기업을 살리기 위해 자신의 삶을 희생하면서 노력하고 있는 직원들에게…."

"훌륭한 조직이 훌륭한 개인을 만드는 것이 아니라, 훌륭한 개인이 훌륭한 조직을 만든다. 조직의 기쁨이 개인의 기쁨이 아니라, 개인의 기쁨이 조직의 기쁨이다. 스스로 행복해지지 못하는 사람은 이 세상 그 무엇으로도 행복해질 수 없다."

"개인적으로 할 수 있는 최고의 충고 중 하나지만, 경영자의 입장에서 고생하는 직원들에게 해 줄 말은 아닌 것 같군. 그들은 내 기업이 없어지면, 당장 일자리를 잃고 삶이 망가질 거야."

산초는 킴벌리의 말을 듣고 자리에서 일어났다. 그는 집으로 가기 전, 킴벌리를 보면서 마지막으로 충고를 하였다.

"종종 지도자는 자신과 조직을 하나로 보는 경향이 있어요. 아니에요. 그렇지 않아요. 그 사실을 잊으면 안 됩니다. 짐이 곧 국가이던 시절은 수백 년 전에 끝났습니다."

집에 온 산초는 저녁식사를 마치고, 자신의 방으로 올라갔다. 그는 존처럼 자신의 수행 일기를 매일 적었다. 산초는 잠자리에 들기 위해 씻고 편한 옷을 입은 채 책을 한 권 들고 침대를 향해 걸어갔다. 그때 그는 자신의 침대 앞에 오랜 친구가 서 있는 것을 보았다. 산초는 그의 모습을 보고 놀랐지만 곧 반가운 웃음을 지으면서 말했다.

"존. 돌아왔군요. 언젠가 만날 거라 생각했지만, 이렇게 빨리 만나게 될 거라고는 생각하지 못했어요."

"오랜만이군. 여전히 건강한 모습이라서 다행이야. 창문으로 몰래 들어왔는데, 큰 실례가 되지는 않았지?"

"난 오랜 친구의 방문을 즐기는 사람입니다. 거기 앉아요. 뭐 마실래요? 홍차랑 주스가 있는데."

"난 괜찮아. 한국에 있는 식당에서 배부르게 먹고, 차도 두 잔 마시고 왔거든."

산초는 침대 위에, 존은 의자에 앉아서 서로를 마주 보았다. 산초는 존을 보면 묻고 싶은 말이 많았지만, 선뜻 말이 나오지 않았다. 존이 먼저 말했다.

"나만타의 생활은 즐거운가? 보아하니, 모두가 상당한 발전을 한 것 같은데…. 킴벌리의 회사는 제외하고 말이야."

"아까 공원 근처에 있었죠? 나와 킴벌리가 하는 대화를 다 들은 것 아닌가요?"

"약간 들었지. 킴벌리는 좋은 사람이지만, 위기에 처한 기업을 구하
는 것은 경영자가 아니라, 말단 직원들이라는 아주 평범하고 고루한
진리를 잊으면 힘들 거야. 회사가 망하지는 않겠지만, 심각한 내부 갈
등을 겪겠지. 뭐 그래도, 동쪽 강가에 사는 사람들은 결국 고난을 이
겨낼 수 있을 거야. 그보다 난 자네의 이야기를 듣고 싶어."

"놀랄 만한 경험을 했죠. 모든 빅 파더들이 다 한 번씩 거쳐 가는
일인가요? 내가 늘 보던 하늘과 바다가 새롭게 보이고, 신문과 방송에
서 하는 말이 다르게 들립니다. 살아가면서 아무 의미를 두지 않고
지나쳤던 많은 것들이 정말 중요한 것임을 알게 되었어요. 실제로 마
법이 존재한다는 것도 알게 되었고…. 난 아직도 정령들의 차원을 여
행한 것을 생각하면 믿기지가 않아요."

"정령들의 세계에 다녀왔군. 그것은 자아를 각성하고, 세상을 바로
알기 위해서 반드시 필요한 일이지. 그래, 여행은 즐거웠나?"

"정말 멋진 소설 같아요. 아무도 믿지 않겠지만…. 그런데 여긴 무
슨 일로 온 거에요?"

"세상에 문제가 생겼어. 그래서 모든 빅 파더들이 모여야 해. 그것
을 전달해 주기 위해 왔지."

"빅 파더들?"

"자네와 나를 포함해서 다섯 명 정도 있지. 그중 한 명은 나도 본
적이 없어."

"생각보다 많군요. 난 세상에 당신과 나 두 명뿐인 줄 알았는데…"

"우리와 뜻을 함께 하는 이들이 더 많으면 좋겠지만, 자질과 성품을

검증하기가 쉽지 않아서… 후후. 그보다 자네 여행 이야기를 좀 들려 주겠나? 이번 문제는 심각한 것이라서 자네의 배움이 충분하지 않으면, 자네는 빠져야 해."

"무슨 말인지 알 것 같아요. 하지만, 존. 내 이야기를 듣는다면, 내가 얼마나 많은 것을 배우고, 생각했는지 알 수 있을 겁니다. 다른 빅 파더들에게 가능한 일이라면 나도 가능하죠."

"나도 그러기를 바라고 있어."

"그쪽에 있는 붉은 가죽일지 좀 줘요. 다 기억하기 어려워서 좀 적어 놓았죠."

존은 일지를 건넸고, 산초는 자신의 일지를 받았다. 산초는 앞부분을 펼치면서 이야기를 시작했다.

바람의 차원

정령의 세계는 유체이탈을 통해서 가는 곳이지만, 처음에 난 유체이탈을 할 수 없었습니다. 그게 말처럼 쉬운 게 아니잖아요? 그래서 당신의 일지에 적힌 대로 유체이탈을 제대로 가르쳐주는 바람의 정령계에 먼저 가야 한다는 생각을 했습니다. 나중에 그 정령들에게 들은 이야기로는 불의 정령계나 물의 정령계를 먼저 방문하는 것이 적응하기 쉽다고 했습니다. 불이나 물의 정령들이 이루고 사는 사회가 인간이 살았던 사회와 가장 비슷하기 때문이라는데, 난 그 의견에 완전히 동의하지 않습니다. 그들의 사회와 우리 사회는 다릅니다. 다행히 완벽한 유체이탈을 하지 않고 바람의 정령과 만나는 방법을 찾았습니다. 난 내 육체를 유연하게 만들고, 명상을 통해 뇌파를 조절하는 법을 익혔으며, 고위 진동에 속하는 사고를 함으로써 정신도 깨끗하게 만들었습니다. 옛날부터 전해져 내려오는 말처럼 좋은 생각을 하면 좋은 사람이 된다는 것이 맞는 것 같습니다. 노력과 연습을 통해 생각을 스스로 제어할 수 있게 되자, 인생이 달라지더군요. 이건 누구나 가능한 것인데 기회가 되면 평범한 사람들에게도 늘 긍정적인 생각을 하는 법을 꼭 알려주고 싶습니다.

　나는 바람의 정령들이 내 근처에 쉽게 접근하도록 돕기 위해 바람이 부는 높은 산의 바위 위에서 향초를 피우고, 바람의 정령들과 만날 수 있다는 강한 확신을 갖는 연습을 했습니다. 처음 몇 달 동안은 전혀 진전이 없었지만, 어느 날 밤, 보름달이 높이 떴을 때 나도 모르게 내가 가벼워지는 것을 느낄 수 있었습니다. 그리고 나는 회오리 모양의 은색 바람덩어리가 내 앞에서 흐릿하게 나타난 것을 보았습니다. 나는 그것이 바람의 정령이라는 것을 직감적으로 알 수 있었습니다. 머릿속에서 큰 소리로 말을 하는 듯한 느낌으로 온 생각을 집중하여 그 정령에게 말을 걸었습니다. 바람의 정령들이 사는 세계에 가고 싶다고 말했지만, 그 바람의 정령은 향초 때문에 온 것이라고 하면서 한참 머물다가 그냥 가버렸습니다. 그 이후 나는 바람의 정령을 약간이나마 볼 수 있게 되었습니다. 그 후 하늘 높은 곳에 있는 바람의 정령을 본 적은 있지만, 다시 만나서 이야기할 기회는 얻지 못했습니다. 그들이 땅에 가까이 내려오는 것을 싫어한다는 것을 그때는 몰랐습니다. 아주 아름다운 향기나 특이한 향이 없으면 바람의 정령들이 인간과 대화할 수 있을 만큼 땅에 가까이 내려오는 일은 평생에 한 번 있기도 힘든 일입니다. 한 달 정도 시간이 흐른 뒤, 다시 그 자리에서 바람의 정령과 만나기 위한 시도를 했습니다. 이번에는 몸의 모든 것이 길고 투명한 여성의 모습을 한 바람의 정령을 만날 수 있었습니다. 그 정령에게 나는 빅 파더이며, 당신이 사는 곳으로 여행하고 싶다고 말했습니다. 그녀는 이전의 빅 파더를 만난 적이 있으며, 그때 재미있는 일이 많았기 때문에 나를 도와주겠다고 말했습니다. 그 말은 귀가 아닌 감각으로 느껴졌는데, 마치 무언가에 영감을 받는 것처럼 적절한 단어가 떠올라서 내 머릿속을 채웠다 사라지곤 했습니다. 그리고 재미, 도움 같은 단어들을 말할 때, 단순히 단어의 이미지뿐만이 아니라, 재미있는 느낌, 도움을 받는 느낌 같은 것들이 함께 내 머릿속으로 들어왔습니다. 그림이나 영상 같은 단어로 인식되고, 감정으로 느끼게 되었다는 것이 가장 근접한 말인 것 같습니다. 전에 당신이 동물들과 대화할 때 어떤 식으로 그들의 이야기를 이해했는지 알 수 있었습니다. 아! 난 다른 차원의 정령들과도 그런 식의 대화를 했는데, 그들만 사용하는 언어가 있어서 언제나 의사소통이 잘되었던 것은 아닙니다. 내가 그들에 대해 이야기하는 것은 최대한 인간의 입장에서 이해하기 쉽게 의역한 것입니다. 존. 당신은 정령들의 차원에 갔다와봤으니, 내가 무슨 말을 하는지 알 수 있을 겁니다. 하지만, 그렇지 않은 사람들은 나를 미친 사람 취급할 것입니다.

다시 본론으로 돌아가서, 바람의 정령은 내게 손을 내밀었고, 나는 그 손을 잡았습니다. 그런데 내가 내밀었던 그 손은 육체의 손이 아니었습니다. 놀랍게도 내 몸에서 또 다른 내가 천천히 빠져 나오게 된 것입니다. 난 그게 영혼이란 것을 알았습니다. 내 영혼의 가슴에서 육체의 가슴으로 연결된 은빛의 실선은 신기했습니다. 유체이탈을 하면 영혼과 육체가 은선으로 이어진다는 사실은 나중에 알았습니다. 사람마다 은선의 위치도 차이가 있다는 것도 나중에 알았죠. 바람의 정령은 영혼이 빠져나가 있는 동안 누가 내 육체를 공격하면 죽게 되니, 주변에 바람과 안개를 만들어서 나를 보호해 주겠다고 했습니다. 나는 고맙다고 말했고, 바람의 정령에게 그 보답으로 무엇을 원하는지 물어보았습니다. 그녀는 자신이 좋아하는 향을 말하면서 모든 여행이 끝난 뒤, 그 향을 이곳에서 태워달라고 말했습니다. 나는 승낙했고, 하늘로 날아올랐습니다.

바람의 정령은 날아가면서 자신들에 대해 이야기를 해 주었습니다. 그들은 개인주의자들이며, 타인의 삶에는 간섭하지 않고, 자신들의 삶을 어떻게 살아갈 것인가에 대해 고민한다고 말했습니다. 나와 이야기했던 정령은 목에 초록색 스카프를 두르고 있었는데, 내가 그것에 대해 물어보니, 그 스카프는 자신을 나타내기 위한 고유의 상징 같은 거라고 말했습니다. 그들은 남과 다른 나를 중요하게 여기기 때문에 그런 개성을 표현하는 것이 매우 중요한 것이라고 했습니다. 그녀는 가장 먼저 바람의 정령들의 왕이 사는 곳으로 나를 안내해 주었습니다. 나는 그들에게 왕이 갖는 의미가 무엇인지 물어보았습니다. 그러자 그녀가 말했습니다.

"그냥 크고 오래 산 정령이지. 가끔 우리들에게 무언가를 요구하거나 지시하지만, 우리들이 그 말을 주의 깊게 듣거나 요구를 부응하는 경우는 거의 없어. 다만 그는 인간들에게 친절하니까, 너에게 많은 도움을 줄 수 있을 거야. 사실 보통 정령들은 굳이 인간에게 도움을 줘야 할 이유가 없다고 생각하거든. 너도 잘 알겠지만, 인간들이 정령을 위해 해 주는 것이 없잖아! 그런데 우리가 인간을 왜 돕겠어? 우린 현생인류가 나타나기 전에 존재했던 고대의 인간들과도 만나왔고, 그들보다 더 오래전에 존재했던 공룡의 후예들은 물론 공룡들과도 잘 지내왔지. 우리가 현생인류만 특별하게 대해 줄 이유는 없어."

그때 나는 지구의 역사만큼이나 생물의 역사도 길다는 것을 알게 되었습니다. 수만 년 전의 인류가 어떤 삶을 살았는지에 관해 묻고 싶었지만, 때 마침 왕의 거처 앞에 도착하게 되었고, 그녀는 나를 놔둔 채 인사도 없이 날아가 버렸습니다. 같이 있는 동안 나한테 싫증이 나서 그냥 가버린 것 같았습니다. 그런데 정령의 세계에서는 그 느낌이 거의 100% 진실이었습니다. 육체를 거치지 않고 바로 생각과 느낌이 전달되기 때문에 거짓말을 하는 것이 쉽지는 않죠. 아! 쉽지 않다는 거지, 불가능한 건 아니에요. 하여간, 그들의 개인주의적인 속성과 변화무쌍한 성격을 이해하고 난 뒤, 난 그때 내가 받은 느낌이 틀리지 않았다는 것을 알 수 있었습니다.

난 왕의 거처로 이동했습니다. 나는 큰 구름 속에서 고요하게 움직이고 있는 푸른색의 회오리 같은 궁전을 보았습니다. 회오리 주변에는 동풍, 서풍, 남풍, 북풍이 있었고, 부드러운 바람, 매서운 바람, 흐느끼는 바람, 따뜻한 바람, 축축한 바람이 있었습니다. 정령의 왕은 노란색 로브를 입고 있었는데, 인간과 비슷한 형태를 가지고 있었습니다. 키는 20미터 정도 될 것 같은데, 구름으로 만든 의자에 앉아 있어서 정확한 측정은 불가능했습니다. 가까이 가서 보니, 그는 인간의 형태가 아니라, 형태가 없는 큰 바람이었고, 그가 입고 있는 로브가 인간의 옷과 유사해서 그렇게 보인 것뿐이었습니다. 그는 오른손에 지팡이를 들고 있었고, 왼손에는 커다란 주머니를 들고 있었습니다. 그 주머니 안에는 바람이 들어 있을 거라 추측했지만, 직접 물어보지는 못했습니다.

"그래, 맞아. 그들의 왕은 주머니에서 바람을 꺼내, 필요한 바람의 정령들에게 주지. 그 주머니는 대단한 마법의 주머니라서, 그가 바라는 모든 바람을 만들어낸다네."

가만히 이야기를 듣고 있던 존이 대답했다. 산초는 고개를 끄덕인 뒤, 다시 말을 이어나갔다.

정령의 왕 앞에 나와 비슷한 영혼이 하나 보였습니다. 하지만, 그는 나와 달리 은선으로 육체와 이어져 있지 않았습니다. 나는 신기해하면서, 그들 곁으로 다가갔습니다. 왕이 그의 이름을 불렀는데, 그 이름은 '프톨레마이오스'였습니다. 난 학교 수업 시간에 배웠던 그 이름을 떠올렸습니다. 태양이 지구를 돌고 있다고 주장하는 천동설의 기반을 만든 유명한 천문학자가 바로 그 남자임을 알 수 있었습니다. 유명한 역사적 인물의 영혼을 내 앞에서 보는 것이 무척 신기했습니다. 정령의 왕과 프톨레마이오스는 대화하다가 내가 가까이 가자, 대화를 중단했습니다. 나는 내 신분을 알리고, 정중하게 인사했습니다. 정령의 차원에서 많은 것을 배우고 싶어서 왔다는 이야기도 했습니다. 그들은 나의 이야기를 경청해 주었고, 이전에 빅 파더들도 나와 같은 과정을 거쳐서 많은 것을 배웠다고 이야기해 주었습니다. 그들은 나를 포함해서 셋이 함께 대화하기를 원했습니다.

그들의 대화 내용은 일종의 푸념이었습니다. 프톨레마이오스는 자신의 연구결과를 왜곡한 후대의 인간들에 대한 원망을 하였습니다. 프톨레마이오스가 한 말이 다 기억나는 것은 아니지만, 일부 기억나는 대로 말하자면, 다음과 같습니다.

"세상에 알려진 것과 다르게, 나 클라우디오스 프톨레마이오스는 결코 잘못된 천문학을 사람들에게 전파한 적이 없소. 내가 공부한 천문학은 물리적인 자연과학이 아니라 점성술에 기반한 영적 과학에 토대를 두고 만들어진 학문이오. 카발라와 천체 마법학, 헤르메스학, 동양의 점성술 등에서는 우리가 사는 지구를 중심으로 각 행성들과의 관계를 파악하고, 그것을 적용시켜서 운명을 읽어 내거나, 우리의 삶을 개선하는 데 사용하지. 자네도 알다시피 점성술에서 말하는 토성이 실제 토성을 말하는 것은 아니지 않은가? 나도 그런 의미에서 이야기를 한 거야. 내가 주장한 것은 지구가 물리적인 우주의 중심이라는 뜻이 아니었어. 우리가 사는 영적인 세상의 중심이라는 뜻이었지. 그런데 당시 미개한 사람들은 보이는 것이 전부라고 생각했기 때문에 정말 지구가 우주의 중심이라고 생각해버렸지. 거기다가 몇몇 교회의 성직자들은 성경을 합리화시키는 데 내 이론을 사용했어. 혹시 자네는 종교가 있나?"

"이전에는 가톨릭 교도였지만, 지금 종교라고 부를 만한 믿음은 없어졌습니다."

"좋아. 그럼 성경을 본 적이 있겠군."

"예. 조금 보았습니다. 다 읽어본 적은 없어요."

"성경도 마찬가지야. 해석을 잘해야 하네. 상식적으로 생각해봐. 모세가 사람들을 이끌고 사막을 헤맬 때 하늘에서 만나와 메추라기가 떨어졌다는 것이 말이 되나? 그 힘든 상황에서도 사람들이 이겨낼 수 있도록 힘을 주었다는 것을 비유적으로 표현한 것이지. 예수님이 하신 말씀 중에 유명한 이야기가 있어. '나로 말미암지 않고는 아버지께로 올 자가 없느니라.'라는 말이지. 아버지라고 표현되는 창조주에게 가기 위한 수단으로 예수를 믿어야 하는 것이 아니라, 그 정도 되는 고결한 영혼이 되도록 노력하고 선한 삶을 살아야 창조주에게 다가갈 수 있고, 창조주를 이해할 수 있다는 뜻이야. 예수를 닮기 위해 노력하는 삶을 살면 그의 영혼도 신과 만날 수 있을 만큼 고결하고 우수해진다는 말을 아주 직접적으로 이야기한 셈이지. 그런데 그 당시에 몇몇 사제들은 심각하게 타락해서 자신의 교구에 돈을 벌 수 있는 방식으로 성경을 왜곡하여 해석했지. 자신들이 있는 곳에서 예수를 믿어야만 천국에 갈 수 있다고 거짓으로 선동하고 다녔어. 그런 사제들이 내 이론과 성경을 결합시켰다네. 그것도 지극히 물리적인 관점에서 말이야. 천동설은 영적과학과 자연과학을 포함해야 이해할 수 있는데, 오직 물리현상만을 다루는 자연과학만 남게 되었지. 그리고 난 그 천동설의 체계를 만든 미개한 천문학자가 되어버렸어. 후세 사람들이 그렇게 만들어 버린 거야. 난 결코 잘못된 관측을 한 천문학자가 아니라고! 물리학을 뛰어넘는 영적 과학에도 통달했던 대학자란 말이야. 난 내 평가가 너무 억울해. 사람들에게 해명을 하고 싶은데 기회가 주어지지 않더군."

"이런 이야기를 인간세상에서 한다면, 종교적인 문제로 다툼이 일어나서 다른 믿음을 가진 이에게 죽을 수도 있지. 환생해서 프톨레마이오스의 결백을 주장하는 것도 불가능하고…. 그래서 그는 나에게 대신 이야기를 하면서 대리만족을 느낀다네."

가만히 듣고 있던 정령의 왕이 부드럽게 말하는 것이 들렸습니다. 그의 목소리만큼 멋진 소리는 들어본 적이 없습니다. 그의 목소리는 내가 태어나서 들어본 소리 중에서 가장 부드럽고 아름다웠습니다. 마음속에 울리는 편안한 진동처럼 그의 생각과 감정이 내게 들렸습니다. 그건 다른 정령의 세계를 다녀온 지금도 마찬가지입니다. 불의 정령들은 나뭇가지가 불에 타는 듯한 소리로 이야기를 했고, 물의 정령들은 말랑말랑한 젤리를 먹는 느낌의 목소리를 가지고 있습니다. 땅의 정령들은 흙덩이를 부수는 느낌으로 이야기를 합니다. 바람의 정령들은 인간과 유사한 소리를 내는 것 같습니다. 내가 프톨레마이오스의 이야기를 들어주고, 그의 입장에서 공감해 주니까, 그는 만족한 듯 어디론가 떠나버렸습니다. 드디어 나와 정령의 왕, 둘만이 남게 된 겁니다. 난 무슨 말을 해야 할까 하고 고민했지만, 그쪽이 먼저 이야기를 시작했습니다. 우리의 이야기는 아주 평범하게 시작되었습니다. 정령과 인간의 차이점을 말하는 것이 대화의 시작이었습니다.

그들은 육체가 없는 정령들이라서, 음식을 먹거나 잠을 자지 않고도 살아갈 수 있습니다. 하지만, 그들은 무언가를 먹는 것에 대한 즐거움을 알고 있기 때문에 배가 고프지 않아도 음식이나 향을 먹고, 목이 마르지 않아도 음료를 마시며, 춥지 않아도 옷을 입고 다닙니다. 나를 안내해 줬던 정령처럼 전혀 필요하지 않은 장식을 몸에 두르고 다니면서 개성을 표현하기도 합니다. 자연은 그런 낭비와 불필요를 매우 싫어하는데, 그 정령들은 자연의 일부이면서 그런 짓을 하고 다니더군요. 불필요한 것을 먹고, 마시고, 입고, 자신들을 꾸미는 데 사용하다니…. 그들에게는 쾌락을 제공하거나 개성을 표현한다는 의미에서 중요할지 모르지만, 누군가에게 그것은 생존에 필요한 자원일 수도 있잖아요? 그런데 이기적인 실프들은 자신들의 즐거움을 위해서 그런 자원을 낭비하는 것을 매우 즐겁게 여기고 있었습니다. 그들에게 중요한 것은 순간적인 만족이었습니다. 초록색 옷을 입고 다니던

실프는 자신의 옷이 싫증이 나면, 빨간색 옷으로 갈아입습니다. 초록색 옷이 멀쩡한데도 그렇게 합니다. 그리고 초록색 옷은 자기만 아는 곳에 숨겨둡니다. 초록색 옷은 낭비되는 것이죠. 이 세상 어딘가에는 옷이 없어서 못 입고 다니는 동족들이 있을 텐데…. 그들은 지구의 자원이 매우 한정적이고, 그런 쾌락에 낭비되기에 충분하지 않다는 것을 알면서도 그런 일을 하는 데 망설임이 없습니다. 그 이유를 물어보면 늘 대답은 한결같습니다. 그것은 남과 다른 자신의 개성을 표현하는 방법이며 내 삶에서 가장 중요한 것이라는 겁니다. 남과 다른 나를 어떻게 표현하는 것이 좋을까라는 것이 그들의 방종에 면죄부를 주는 것처럼 말을 합니다. 오직 그것만이 필요한 수준을 넘치도록 먹고 마시고 입는 것에 대한 이유입니다. 빈곤에 시달리는 종족에 대한 배려는 전혀 없습니다.

가끔 정령들은 이상한 노래를 부르거나 춤도 춘다고 합니다. 그것도 자신의 취향을 표현하기 위함입니다. 그들의 춤과 노래는 가끔 그것을 싫어하는 정령들에게 소음 공해 같은 피해를 주기도 하는데, 그들은 그런 것에 신경 쓰지 않습니다. 내가 좋아하는 것을 이해하지 못하는 다른 정령들에게 양보하거나 이해시킬 노력은 하지 않습니다. 그들은 상대를 욕하면서 다른 곳으로 이동해 버립니다. 그들은 자신들이 좋아하는 것을 남들이 존중해 주기를 원하지만, 정작 본인들은 남들이 좋아하는 것을 존중하지 않습니다. 자신들이 하는 행위는 개성의 표현이고, 남들이 하는 행위는 민폐라고 말합니다. 그 기준은 지극히 주관적인데, 자신의 주장을 합리화시키기 위해서 억지 논리를 주장할 때도 있습니다.

정령의 왕은 정령들의 성향을 말하면서 바람의 정령들이 사는 세계의 특징을 이야기해 주었습니다. 그것을 듣고 난 뒤, 난 정령들의 행동을 이해할 수 있었습니다. 정령들은 집단을 이루어서 생활하지 않습니다. 그들은 철저히 개인으로 생활합니다. 가끔 취미가 비슷한 정령들은 한시적으로 집단을 만들기도 하는데, 이런 집단은 오래가지 않습니다. 그들은 부모와 자식이 있지만, 그들은 서로가 서로에게 어떤 의미를 부여하는 것을 부정합니다. 그들이 생각하는 가족은 우리가 생각하는 가족과 좀 다릅니다. 그들은 개인이 모든 조직의 단위가 됩니다. 그곳에서 정령들의 왕이란 것은 결국 가장 오래살고 가장 많이 알고 가장 강하며, 다른 정령들을 도와줄 의지와 능력이 있는 정령을 말하는 겁니다.

 평범한 정령들은 전 세계를 자유롭게 돌아다니면서 자신을 위한 삶을 살다 갑니다. 다른 정령들과 함께 공동체를 이루는 것은 드문 일입니다. 가끔 특별한 바람이 불어오는 지역이나 향기가 있는 곳에서 모이는 것을 제외하면, 그들은 같은 정령들을 만나지 않습니다. 인간으로 따지자면, 사냥과 채집을 통해 살아가던 원시시대 같은 느낌을 줍니다. 그러다 보니, 자신의 삶만이 중요하고, 남의 삶은 신경 쓰지 않는 것입니다. 그들은 자신들의 삶에 과도한 가치를 부여했기 때문에 개성을 중요하게 생각한 겁니다. 사실 내가 보기에 그들의 개성은 별 차이가 없습니다. 옷의 색깔, 좋아하는 음식, 옷의 모양, 자주 마시는 음료 등으로 개성을 표현하려 하다니. 그래봐야 다 같은 정령 아니겠습니까? 개미들끼리 모여서 미남미녀를 선정하는 것이 인간이나 코끼리에게 어떻게 보여지겠습니까? 우리가 보기에는 다 똑같이 생긴 개미들인데….

그들이 하는 것이 그것과 똑같아 보였습니다. 유일하게 정령들 간에 차이가 있는 것은 외형입니다. 아까 말했죠. 회오리 같은 정령이 있고, 인간처럼 생긴 정령이 있다고. 멀리서 보면 다 비슷비슷한 바람들이지만, 가까이서 보면 좀 차이가 있습니다. 왕의 거처를 떠나서 여행하는 동안 거대한 정령들을 본 적이 있는데, 그들은 수많은 바람과 함께 다녔습니다. 역설적이게도 그들은 옷이나 음식으로 자신을 표현하는데 별 관심이 없었습니다. 그들의 관심은 큰 바람을 만드는 것뿐이었습니다. 자연이 정령에게 주었던 본연의 임무에 충실한 것만이 그들의 관심사였는데 정작 기본에 충실한 정령들이 가장 뚜렷하게 다른 정령들과 구분되는 개성을 가지고 있었습니다. 보통의 정령들은 남과 다른 내가 되기 위해 노력해서 남과 다른 나를 연출합니다. 그런데 그런 연출보다 본연의 목적에 충실한 것이 남과 다른 나를 확실하게 보여줄 수 있는 방법입니다. 어떤 옷을 입고 있는지 따위의 겉모습이 중요한 게 아니고, 내면의 성실성과 삶의 기본에 충실한 것이 결국 남과 다른 진짜 개성인 것입니다. 하지만, 그 길을 걷는 것은 정령들에게 어려운 것 같습니다. 인간들도 어떻게 하면 선하게 사는지 모두 알고 있지만, 그렇게 행동하지 않는 것처럼 말이에요.

나는 그런 사고방식이 어떤 사건이나 계기를 통해 만들어지고 전파된 것이 아닌지 궁금했습니다. 그래서 그들의 역사에 대해 질문했습니다. 그런데 그들은 기록된 역사가 없었습니다. 그저 몇몇 위대한 정령의 이야기나 사건들이 구전되어 내려오고 있을 뿐이었습니다. 갑자기 막막해졌습니다. 기록된 역사가 있다면, 그들의 현재 모습에 대한 원인을 찾을 수 있습니다. 무엇이 그들을 이렇게 만들었는가? 우리가 겪고 있는 문제에 대한 원인은 무엇인가? 어떻게 해결해야 하는가? 해결을 위해 누가 어떻게 노력하였는가? 를 알 수 있습니다. 역사가 없다면 도대체 그들은 어떻게 존재했겠습니까? 거기다가 역사가 존재하지 않는다면, 모든 문제 및 사회 현상은 당대를 다스리는 권력자의 입맛에 따라 해석될 우려가 있습니다. 정령의 왕은 훌륭한 성품을 갖추었기에 자신에게 유리한 관점을 강요하지 않겠지만, 일부 정령들이 역사를 조작하여 자신들의 행동과 문화에 정당성을 부여할 가능성이 있습니다. 그런 짓은 비록 작은 사건일지라도, 미래에 큰 문제가 될 수 있습니다. 그 사건이 큰 문제가 되어버린 미래에, 해결을 위한 과거의 원인을 찾을 수 없게 되는 것입니다. 바람의 정령계가 분열되어 자기들만의 삶을 추구하는 이유는 그들의 선조가 겪었던 시행착오가 역사로 남아 있지 않기 때문이라는 생각이 들었습니다. 오랜 산 정령들의 개인적인 지혜와 경험에 의지하는 것은 한계가 있고, 객관적일 수 없습니다. 나는 이제라도 바람의 정령들의 모든 것을 기록해 두기를 권유하였습니다. 정령의 왕은 내 이야기에 공감하면서 그렇게 하겠다고 약속하였습니다.

정령의 왕은 정령들이 개인적인 삶을 누리는 것은 좋은데, 그러다 보니 일부 집단만이 공유하는 언어가 나타나게 되어 그들 고유의 언어 체계를 파괴한다고 걱정했습니다. 나는 그것은 인간들 사이에서도 흔히 있는 일이라고 말해 주었습니다. 특히 컴퓨터를 이용한 채팅이 일반화되면서 줄임말이 많이 사용되었고, 국어를 제대로 못 배운 사람들이 발음되는 대로 단어를 쓰는데, 그것이 하나의 용어처럼 일상화되고 있는 문제는 인간들도 가지고 있다고 말해줬습니다. 그보다 더 큰 문제는 이런 잘못을 지적해 줄 사람도 없다는 것입니다. 자신들도 모르는 사이에 언어파괴자가 되어가는 겁니다. 정령의 왕과 나는 언어파괴가 얼마나 심각하고 끔찍한 일인지에 관해 몇 시간 동안 이야기를 했습니다. 마침 거대한 바람의 정령 몇 명이 나타났고, 우리는 그들의 말에 대해서 충분히 이야기할 수 있었습니다. 그것을 다 이야기 할 수는 없고, 대략 간추리자면, 이런 겁니다.

그런 은어들이 나타나게 된 것은 소수의 무리들이 자신들이 속한 집단의 정체성을 증명하고 차별성을 만들기 위해서 기존의 언어를 줄이거나 변형한 것에서 기인합니다. 이런 집단들은 주로 나이나 환경에 의해 구분되는데, 기성세대에 반발하려는 젊은이들로 이루어지거나 다른 문화를 일찍 받아들인 사람들로 구성되는 것이 일반적입니다. 그들이 사용하는 용어가 기존 문화에 없던 개념이라면 그 용어는 하나의 고유명사가 될 수 있습니다. 새로운 문화가 태동하거나 전파되면서 단어가 새로 만들어지는 경우, 그것은 기존 문화나 조직에 해로운 일은 아닙니다. 그러나 기존의 단어를 편의에 의해서 줄이거나 다르게 사용하는 경우, 문제가 될 수 있습니다. 같은 개념을 가진 다른 단어의 사용은 사람들에게 혼란을 주고, 서로를 다른 이해관계를 가진 자들로 만들 수 있으며, 심하면 마음의 벽을 만들 수도 있습니다. 그리고 기존의 언어 체계를 파괴하기도 하는데, 단지 파괴만 할뿐, 대안을 제시하거나 더 나은 언어 체계를 제공해 주지 못하기 때문에 이런 현상이 오래 지속되면 사용 언어에 의한 구성원 간 단절현상이 사회문제로 대두될 수도 있습니다. 남과 다른 우리를 만들기 위해서 사용되기 시작한 언어들이 결국 사회의 벽을 만들게 되는 것입니다. 인간들의 사회는 아직 그렇지 않지만, 그들의 사회는 그것이 심각합니다. 그들은 동풍을 일컫는 단어가 여러 개인데, 일부 단어는 소수 집단만이 사용하며, 그들은 그 단어를 사용하는 정령과 그렇지 않은 정령을 구분합니다. 단지 사용하는 언어나 단어가 다르다는 것으로 정령들이 서로 차별대우를 하게 되는, 말도 안 되는 논리가 성립하게 되는 것입니다. 이것은 개인적인 삶을 추구하거나 소수 집단을 구성해서 생활하는 그들의 사회적인 특수성 때문에 더욱 문제가 되는데, 마땅히 해결할 방법이 없습니다. 일부 지각이 있는 정령들은 언어의 차이가 정령들을 갈라놓지 않을까 고민합니다.

원래 그들의 언어는 아름다운 진동으로 만들어져 있습니다. 봄바람처럼 부드럽고, 사랑스러운 아기의 체취처럼 달콤하며, 연인의 속삭임처럼 간지러운 언어들로 정령들이 표현하고자 하는 모든 것을 표현할 수 있습니다. 그러나 줄임말과 비속어, 잘못된 언어와 배타적인 단어들이 섞이자, 어떤 언어들은 쓰레기 같은 소음이 되었고, 어떤 단어들은 오물덩어리의 글자 나열이 되어버렸습니다. 한참 시간이 흐르고 물의 차원을 방문한 뒤, 다시 바람의 차원에 갔을 때, 나는 저속한 젊은 정령 중 일부가 그런 발음으로 대화하는 것을 들었는데, 그 역겨움을 참기 힘들었습니다. 도대체 왜 그런 줄임말을 쓰는지 알 수 없었습니다. 그는 내가 그의 말을 이해하지 못하자, 왜 자신의 말을 모르냐면서 오히려 화를 내었습니다. 그가 속한 소수의 공동체에서나 그런 말을 이해하지, 다수의 정령들은 그 말이 무슨 뜻인지 모를 것입니다. 그런 젊은 정령들이 아마 사회의 벽을 만드는 존재일 거라고 생각했습니다.

육체가 없으니, 정령의 왕과 오랜 시간 대화를 나누어도 지치지 않았습니다. 그래서 우리는 바람의 정령계가 가진 본질적인 문제에 대해 이야기하기로 했습니다. 내 생각에 이 모든 것의 원인은 그들의 개인주의였습니다. 그러나 그들에 대해 잘 모르는 상황에서 섣불리 단정 지을 수 없었기에 난 그들의 생활을 더 알고 싶었습니다. 그래서 그들의 탄생과 일생, 죽음 그리고 가족과 관련된 대화를 하였습니다.

아무것도 신경 쓰지 않는 것처럼 보이는 정령들에게 여러 문제 중 상대적으로 가장 큰 고민을 안겨주는 것이 양육문제입니다. 그들은 인간처럼 번식행위에서 암수 모두 약간의 쾌감을 느낄 수 있습니다. 정령도 성별이 있다는 것이 신기하지 않았나요? 난 정말 신기했습니다. 그들이 암수구별이 되어 있는 것은 순전히 종족번식을 위해서입니다. 번식기관을 제외하고 그들이 살아가는 데 필요한 기능은 성별에 따른 차이가 없었습니다. 호흡기와 소화기관 같은 것도 존재하는데, 인간과 달리 형태가 없는 조직이기 때문에 난 그들의 생물학적 구조를 이해하는 데 무척 고생했습니다. 바람덩어리의 일부가 특정 기능을 수행하는 조직이 된다는 것은 보통 사람의 사고로 유추하기 어려운 일입니다. 코와 입에 해당하는 호흡기관이 얼굴에 있다가, 배로 이동했다가, 다리로 이동하는 것 등이 자유자재인데, 형체가 분명한 인간 기준으로 그들을 이해한다는 것은 대단한 상상력을 요구하는 것입니다.

그래도 난 그들이 종족번식 행위를 하면서 쾌감을 느낀다는 사실에서 정령과 인간의 공통점을 발견했습니다. 만일 번식행위의 쾌감이 없다면, 과연 인류는 이 정도의 개체 수를 유지할 수 있었을까 하는 생각입니다. 다만 그들은 종족을 번식시키는 데 인간들만큼 적극적이지 않습니다. 그 쾌감이라는 것이 인간들 기준에서 말하자면, 배부른 정도에 불과하기 때문입니다. 그리고 정령들은 인간보다 빨리 성장하고, 성장한 정령들은 서로 협력하기보다 경쟁자 관계에 놓이게 됩니다. 그들이 원하는 바람이나 향기라는 자원은 한정되어 있기에 개체 수가 많은 것은 누군가 그 자원을 이용할 수 없도록 소외된다는 것을 의미하는 것입니다. 결국 많은 정령을 만들어낸다는 것은 자원을 두고 다툴 경쟁자를 증가시킨다는 의미가 되기도 합니다. 바람의 정령들은 강한 바람이나 향기가 가득한 곳에서 스스로 탄생하기도 하는데, 그런 자연발생적인 정령의 숫자까지 고려한다면, 그들에게 종족번식은 필요한 행위가 아닙니다.

그래서 대다수의 정령들은 종족번식을 그리 즐기지 않는데, 일부 정령들은 상당한 수의 정령들을 만들어냅니다. 그 자세한 과정은 인간의 언어로 설명하기 참 어렵습니다. 내가 모르는 사람에게 이런 이야기를 한다면, 고민하면서 최대한 인간의 기준에서 이해할 수 있도록 노력하겠지만, 이미 그 차원에 다녀온 당신이니 설명은 하지 않겠습니다.

문제는 그렇게 태어난 정령들에 대해 부모 정령들이 양육을 거부한다는 겁니다. 이전에는 그렇지 않았습니다. 적어도 언어를 가르치거나 다른 정령들의 생태, 습성, 해야 할 일과 하지 말아야 할 일 정도는 교육을 했는데, 요새 어린 정령들은 태어나자마자 버려진 채 성장하는 경우가 늘어나고 있다고 합니다. 부모 정령들은 자신들의 자녀에 대한 책임을 정령의 왕이나 공동체가 가져야 한다고 주장합니다.

정작 본인들은 자신들의 즐거움을 위해 번식했을 뿐, 공동체를 위해 어떤 노력도 하지 않으면서, 자식을 부양하는 의무와 책임을 공동체에 떠넘기려 하는 것입니다. 그들의 공동체는 통치 집단이 아니며, 봉사활동을 해 줄 정령들이나 그들을 위해 쓸 수 있는 세금 같은 것도 없습니다. 인간들의 사회가 부모에게 버려진 아이들의 양육을 위해 누군가의 세금을 사용하는 것과 차이가 있습니다. 자식들을 남에게 떠넘긴 정령들은 어딘가에서 또 자식들을 만든 뒤, 공동체에게 책임을 전가하거나 또 자식들을 버리고 살아갈 것입니다. 그들도 인간과 같은 황금률이 존재합니다. 내가 하기 싫은 것은 남도 하기 싫다는 규칙 말입니다. 그 어느 정령도 다른 정령의 자식들을 돌보면서 필요한 것들을 가르치고 싶어 하지 않습니다. 하지만, 그들은 자신이 아닌 누군가는 그 역할을 해야 한다고 주장합니다. 정령의 왕은 어린 정령들을 모아서 교육이 가능한 환경이 되면, 그들의 세계를 바꿀 수 있다고 생각해서 자신을 도와줄 젊은 정령들을 찾아보았는데, 단 한 명의 정령도 그에게 도움을 주지 않았다고 합니다.

난 그게 이해가 되지 않았습니다. 정령들은 인간의 아이처럼 많은 수고를 필요로 하지 않습니다. 인간의 아이가 제대로 성장하려면 수년 동안 부모들이 말도 통하지 않는 아이에게 먹을 것을 특별하게 가공해서 주고, 낮과 밤을 가리지 않고 울어대는 아이들을 달래고, 똥오줌을 치워주고, 씻겨줘야 합니다. 인간의 아이들은 자주 아픈데, 말을 할 수 없기 때문에 그냥 울기만 합니다. 그러면 부모들은 밤이건 새벽이건 아이들을 데리고 병원으로 가야 합니다. 아이의 울음 때문에 부모의 삶은 피폐해지지만, 부모는 그 보상을 아이에게 요구하지 않습니다. 아이가 조금 자라면, 부모들은 아이가 온 집안의 가구를 부숴대는 것을 참아내야 하고, 그 와중에 아이들이 다치지 않을까 걱정해야 하며, 자신들의 삶과 꿈을 거의 포기해야 하는 상황에 이르게 됩니다. 아이들이 조금 더 크면, 그 아이들은 사회의 구성원이 되기 위한 교육을 받게 되고, 부모들은 상당한 경제적 지출을 필요로 하게 됩니다. 과도한 교육은 부모의 자산을 모두 탕진하게 만들 수도 있습니다. 그것은 부모의 이름으로 모은 자산을 강제적으로 사회에 환원시키는 역할을 하는데, 어떤 아이는 교육이라는 이름하에 부모의 자산을 블랙홀처럼 빨아들이는 존재가 될 수도 있습니다. 모든 인간의 사회가 그런 것은 아니지만, 일부 사회는 부모들이 자신의 인생과 미래를 저당 잡힌 채 자녀를 위해 모든 것을 희생하기도 합니다.

하지만 정령의 아이들은 그 정도의 노력이 필요 없습니다. 그냥 바람만 잘 쏘여주면 알아서 잘 자랍니다. 그럼에도 불구하고 아무도 그런 일을 하려고 하지 않습니다. 그들은 권리만 알고 의무는 모르는 자들입니다. 그들이 하는 핑계 중에 가장 그럴듯한 것이 두 가지인데, 하나는 난 그런 인생을 살기 위해 태어난 것이 아니라고 하는 말이고, 다른 하나는 그렇게 고생해서 남의 자식인 정령들을 키워봐야 그 고마움을 알지 못한다는 말입니다. 두 번째 핑계를 듣고 난 뒤, 난 정령의 왕에게 인간의 위대함을 설명해 주었습니다. 적어도 양육문제에 관해서는 인간이 정령보다 훨씬 위대한 존재라는 것을 자세하게 설명해 주었습니다.

인간의 부모는 앞에서 말한 것처럼 자신의 삶보다 더 소중한 가치를 자식에게 부여하면서 자식을 키웁니다. 그런데 일부 자식은 그것을 알지 못합니다. 인간의 자식들 중 어리석은 이들은 부모가 자신을 위해 어떤 고생을 했는지 전혀 모릅니다. 그들은 자신을 낳아주고 키워준 부모에 대해 고마움을 느끼기는커녕, 더 많은 것을 요구합니다. 시간이 지나고 성인이 되어갈수록 상대적인 비교를 통해 그들은 남들보다 우위에서 사회적 지위를 확립하고 싶어 하는데, 자신의 노력으로 그것을 획득하기보다 부모의 도움을 받아서 해결하려고 합니다. 예를 들면 결혼할 때 부모에게 집을 사줄 것을 요구하는 것 등입니다. 부모는 자식의 집을 사주기 위해 살아온 사람들이 아님에도 불구하고 그들은 그것이 당연히 요구할 수 있는 권리라고 생각합니다. 대다수 인간의 수명은 100살을 넘지 못하는데, 대부분은 태어난 지 20년이 다 되어도 자신의 힘으로 물건을 만들거나 구입할 정도의 능력이 없습니다. 집처럼 큰 것이 아니라, 자동차나 자신의 교육비나 옷 등도 부모에게 사달라고 요구합니다. 그리고 돈이 없어서 그것을 사주지 못하는 부모를 원망합니다. 고마움을 모르는 정도가 아닙니다. 태어난 후, 30년이 지나도 마찬가지입니다. 그들은 부모에게 항상 무언가를 요구하는 것을 결코 멈추지 않습니다. 그들은 자신들이 마음에 드는 이성과 교제하기 위해 부모의 재산을 사용합니다. 하루 종일 노동하는 부모에게 용돈을 받아서 맘에 드는 이성에게 음식이나 옷을 사주기도 합니다. 그런 과정을 여러 번 반복하는 데, 이성이 종종 바뀌기도 합니다. 그러면 처음부터 다시 같은 과정을 시작합니다. 부모가 자식의 도움을 받는 경우도 있지만, 그런 경우는 흔치 않습니다. 부모의 돈을 써서 다른 이성과 교제의 즐거움을 얻는 과정을 반복한 후, 인간들은 결혼이라는 것을 통해 가정을 꾸리게 됩니다. 자식들이 결혼을 할 때, 부모가 아주 가난하지 않다면, 거의 모든 자식들은 부모의 재산을 받아서 자신의 집을 얻는 데 사용합니다. 그뿐 아니라, 집을 꾸밀 가구 등을 구입하는 비용을 부모에게 받기도 합니다. 재미있는 것은 자신의 삶과 아무 상관없는 남의 집 크기, 위치, 가구 및 살림살이와 비교해서 경제적인 열등감을 느낀다는 것입니다. 일부 자식들은 그런 열등감을 느낄 때, 자신이 무엇을 했는지 스스로의 인생을 돌아보기보다, 남보다 많은 재산을 주지 않은 부모를 원망하기도 합니다. 공식적으로 자식의 결혼 후, 부모는 자식과 별개의 가정을 꾸리게 되는 것 같지만, 결혼이 끝이 아닙니다. 결혼 후에도 자식들은 자기들이 필요하다고 생각되면, 언제든지 부모의 재산이나 노동력을 요구합니다. 자신의 아이들을 부모에게 돌봐 달라고 맡기는 행위를 당연하다고 생각하는 자식들도 있습니다. 그 대가는 약간의 돈입니다. 본인들이 성장하면서 부모에게 받은 것과 비교하면, 태양과 촛불의 차이와 같지만, 자식들은 자신들의 자식을 부모에게 맡기면서 약간의 돈을 주는 것으로 의무를 다했다고 생각합니다. 인간의 모든 부모는 그것을 알고 있습니다. 하지만, 그럼에도 불구하고, 인간의 부모는 자식을 사랑합니다. 남의 정령을 키워봐야 키워준 고마움을 모른다고요? 자기 자식을 키우는 인간들의 심정과 비교할 수 있겠습니까? 바로 이것이 정령들과 비교할 수 없는 인간의 양육이라는 말을 하였습니다.

그 이야기를 들은 정령의 왕이 날카로운 질문을 하였습니다.

"모든 인간의 부모는 자신이 낳은 자식을 사랑으로 키우는 것입니까? 종종 인간의 부모는 자신이 낳은 자식을 다른 사람에게 보내기도

하고, 다른 부모가 낳은 자식을 키우기도 한다고 알고 있습니다. 부모가 없거나 부모를 알지 못하는 아이들을 모아서 돌보는 기관도 있지 않습니까? 보육원이던가요? 또한 내가 정확한 말을 기억하지 못하지만, 인간들의 어린아이는 입양이라는 제도를 통해서 다른 나라의 부모에게 양육되기도 한다고 들었는데, 그 제도에 관해서 좀 더 알려주시겠습니까?"

역시 정령의 왕이라 지식이 많은 것 같았습니다. 입양이란 결코 무시할 수 없는 우리 사회의 단면 중의 하나였고, 굳이 정령들 앞에서 말하고 싶지 않은 부분이었지만, 더 이상 감출 수 없었습니다. 누군가는 타인의 아이를 키워서 어엿한 사회구성원으로 만들 수 있는 인간의 사랑에 관해 말할 수도 있겠지만, 입양의 근본적인 원인은 사랑의 부족입니다. 부모가 아이를 키울 수 없는 환경이거나 의지가 없는 경우에 입양을 보내기 때문입니다. 전자는 어려운 환경에 놓인 부모들에 대한 사회의 사랑이 부족한 것이고, 후자는 자식에 대한 부모의 사랑이 부족한 것입니다. 국가에서 그들을 지원할 수 있는 제도적 장치도 부족하기에 결국 다른 가정이나 국가에서 입양이라는 제도를 선택하게 되는 것입니다. 원인도 썩 좋지 않지만, 혈족 중심 사회의 경우, 입양된 아이들에 대한 사회적 편견이 강합니다. 그 자신의 잘못이 아님에도 죄인처럼 다른 사람들의 시선을 의식하고 주눅 든 채 살아가야 하는 것입니다. 입양된 사람들은 동정의 대상도 아니고, 죄인도 아닙니다. 그저 남들과 조금 다른 환경에서 자라났을 뿐입니다. 그런데 정작 그들을 돌보지 못한 사회가 그들을 남과 다르게 차별하려고 합니다. 이해가 되지 않지만, 우리의 현실입니다.

같은 국가, 민족, 문화권 내에서 입양된 아이들은 외모처럼 확연히 구분되는 차이가 없어서 주변 사람들이 모르고 넘어갈 수 있지만, 다른 민족이 세운 국가로 입양된 경우는 그렇지 않습니다. 내 부모, 친구들과 머리 색깔, 피부 색깔이 다르다는 것은 상처가 될 수도 있습니다. 인간은 어릴 때 늘 고민을 안고 살게 마련인데, 다른 나라에서 입양되었다는 사실은 해결될 수 없는 고민이 될 수 있습니다. 밝고, 즐겁고, 활기차게 성장해야 할 시기의 아이들에게 아픔을 주게 되는 것입니다. 일부 아시아 국가는 자국의 아이들을 외국으로 입양 보내는 빈도가 매우 높은데, 이것은 심각하게 고려해야 할 문제입니다. 그 국가의 혈족주의 문화에 기반한 현상이라고 변명하지만, 그것은 그만큼 자신이 낳은 아이들에 대해 책임지지 않는 부모가 많고, 그 아이들을 국가에서 돌볼 능력이 없기에 외국으로 보내버리는 선택을 하는, 전반적으로 무책임한 사회의 단면인 것입니다.

정령의 왕은 내 이야기를 듣고, 바람의 정령들에게 입양은 불가능하다고 판단했기에 보육원에 관해 물어보았습니다. 자기 자식도 제대로 키우지 못하는 상황에서 타인의 자식까지 돌볼 능력은 그들에게 없다는 것입니다. 그래서 다수의 아이들을 돌볼 수 있는 보육원제도에 관심을 보였습니다. 원래 보육원 제도는 정령의 왕이 생각하는 것처럼 사회복지의 일환으로 만들어진 좋은 제도입니다. 인간이라면 누구나 동의할 수 있는 사랑과 자비의 제도 중 하나라고 생각합니다. 다만, 그 지원이 부족하여, 일반 가정의 아이만큼 지적, 육체적 성장이 어렵고, 사회의 편견과 불신 속에서 동등한 사회구성원으로의 대접을 받지 못한다는 것이 문제점이었습니다. 정령의 왕은 부모에게 양육되지 않는 정령의 다수가 다른 정령들의 도움을 통해 훌륭한 정령으로 성장하기 위해 대규모 양육시설이 필요하다고 생각하는 것 같았습니다. 그들은 타인에게 관심이 없기 때문에 인간들이 입양아동이나 보육원에서 자란 아동들을 보는 편견에서 훨씬 자유로울 수 있습니다. 나와 정령의 왕은 인간과 정령의 양육 형태에 대해 말하다가, 바람의 정령계의 미래를 위해 위대한 정령들이 보육원 제도를 만드는 것이 그들을 위한 최선의 선택이라는 결론에 도달했습니다. 보람찬 토론이었던 셈입니다.

정령의 왕을 찾아온 다른 정령 중 하나가 최근 바람의 정령들의 형태가 괴이해져 가고 있다는 말을 꺼냈습니다. 일부 정령들이 성장하면서 더러운 악취를 섭취하면 괴상한 모습을 갖게 된다는 것인데, 요새 그 수가 무척 많아졌다는 말이었습니다. 원래 바람의 정령들은 몸집도 크고 구름과 같은 형상으로 성장하지만, 인간의 향초를 많이 먹은 정령들은 인간과 정령의 중간 형태의 모습을 갖게 된다고 이야기했습니다. 바람의 정령들은 특정한 형태가 없이 존재하기 때문에 행동에 특별한 제약이 없는데, 인간의 형태를 가진 정령들은 무언가를 움직이기 위해서 손이나 발을 써야만 합니다. 특히 악취소굴에서 자라난 정령들은 확실하게 눈에 보이는 형태를 가진 채로 살아갑니다. 그들은 머리 부분에 검은색이나 갈색, 금색의 실 뭉치 같은 구름조각을 갖게 됩니다. 원래 머리에 구름은 둥그스름한 덩어리 모양이고, 여러 색이 아닌 바람 고유의 빛나는 청록색을 가져야 합니다. 그리고 악취를 먹고 자란 정령들은 선명한 눈과 귀, 매우 큰 코와 입을 가진 얼굴을 가집니다. 원래 바람의 정령은 얼굴이라고 부를 만한 것이 없습니다. 그들은 사방에 모든 것을 느낄 수 있습니다. 그런데 얼굴이 만들어지면, 눈으로만 볼 수 있고, 귀로만 들을 수 있습니다. 자신이 보는 것과 듣는 것만 느낄 수 있는 존재가 되어버리는 것입니다. 보고들을 수 없는 것을 받아들이거나 배우는 능력은 현저하게 떨어집니다. 그것은 매우 큰 불행이라고 할 수 있습니다.

무엇보다 가장 안 좋은 것은 입인데, 특정한 형태를 가진 입이라는 구조에서 나오는 발음은 매우 제한적입니다. 입을 가진 정령들은 형태가 없는 바람의 정령들이 사용하는 아름다운 언어의 진동을 제대로 발음할 수 없습니다. 원래 공기의 진동을 통해 자신의 뜻을 전달하기 위해서 특정한 형태를 가진 발성기관을 가져서는 안 된다고 들었습니다. 발성기관은 아무리 완벽해도 한계가 있기 때문에 모든 소리를 표현해낼 수 없기 때문입니다. 그런 발성기관중에서 최악의 예로 꼽히는 것 중 하나가 인간의 입인데, 이 입을 가진 정령들은 아주 조악하고, 천박한 의미를 가진 단어만을 발음할 수 있습니다. 인간이 입을 통해 만들어낸 욕설이나 비난 같은 부정적인 의미의 언어들은 지구가 창조된 이래 모든 동식물이 만들어낸 부정어들보다 더 많다고 하는데, 입을 가진 정령들은 인간의 욕설을 모두 발음할 수 있습니다. 그런 입을 가진 정령들은 자신들이 발음할 수 있는 범위에서 새로운 은어를 만들어내죠. 정령의 고유 언어를 파괴하고, 자기들만의 언어를 사용하며, 기존의 정령들을 무시하고, 그들만의 세계를 통해 사회의 벽을 만들고 있는 어린 정령들은 사실 악취에 오염되어 입을 가졌기 때문에 그럴 수밖에 없는 거라고 정령의 왕을 위로해 주었습니다.

더욱 불행한 것은 그들이 입으로 만들어내는 신조어들은 좋은 의미를 가진 단어보다 나쁜 의미를 가진 단어들이 더 많이 있다는 겁니다. 정령의 왕은 그 원인 중의 하나가 인간이 만든 대기오염과 소음, 스트레스가 가득 찬 환경이라는 식으로 넌지시 책임을 전가시키려고 했지만, 난 그에 동의하지 않았습니다. 비록 인간들이 자연을 파괴하는 능력은 비교대상이 없을 정도로 탁월하지만, 바람의 차원과 인간의 생활터전인 지상은 너무 먼 거리이기 때문에 영향을 주지 않을 거라고 했습니다.

아! 잠시 이야기가 다른 곳으로 흘렀는데, 다시 그들의 형태에 관한 이야기를 하겠습니다. 악취를 먹고 자란 정령들은 몸도 확실한 형태가 있는데, 두 팔과 두 다리, 일부는 날개를 가진 형태로 자라게 됩니다. 형태가 없는 정령들은 바람이 부는 것처럼 움직임에 제한이 없지만, 형태가 있는 정령들은 그렇지 않습니다. 손이나 발을 이용해서 할 수 없는 행위들은 결코 할 수 없습니다. 예를 들어 형태가 없는 정령들은 따뜻한 바람덩어리에 섞여서 날아갈 수 있지만, 팔다리를 가진 정령들은 팔과 다리를 이용해서 그 바람을 붙잡거나 팔다리를 허우적거리면서 대기를 날아다녀야 합니다. 그들은 인간이 헤엄을 치는 것처럼 보이는 데, 평범한 정령들이 바람처럼 움직이는 것과 비교해 볼 때, 팔다리를 휘젓는 모습이 어찌나 추하게 보이던지…. 그렇게 팔다리와 얼굴을 가진 정령들은 오래 살지도 못합니다. 기껏해야 100년 정도 살다가 바람이 되어 사라집니다.

형태를 갖춘 요새의 정령들은 특정 현상이나 물건을 숭배하기도 합니다. 이건 아마 처음 듣는 이야기일 겁니다. 그런 유행이 나타난 지 10년 정도밖에 안 되었다고 들었습니다. 존. 당신이 바람의 차원에 마지막으로 방문했던 때가 언제죠?

"음… 처음 빅 파더가 되었을 때 이후 가본 적이 없으니 14년 정도 되었네. 내가 갔을 때도 정령들이 이상한 형태를 갖추고 자라나는 것에 대해 걱정이 많았지. 그때도 정령들에게 입이 만들어지면서 나타나는 문제에 대해 고민했었는데, 아직 해결이 되지 않았나 보군. 자네 말처럼 정령들이 특정현상이나 물건을 숭배하는 것은 못 들어봤네. 지금까지 자네가 이야기한 것은 내가 대부분 알고 있는 사실이라서 그리 집중하지 않았는데, 새로 할 이야기는 좀 흥미가 생기는데?"

좋아요. 잘 들어봐요. 그들은 개인적인 쾌락을 중요하게 생각하지 않습니까? 어떤 정령은 옷이 곧 자신이라고 생각해서 옷과 장신구로 겉모습을 꾸미는 데 열중하고, 어떤 정령은 식도락에 미쳐있습니다. 어떤 정령은 특정 공간을 점유하는 데 만족하고, 어떤 정령은 아무 생각 없이 순간순간 자신이 원하는 대로 사는 것에 만족합니다. 그런데 자신과 기호가 비슷한 정령들을 만나게 되면, 그때 문제가 발생합니다. 서로 이해하고 포용할 것이냐 아니면 배척할 것이냐 하는 것입니다. 무시하면 배척하는 것이니 그건 문제가 없습니다. 그런데 이해하고 포용하는 방법이 없었기 때문에 그들은 특정 대상을 숭배하는 방법을 만들어냈습니다.

태평양에서 아시아로 부는 태풍은 강한 힘을 가진 바람덩어리입니다. 그들 중 일부는 그 태풍을 숭배의 대상으로 여깁니다. 자신들이 가질 수 없는 막강한 자연의 힘을 숭배하는 것입니다. 같은 취미를 가지고 같은 숭배 대상을 가진 정령들은 자신이 좋아하는 것을 공유한다는 것만으로 서로를 이해했다고 생각합니다. 정확히 말하면 같은 취미를 가졌다는 이유로 모르는 사람과 친구가 되는 것과 같은 것입니다. 이런 사고방식을 어디서 배웠나 모르겠습니다. 태풍을 숭배하는 정령들은 같은 숭배자끼리 친하게 지냅니다.

옷에 환장한 정령들은 무지개를 숭배합니다. 여러 색이 있는 게 마음에 든다고 합니다. 무지개를 좋아하고, 옷을 좋아하는 정령들은 믿을 만하다고 자기들끼리 이야기합니다. 악취 속에서 자라서 형태를 갖춘 정령들은 물질을 숭배합니다. 지상에 있는 커다란 바위나 나무 및 귀금속과 인간들의 물건이 그 대상입니다. 그들은 자신들처럼 하늘을 날 수 있는 새들에게 특별한 의미를 부여하고, 그들을 신의 사자나 전령처럼 여기기도 합니다. 새를 숭배하는 정령들은 자신들이 죽으면 몸은 바람이 되지만, 영혼은 새에게 깃들게 된다고 믿기도 합니다. 형태가 없는 정령들은 그런 대상을 숭배하거나 의지하지 않습니다. 하지만, 요새 형태를 갖춘 정령들이 나타나면서 이런 현상이 두드러지기 시작했습니다. 그들은 이런 것을 함께 숭배하고 의지해야만 진정한 동료라고 주장합니다. 그러다 보니, 목적이 수단이 되고, 수단이 목적이 되어버린 경우도 있습니다. 옷을 좋아하는 정령들이 옷을 입는 것보다 무지개를 섬기는 데 더 많은 노력과 시간을 할애하고, 바위나 나무 주변에서 시간을 보내는 것이 목적이 되어버린 정령들이 늘어나고 있습니다.

그들이 아플 때 이런 믿음을 이용해서 아픈 몸을 치료하는 의술이 유행하고 있습니다. 어떤 나무나 바위에 기도하면 건강이 돌아온다는 것이 그 핵심이고, 기도에 필요한 가르침을 주고, 약이라고 불리는 바람을 줍니다. 당연하지만, 모두 돌팔이 치료법입니다. 그런데 몸이 낫지 않아도 대가는 지불해야 합니다. 그들은 병으로 몸이 아파도 죽지는 않기 때문에 그들의 약은 늘 증상을 완화시키는 것들뿐입니다. 약은 병을 치료하기 위해 만들어지는 것이 아니고 적당한 대가를 받기 위해 만들어집니다. 소수지만 일부는 집단의 믿음을 실험하기 위해 일부러 약을 먼저 만들고 병을 만든 뒤, 약을 통해 병을 치료하는 쇼를 하기도 합니다. 그리고 그런 치료의 기적을 불러오는 대상에 대해 또 찬양을 합니다. 이런 것들이 최근에 두드러지게 나타나는 그들의 사회현상입니다.

나는 조만간 그들 간의 가치를 교환하는 화폐도 나오지 않을까 걱정이 되었습니다. 잘 알다시피 그들의 사회는 화폐가 없잖아요? 필요한 모든 것을 자연에서 구할 수 있기 때문에 굳이 특정 물건에 교환가치를 설정하고 그것을 약속할 필요가 없습니다. 그런데 개성이라는 것이 또 문제를 가져옵니다. 같은 녹색 옷을 입어도 색깔이나 모양이 좀 다르잖아요? 누군가는 남과 다른 녹색 옷을 입고 싶을 텐데, 이것이 다르다는 것을 증명하기 어렵습니다. 그러다 보니, 무언가 나의 개성을 구분해 줄 가치 기준이 필요해지는 것입니다. 화폐가 주어지면, 이건 저렴한 옷, 이건 비싼 옷이라는 게 구분이 되지 않습니까? 그것도 개성 표현의 일부가 될 수 있고, 개성의 표현을 위해서 화폐가 만들어 질 수 있습니다. 정말 바보 같은 일입니다. 그들에게 옷은 필요한 것이 아닌데 꼭 그렇게까지 해야 하나 싶은 생각도 들었습니다. 하지만, 그들이 내 걱정을 들어주기나 하겠어요?

"꽤 많은 것에 대해 이야기를 했군. 다른 이야기는 없나?"

이제 내가 했던 특별한 경험에 대해 조금 더 이야기하고, 내가 배운 것들을 이야기하면서 바람의 차원에 갔다 온 이야기를 마무리하겠습니다. 사실 바람의 정령계를 여행했을 때는 워낙 정신이 없고, 당황스러워서 많은 것을 기록하지 못했습니다. 정령의 왕은 나에게 유체이탈을 하는 법과 함께 오래 전에 사망한 영혼을 불러내서 대화하는 법을 가르쳐주었습니다. 일반 영혼들은 불가능한데, 꽤 유명한 위인들의 영혼은 부르는 것이 가능합니다. 난 순수한 의도에서 과거의 생활에 대해 묻고자, 헬레네와 양귀비, 클레오파트라의 영혼을 불러봤습니다.

"악마와 함께 자네가 만든 성욕의 세계에 들어갔던 것이 생각나는군. 보통 의식은 인간이라는 소우주의 일부라고 표현하는데, 자네가 만든 성욕의 세계는 소우주가 아니었지. 물리적인 대우주였어."

지나간 이야기를 꺼내고 그래요. 쫀쫀하게…. 어쨌든 영혼들은 생전의 육체와 완전히 똑같은 모습을 하고 있지는 않았습니다. 미의 기준이 과거와 현재가 다르다는 것을 감안하더라도 생각보다 미녀들이 아니었습니다. 그래서 난 그냥 유명한 위인들이나 불러서 대화를 해야겠다고 생각했습니다.

"빅 파더들이 지혜를 얻고, 역사 속의 진실에 대해 올바로 파악할 수 있는 비밀이 바로 그것이지. 기록된 역사가 항상 진실은 아니지. 자신의 억울함을 풀기 위해 나타난 위인들의 영혼은 거짓말을 하지 않아. 그들은 그 시대의 진실을 말해 주고, 우리에게 진실한 충고를 해 주지. 충고를 제대로 듣는 법만 배워도 앞으로의 인생은 활짝 열린 대로를 대낮에 걷는 것과 같아."

　맞아요. 난 프톨레마이오스의 이야기를 떠올리면서 여러 위인들을 소환해서 대화를 나누었습니다. 유럽의 왕과 장군들, 아시아의 학자들과 이야기하면서 엄청난 지식을 얻었습니다. 그중에서 몇 명은 자기의 이야기를 꼭 전해달라고 해서 약속했는데, 내가 그 이야기를 하면 위인 모독이나 역사 왜곡 같은 비난을 받을 수 있으니까, 당신에게만 이야기하겠습니다. 그것도 약속을 지키는 것이 될 테니 좀 지루하겠지만, 들어주십시오.

　'장보고'라고 알아요? 한반도에 있던 신라라는 나라의 장군입니다. 한국의 남동쪽 해안가에 수군기지를 건설해서 해양무역을 독점하고, 강력한 해군으로 중국, 일본, 신라의 해적들을 소탕했던 사람입니다. 아마 한국 역사에서도 이 사람을 꽤 대단한 사람으로 취급하고 있을 겁니다. 중국해적과 일본해적, 왜구라고 하죠? 이런 해적들을 물리친 자국의 위인으로 여깁니다. 그가 말하기를 정말 무서운 것은 외부의 해적들이 아니라, 동족을 외국에 노예로 내다 파는 행위일 수 있다는 교훈을 후손들에게 남겨야 하는데 작금의 기록은 정말 중요한 것을 삭제하고, 애국심 자극의 수단으로 자신의 인생을 사용하고 있으니, 올바른 진실을 전해달라고 간절히 부탁했습니다.

"나도 그 이름을 들어서 알고 있네. 나중에 자신의 친구에게 암살당해 죽었지. 그의 인생을 보면, 정말 위험한 자는 외부에 있는 것이 아니라 내부에 있다는 것을 확실히 알 수 있는데, 그를 위인으로 다룬 이야기는 외부의 위협에 맞서 싸운 영웅으로만 그리고 있지. 다른 나라도 그렇게 가공된 영웅들이 무척 많을 걸?"

그렇겠죠. 그런데 난 그런 영웅들은 만나지 못해서….

"그래. 또 그런 이야기를 부탁한 사람이 누가 있나?"

대다수는 학자들이었습니다. 원래 학자들이 이룬 업적은 지도층의 필요에 따라 변하게 마련입니다. 다들 자신의 연구 성과가 정치논리로 변질된 것에 억울해 하더군요.

내가 그곳에서 배운 것은 매우 많습니다. 난 위인들에게 배운 것 외에도 그들과 대화를 통해서 권위와 전통에 굴복하지 않고 자유롭게 사고하는 법을 배웠습니다. 인간이 가진 본능적인 욕망을 거역하지 않되, 악해지지 않는 법도 배웠습니다. 작고 수많은 삶의 집착에서 벗어나는 법도 배웠습니다. 내가 배운 유체이탈이나 비행, 위인들의 영혼 소환 같은 마법들보다 그들에게 배운 것이 더 소중하다고 생각합니다. 내가 얻었던, 가장 소중한 배움은 남의 충고를 듣는 법입니다. 그것은 학교나 가정, 사회에서 그 누구도 알려주지 않은 비밀 중의 비밀입니다. 나의 단점을 알고 타인의 충고를 통해 나의 단점을 고치는 것, 그것이 최고인데, 어떻게 해야 타인의 충고를 인정하고 이해할 수 있는가라는 것입니다. 그 후로 나는 내 모든 것을 긍정적으로 변화시킬 준비가 완료되었습니다.

난 더 이상 그곳에서 배울 것이 없다고 생각했습니다. 그래서 정령의 왕에게 작별인사를 하고 떠나려고 했습니다. 그런데 그때 정령의 왕은 나에게 부탁을 했습니다. 그는 바람의 정령들이 사는 세계를 변화시켜 보고 싶다고 솔직하게 이야기를 했습니다. 그래서 나는 불, 물, 대지의 정령들이 사는 세계를 여행한 뒤, 그들이 사는 세상에 대한 이야기를 해 주기로 약속했습니다. 정령의 왕은 친절하게 자신의 바람 중 일부를 떼어서 나를 지상으로 가게끔 인도해 주었습니다. 난 바람의 정령들이 몸의 일부를 떼어내서 조종할 수 있다는 것을 그때 처음 알았습니다. 그것을 보고 내가 배운 것이 전부가 아니며, 다시 와서 배워야겠다는 생각을 했습니다. 나는 정령의 왕과 약속한 것에 대해서도 만족했습니다.

돌아와 보니, 며칠의 시간이 흘렀는데, 몸은 그대로였고, 건강도 괜찮았습니다. 젊은 나이에 이런 유체이탈을 통해 많은 지식을 얻은 사람은 인간이 상상하지도 못할 엄청난 지식을 갖고 살아갈 수 있겠다고 생각했습니다. 독일의 유명한 도시전설이자, 괴테의 소설로 유명해진 파우스트 박사가 어떻게 인간의 모든 지식을 손에 넣었다고 말하는지 이해할 수 있었습니다. 그리고 나만타의 사람들이 당신의 넘치는 교양과 박학한 지식에 늘 감탄했던 비결도 알 수 있었습니다. 많은 지식을 얻게 되자, 처음에는 남보다 내가 더 뛰어나다는 우월감에 젖었고, 더 많은 지식을 얻게 되자, 이 것을 어떻게 사용할 수 있을까 고민하였고, 이 세상의 모든 지식을 다 얻고 싶은 욕심에 빠졌습니다. 그러나 그보다 더 많은 지식을 얻게 되자, 이것이 우연이 아니며, 내가 그 지식을 얻은 것은 다른 사람을 돕기 위해서였다는 것을 깨닫게 되었습니다. 왜 성인들이 남들보다 뛰어난 능력을 가지고 있는데도, 사람들을 지배하기보다 가르쳐서 발전시키려고 했는지 알게 되었습니다. 바람의 차원은 나의 성장과 가르침을 이끌어낸 첫 번째 발판이었습니다.

불의 차원

    불의 정령들이 사는 차원은 바람의 차원과 완전히 다른 세계였습니다. 솔직히 말해서 난 그 경험들을 주변 사람들에게 말하고 싶었습니다. 하지만, 아무도 그 이야기를 믿지 않을 것이고, 나를 미친 사람 취급할 것이 분명하기 때문에 조용히 지냈습니다. 내가 좀 흥분해서 말하더라도 이해해 주기 바랍니다.

    "물론이지. 남들은 상상도 못할 경험을 했는데…. 진실을 감춘다는 것은 힘든 일이지. 이야기를 해서 해결될 수 있다면, 마음껏 이야기하게. 난 밤새도록 자네의 이야기를 들어도 괜찮아. 가끔 차 한 잔 마실 여유를 준다면 말이지."

    내가 아주 훌륭한 다기를 하나 가지고 있습니다. 그건 인간이 만든 것이 아니고, 불의 정령이 직접 흙을 구워 만든 찻잔입니다. 나와 만난 정령들이 전쟁에 승리한 기념으로 내게 전리품을 몇 개 주었는데, 그중 하나죠. 거기에 차를 마시면, 다른 잔에 마시는 것보다 두 배는 맛있을 겁니다.

"전리품이라고?"

바람의 차원과 달리 불의 차원은 전쟁으로 가득 차 있지 않습니까? 난 그들 중 한 부족과 만나서 그들이 전쟁에 승리할 수 있도록 도와주었습니다. 그 전쟁이 끝나자, 난 불의 정령들의 모든 것을 파악했다는 생각을 했습니다. 솔직히 말하면, 두 번 다시 불의 차원을 가고 싶지 않습니다. 그들은 단순한 폭력을 넘어서 피지배계급을 아주 잔인하게 정복하는 경향을 가지고 있습니다. 그게 너무 싫었습니다. 폭력이나 세금으로 피지배계급을 억누르는 인간들이 귀여워 보일 정도입니다.

일단 차 한 잔 마시고 이야기를 계속하죠? 이 차는 내가 브라웅에게 선물로 받은 겁니다. 4개 차원의 여행을 마친 뒤, 당신과 함께 여행했던 곳을 다시 갔습니다. 브라웅에게 들린 적이 있는 데, 그 녀석은 우리가 떠나고 난 뒤, 더 교활하게 동물들을 괴롭히고 있었습니다. 그래서 혼을 낸 뒤, 브라웅을 다른 지역으로 이주시켰습니다. 그리고 늑대가 고양이를, 고양이가 쥐를 억압하지 못하도록, 서로 견제하게끔 만들었습니다. 동물들과 합의를 거쳐서 그 과정을 진행하는데, 한 달이 걸렸습니다. 한 달 뒤, 이주한 브라웅을 찾아갔는데, 새로 온 지역이 맘에 든다면서 약초 몇 개를 내게 선물했고, 난 그걸 차로 달여 마시고 있습니다.

"그래. 잘했군."

이제부터 불의 차원을 여행한 이야기를 시작하도록 하겠습니다. 유체이탈을 통해 내가 도착한 곳은 화산지대였습니다. 옛 이야기 속에 나오는 유황연기와 용암이 흐르는 불지옥과 같은 곳이었습니다. 끝없이 펼쳐진 구릉지와 땅의 갈라진 틈새에서 나오는 불꽃과 용암 그리고 연기가 가득 차서, 기성 종교의 선악 개념에 길들여진 사람들은 지옥이라고 착각할 만한 공간이었습니다. 불의 차원은 인간을 위한 곳이 아니고, 불의 정령들이 살아가기 위한 곳이기 때문에 그들에게 매우 적합한 환경이라고 생각했습니다. 내가 만일 인간적인 관점에서 모든 것을 보았다면, 분명 불지옥이라고 했을 겁니다. 그곳은 바람의 정령계처럼 영적인 차원에 속한 곳입니다. 물의 정령과 불의 정령의 세계는 정신적인 차원에 가깝고, 바람과 대지의 정령의 세계는 현실과 정신적인 차원의 중간쯤이더군요. 아, 다시 본론으로 돌아가죠.

개인이나 소수의 공동체 생활을 선호하는 바람의 정령들과 달리 불의 정령들은 부족을 매우 중요하게 여깁니다. 그곳은 가족이나 씨족 공동체가 사회조직의 기본 단위입니다. 그들은 부족명을 가지고 있는데, 대부분은 그들과 연관 있는 지명을 따옵니다. 내가 만난 부족은 '아토'족이었습니다. 그것은 승리, 선물을 뜻하는 말입니다. 그리고 그들과 살던 지역은 '일룸'이라는 곳이었는데, 그것은 '역사'라는 뜻입니다. 아토족은 일룸을 사이에 두고 '푸실'족과 싸우고 있었습니다. '푸실'은 '불이 가득 찬 마을'이라는 뜻입니다.

내가 처음 만난 불의 정령은 아토족의 정찰병이었습니다. 그는 내가 인간인 것을 알아보고, 나에게 여러 가지를 물어보았습니다. 특히 그는 전략과 무기, 전쟁에 대한 것을 물었는데, 내 대답이 맘에 들었는지, 나를 족장에게 안내해 주었습니다. 난 바람의 차원에서 유명한 왕과 장군들의 무용담을 많이 들었기 때문에 전쟁에 관한 많은 지식을 가지고 있었습니다. 불의 정령들은 이글거리는 불꽃의 형태를 가지고 있었는데, 인간이라기보다는 도마뱀의 형상에 가까웠습니다. 왜 '살라만다'라는 불도마뱀이 불의 정령을 대표하는 상징이 되었는지 알 수 있었습니다.

그들은 전쟁을 매우 좋아합니다. 필요에 따라서 불꽃으로 무기 모양을 만들어서 싸우는데, 주로 온도를 높이거나 낮춰서 상대의 몸에 온도 변화를 주는 방법으로 싸웁니다. 그들은 인간처럼 일정한 온도를 유지해야 하는 존재들이기 때문에 급격한 온도변화는 그들의 존재를 파괴해서 죽음을 가져오게 됩니다.

그들이 땅을 정복하는 이유는 여러 가지가 있지만, 대부분 자신이 살기에 적합한 온도의 땅을 소유하여 생존하기 위해서라고 주장합니다. 좀 이해가 가지 않는 것이 있다면, 불의 정령들이 사는 지역은 온도 차가 매우 적어서 지역의 온도가 생존에 영향을 줄 거라고는 생각되지 않습니다. 실제로 그들은 다른 부족이나 다른 개체들의 지역에 진입했을 때, 온도 때문에 어려움을 겪지 않습니다. 난 부족별로 선호하는 온도의 차이가 있고 그것이 생존문제와 직결될 수 있기에 많은 지역을 확보하기 위해 정복전쟁을 많이 한다는 그들의 말을 처음에는 믿었습니다. 그러나 그것은 전쟁의 명분일 뿐, 그들은 생존을 위해 싸우지 않습니다. 명예를 위해, 혹은 전쟁 그 자체를 위해, 기분이 나빠서, 상대의 재산이 많아서, 상대의 거주지역을 탐내서, 상대가 자신보다 약하기 때문에 등등의 이유로 전쟁을 합니다. 그들의 역사는 전쟁의 역사와 같습니다. 전쟁을 제외하고 역사를 이야기할 수 없습니다. 전쟁의 이유와 전쟁이 만든 그들의 역사를 생각해 보니, 매우 인간적이었습니다.

그런 영토 전쟁은 부족과 부족 간에 발생하게 됩니다. 불의 정령들을 이해하기 원한다면 그들의 부족개념을 이해해야 합니다. 그들의 부족은 주로 혈족의 개념이지만, 문화와 생활습관에 의해서 구성되기도 합니다. 같은 혈족이 여러 부족을 만들기도 하고, 여러 혈족이 하나의 부족이 되기도 합니다. 예를 들어, 둥그런 식기도구를 쓰느냐, 뾰족한 식기도구를 쓰느냐 혹은 고개를 좌우로 흔드는 것이 긍정의 뜻이냐, 부정의 뜻이냐에 따라 부족의 정체성이 달라지기도 합니다. 정체성뿐 아니라, 그런 것들은 전쟁의 시발점이 되기도 합니다. 우리가 보면 매우 사소하다고 여길 수 있지만, 그들에게 그것은 결코 사소하지 않습니다. 그들이 구분해놓은 부족이라는 조직단위는 인간이 상상하기도 힘들만큼 엄청나게 많은 차이와 차별을 합리화시키기 때문입니다. 부족이 다르면 상대를 죽여도 되고, 부족이 다르면 상대를 무시해도 됩니다. 단지 부족이 다르다는 이유만으로 상상할 수 없는 여러 차별이 정당화되어 버립니다. 마치 종족이나 국가, 종교가 다르다고 상대를 차별하는 것과 같습니다. 대다수의 인간들은 상상할 수 없는 일이지요. 그렇죠? 음, 아닌가요? 그것도 인간적인가요?

부족은 절대적인 권위를 가진 한 명의 지도자에 의해서 통치됩니다. 가장 훌륭한 지도자는 전쟁을 승리로 이끄는 지도자입니다. 가끔 전쟁이 없는 상황을 통치하기에 적합한 도덕적인 지도자라는 개념이 그들의 책에 나오는데 도덕적인 지도자는 호전적인 지도자보다 못한 존재입니다. 도덕이란 것은 명확하게 정의되지 않는 관념이며, 일종의 약속인데, 현실성과 상대성을 무시하고 모든 것을 고정적으로 만들어 버립니다.

예를 들어 약자를 돕는 것이 도덕적으로 권장되는 사회라면, 누구나 약자를 도우려고 합니다. 약자를 돕는 것으로 스스로 만족하고 사회적 책임을 다했다고 생각하게 됩니다. 정신적인 책임을 면피할 구실을 주는 것입니다. 그런데 그것은 최선이 아니라, 최소한입니다. 조직의 발전과 전쟁의 승리를 위해서 약자를 버려야 하는 상황이 왔을 때, 도덕은 행동을 주저하게 만듭니다. 약자를 버리지 못하는 도덕은 승리의 걸림돌이 될 수 있습니다. 그리고 그런 도덕을 지키다가 부족이 멸망할 수 있습니다. 도덕이란 것은 늘 현실과 다른 법인데, 그런 비현실적인 관념을 위해 부족에게 해가 되는 결정을 내리는 도덕적인 지도자는 위험합니다. 무엇보다도 도덕에 의존하는 지도자란 힘이 없는 지도자라고 생각되어집니다. 힘이 있다면 굳이 자신의 권위를 지키기 위해 도덕을 강요할 필요가 없습니다. 그래서 그들의 세상은 언제나 힘이 먼저이고, 힘이 전부입니다. 도덕이 필요한 순간도 있는데, 그런 도덕은 어느 정도 통치체제가 확립된 식민지의 반란을 막기 위해 피지배층에게 주입시키는 개념입니다. 참된 부족의 지도자는 결코 도덕을 자신의 신념으로 삼아서는 안 됩니다. 그는 모든 것을 무시할 수 있는 힘을 가지고 있어야 하고, 도덕이 그의 판단을 가로막으면 도덕을 무시할 수 있어야 합니다. 왜 그렇게 극단적으로 승리와 부족의 생존이 최우선시 되는가 하면, 그들의 전쟁은 승자독식 즉, 패자는 모든 것을 잃어버리는 규칙을 가지고 있기 때문입니다. 도덕은 그 규칙 내에서 존중받지 못합니다.

그들의 지도자는 대부분 두 가지 방법으로 선출됩니다. 하나는 세습입니다. 인간들의 왕위가 내려오는 방법과 같습니다. 세습된 지도자는 자신의 단점을 주변의 측근들을 통해 보완합니다. 다른 방법은 간접 투표입니다. 지도자는 일부 지도층 가운데 투표를 통해 선정되며, 임기는 전쟁에 패배하여 영향력이 떨어지기 전까지입니다. 당연히 세습지도자보다 선출지도자가 우수한 능력을 가지고 있습니다. 그러나 일부 부족이 선출이 아닌 세습을 택하는 이유가 있습니다. 선출을 하게 될 경우, 경쟁과정에서 부족의 분열이 일어날 수 있습니다. 중소 부족이라면 그 갈등을 치유하는 것이 쉬울 수 있지만, 대부족의 경우, 지도자 선출과정의 갈등은 하나의 부족을 여러 개로 쪼개버릴 수 있습니다. 그래서 권위를 세습하고, 나머지가 그에게 복종하는 형식을 취합니다. 능력 있는 세습지도자라면 아무 문제 없고, 무능한 세습지도자가 집권하는 경우라도 그 아래에 있는 지도층의 세력이 서로 견제와 균형을 이루기 때문에 체제가 유지되는 것입니다. 선출 지도자는 오랜 전투 경험, 승리의 전적, 개인의 무력과 지휘력 등을 고려하여 결정됩니다. 그를 선출하는 지도층은 그와 비슷한 능력을 갖춘 이들이며, 이들은 차기 지도자의 후보이기도 합니다.

지도자와 그의 일족은 부족내의 최고 계층입니다. 그 아래에 지도층이 존재하며, 지도층 아래는 각 지도층 계파에 속한 강한 전사들이 있습니다. 그 아래에 일반 병사들과 젊은 전사들이 있으며, 그 아래에 일반 부족원들이 있고, 마지막에 노예가 있습니다. 그들은 자신들의 상위 계층이 승리와 전리품을 가져온다는 전제하에서 충성을 바칩니다. 지도자가 지도층에게, 지도층이 강한 전사들에게, 강한 전사들이 일반 병사들에게 승리를 보장해 주지 못한다면, 하위계층은 상위계층을 공격할 준비가 되어 있습니다. 엄격한 계급사회 같지만, 사실 그 계급이란 것은 위태로운 구분선일 뿐입니다.

부족 간의 전쟁에서 명분과 과정을 떠나, 승자와 패자가 결정되면 승자는 패자의 모든 것을 소유하게 됩니다. 보통 패배한 부족의 주요 영웅들을 죽이고, 나머지를 노예로 만들며, 모든 재산을 약탈해갑니다. 그 뒤, 기록을 조작해서 패배한 부족을 악당으로 만들어버립니다. 도덕이 무의미한 이유, 승리가 전부인 이유가 바로 여기에 있습니다. 승자는 늘 정의의 편이 되고, 패자는 늘 악당이 됩니다. 진실은 중요하지 않습니다. 그들이 가지고 있는 기록은 늘 승자의 기록입니다. 도덕적인 패배자란 절대 존재하지 않습니다. 하지만 승자는 늘 도덕적이고 용감한 자들입니다. 패배한 부족은 역사를 왜곡당하는 것 뿐 아니라, 자손대대로 승자의 부족에게 일방적인 봉사를 하는 노예의 삶을 살아가게 됩니다.

전쟁이 자주 벌어지다 보면, 승리한 부족이 다른 부족에게 패배하여, 노예들이 해방되거나 독립하는 경우도 있지만, 그런 일이 자주 발생하지는 않습니다. 그들은 단순히 승자가 패자를 노예로 만들어버리는 것 외에도 교묘하게 패자를 자신에게 동화시키는 방법을 사용하기 때문입니다. 전쟁에서 승리하였으나, 상대부족을 노예로 만들기에 부적합한 경우가 있습니다. 상대 부족의 수가 너무 많거나 군사력을 제외한 문화·경제 수준이 너무 높거나 영토가 방대하여 적절히 다스리기 어려운 경우가 그렇습니다. 바로 그 방법이 인간과 다른 것입니다. 승자가 역사를 조작하고, 모든 것을 빼앗아 가고, 패자와 그 후손들을 노예로 만드는 것은 인간의 역사에서 대부분을 차지하고 있지 않습니까? 지배방식이 그것뿐이라면 그들도 인간과 별 차이 없는 존재들이었을 것입니다.

그들의 방법은 교묘합니다. 그들은 정복한 부족을 통치하기 위해 자기 부족 중 뛰어난 자를 지도자로 파견합니다. 그들은 이것을 대리통치라고 부릅니다. 파견된 지도자들은 정복당한 부족의 부와 권력을 향유하면서 모든 것을 누리는 지도자로 군림합니다. 이들의 목적은 반란의 진압 및 패배한 부족의 유능한 자들을 제거하는 것입니다.

이들이 주로 사용하는 방법은 매년 운동경기를 개최하는 것입니다. 이 과정에서 살생 및 모든 수단과 방법을 정당화하는 대신 승자에게 비교할 수 없는 큰 영광을 안겨주는 것이죠. 한 명의 승자가 뽑히기 위한 경기과정에서 수십 명의 전사들이 죽거나 부상당하게 되는데, 이것의 효과는 매우 큽니다. 참가한 전사들 간에 개인적인 원한을 만들어서 패배한 부족 간의 분열을 조성한 뒤, 그들의 결속력을 크게 약화시키는 효과가 있습니다. 단기적으로 볼 때도 전투 가능한 피지배부족의 전사들을 죽이거나 부상을 입혀 전력의 약화를 가져올 수 있습니다. 대리 통치자들은 그들의 전투방법을 관찰하여 정복부족의 전투력 향상에 도움을 주는 등 추가 이익을 얻을 수 있습니다. 이 경기의 승자는 1년간 대리 통치를 하는 지배 부족의 지도자들 다음 가는 부와 권력을 누리게 됩니다. 그리고 새로운 대회 우승자와 다시 싸우게 됩니다. 운동경기를 통해서 패배한 부족들을 경기에 열광하게 하고, 그들의 유능한 전사들을 미리 제거할 수 있습니다. 피지배 부족이 자신의 처지를 비관하고 그 책임을 승리자부족에게 돌리면 통치가 어려워지기 때문에 쉬운 통치를 위해 성공의 길을 열어주는 것입니다. 대리 통치자들은 운동이나 예술을 통해 패배자 부족들이 좋지 않은 환경을 극복하고 성공할 수 있는 기회를 제공합니다.

  보통 이런 통치 방식은 '꿈과 희망을 주는 스포츠'라고 불립니다. 대리 통치자들은 피지배부족들의 꿈과 희망을 독립에서 출세로 바꾸어 버립니다. 대리 통치자들은 이것을 철저히 교육받고 파견됩니다. 그들은 대다수의 정령들이 열광하는 운동경기나 예술 공연들이 무엇을 위해 기획되고 장려되는지 정확하게 알고 있습니다. 운동과 예술은 통치자들이 패배한 부족의 관심을 돌리는 데, 가장 효과적이고 저렴하며, 만족스러운 방법입니다. 이것이 익숙해지면, 패배한 부족들은 대리 통치자들이 만들어 놓은 구조를 변경하는 대신, 구조 안에서 더 강한 자극과 포상을 원하게 됩니다. 시간이 지나 패배한 부족들이 더 많은 것을 요구하게 되면, 운동과 예술의 규칙을 개정하고 수혜 대상을 증가시킵니다. 운동경기의 본선 진출자들은 반드시 상대를 죽여야 지만, 승리를 인정해 주는 규칙으로 만들거나 운동과 예술에 일반 부족원들을 참여시켜서 더욱 몰입하게 만드는 방법을 사용합니다. 부족원들은 자신들이 좋아하는 운동선수나 예술가들과 만날 기회를 갖게 되고, 자신이 좋아하는 운동이나 공연에 참가할 기회를 얻게 됩니다. 그들은 눈에 보이는 성공을 좋아합니다. 그리고 자신이 영웅이 되고 싶어 합니다. 엄밀히 말하면 위대한 운동선수나 예술가들은 대리 통치자들의 틀 안에서 성장하는 애완동물과 같습니다. 하지만, 일반 부족원들은 그들이 부와 명예를 모두 가진 영웅으로 생각합니다. 새로운 세대의 부족원들이 그런 영웅들, 운동, 예술에 열광할수록 피지배 부족의 독립은 멀어져만 갑니다. 사회의 틀을 벗어나서 지배층에 도전하는 자가 아닌, 정해진 사회의 틀 안에서 성공하는 운동선수나 예술가들이 영웅이 될 때, 독립은 불가능한 일이 됩니다.

이렇게 한 세대가 지나고 나면, 대리 통치자들은 피지배부족의 학교를 없애고, 자신들이 원하는 것을 가르칩니다. 이 정도가 되면 패배한 부족은 피지배 부족의 단계를 넘어서 노예로 변합니다. 이 단계의 노예들은 학교가 중요하다고 생각하지 않습니다. 열심히 무술을 배우고 학문을 익히며 부족의 독립을 위해 노력하는 정령들은, 운동이나 예술을 잘 하는 정령들보다 못 살기 때문입니다. 노예들은 행복하게 잘 살기 위해 운동이나 예술만을 공부하게 됩니다. 학교는 존재가치가 없어지는 것입니다. 그렇게 한 세대가 더 지나고 나면 승리한 부족은 패배한 부족에 대해서 더 이상 걱정할 필요가 없습니다. 그저 스포츠와 예술 활동을 통해 부와 명예를 추구하는 노예들은 부족의 독립이나 부족원들의 성장, 발전에는 관심이 없기 때문입니다.

이 정도 상황이 되면 승리한 부족도 유능하고 똑똑한 통치자를 파견하지 않습니다. 여러 운동과 예술 공연을 즐길 줄 아는 대리 통치자를 파견하고, 그 밑의 유능한 참모를 파견하여, 노예들이 볼거리에 열광하는 사이 전투기술과 각종 이권 및 중요한 것을 모두 가져가 버리는 것입니다. 그 다음은 당연한 순서로 패배한 부족을 직접적인 노예로 만드는 것입니다. 이미 일련의 과정을 겪은 노예들은 이에 저항해야 한다는 사고조차 가지고 있지 않습니다. 그저 자신들이 좋아하는 운동선수나 예술가 같은 영웅들을 찬양하는 데 시간을 보내거나 자신이 그런 영웅이 되기 위해 노력할 뿐, 부족 전체의 미래에는 관심도 없습니다. 이것은 적이 완전히 노예가 되기까지 전쟁은 끝난 것이 아니라는 전제하에 일어나는 전략입니다. 이 과정을 마치고 노예화가 완성되면 전쟁이 종료된 것으로 보아 더 이상 노예들에게 전략을 사용하지 않습니다. 이런 노예들에게는 전략을 사용할 가치도 없습니다. 오직 명령과 체벌만이 필요할 뿐이죠. 나는 아토족의 통치하에서 뛰어난 축구선수와 농구선수, 가수와 배우가 되기 위해 열심히 노력하는 노예부족들의 젊은이들을 본 적이 있습니다. 그들이 그 열정을 부족의 독립에 쏟았다면, 그들의 세대나 그 이후의 세대는 정복자에게서 벗어나 노예가 아닌 자유민의 삶을 살았을지도 모릅니다. 하지만, 그들은 자기 부족의 미래에는 관심을 두지 않았고, 오직 자신들이 아토족이 만든 틀 안에서 영웅이 되기 위한 노력만을 하였습니다.

　그들과 함께 걷던 중 무덤가에 간 적이 있습니다. 전 세대 지도자의 무덤이었습니다. 그때 나는 그들의 절대적인 지도자에 대해서 이야기한 적이 있습니다. 그들은 지도자가 죽으면 생전에 그가 사용했던 물건과 함께 그의 심복이라 부를 만한 몇몇 정령들을 함께 죽인다고 합니다. 그래서 나는 인간들도 순장이라고 하는 유사한 제도가 있다고 설명해 주었습니다. 그런데 그들과 우리의 순장은 좀 차이가 있습니다. 불의 정령들은 정치적인 목적에서 순장을 합니다. 지도자의 측근들은 사고방식이 구식이고, 고정적이며, 변화를 거부하고, 자신이 가진 권력을 넘기지 않으려고 합니다. 이들은 새롭게 떠오르는 차기 지도자 세력과 정치적인 다툼을 벌이거나 전쟁을 일으켜서 부족을 분열하게 되는 원인을 제공할 수 있습니다. 특히 정령들의 업적이 뛰어나고, 능력이 위대할수록 위험합니다. 그들을 따르는 정령들도 많고, 강한 정치적 영향력을 가지고 있기 때문에 새로운 지도자는 부족의 발전을 위해 노력하는 대신, 부족 내부의 권력을 획득하기 위해 노력하는 시간이 더 많아질 수 있습니다. 이것은 부족 전체의 입장에서 좋은 일이 아닙니다. 그래서 그들은 지도자가 죽으면 몇몇은 순장을 하고 나머지는 모든 자리에서 물러나서, 새로운 지도자가 그의 조직을 만드는 데 도움을 줍니다. 부족 내부의 권력다툼을 줄이는 효과적인 방법입니다.

내가 인간들의 순장에 대해 설명해 주자, 그들은 매우 놀라운 반응을 보였습니다. 생전에 지도층이 노예로 부리던 사람들을 죽여서 사후세계에서도 그들을 노예로 부리면서, 지도층이 편안한 생활을 하기 위함이고, 부장품들도 사후세계의 지도층의 생활을 위해 함께 묻는 것이라는 인간의 순장의 개념은 그들을 놀라게 했습니다. 내 이야기를 들은 불의 정령들은 이렇게 대답했습니다.

"전 우주의 존재들 중에서 계약을 통해 죽은 영혼을 노예로 부리는 것은 악마들뿐이다. 그런 악마의 계약조차도 죽은 영혼을 노예로 부리는 기간이 정해져 있다. 기간도 없이, 생전에 잠깐 다른 인간을 힘으로 지배했다고 하여, 죽은 뒤에도 그의 영혼을 영원히 노예로 종속시킨다는 발상은 악마들조차도 하지 못했던 것이다. 인간은 우주에 나타난 지 얼마 되지 않았는데, 벌써 악마를 능가하는 수준으로 발전하다니…

대단하다…. 조만간 우주의 위계질서가 크게 바뀔 수도 있겠다."

나는 당황했습니다. 졸지에 인간은 악마보다 더 악한 노예주인이 되어버렸기 때문입니다. 그래서 순장제도는 과거 야만적인 시절에 있었던 잔해이고, 지금은 그렇지 않다고 설명하여 오해를 풀어주었습니다.

다시 지도자에 대한 이야기를 하도록 화제를 돌렸습니다. 나는 '왕의 권력은 신에게서 나온다.'는 왕권신수설을 인용해서 그들의 권위를 이해하려고 했습니다. 그러나 불의 정령들은 왕의 권력이 신에게서 나온다는 말을 부정하고 비웃었습니다. 그들은 내게 이렇게 말했습니다.

"왕이란 잠깐 머물렀다 사라지는 존재다. 왕이 속한 왕족과 국가 역시 마찬가지이다. 기껏해야 수백 년, 수천 년 정도 존재하다가 멸망하고 만다. 우주의 시간과 공간에 비추어 볼 때 그것은 매우 하찮고 보잘 것 없는 것들이다. 그런데 그런 것들을 신이 다 챙겨주면서 권력을 줄 필요가 있겠는가? 신은 할 일이 너무 많아서, 고작 수십 년을 살다 가는 인간 왕의 권력을 신경 쓸 만큼 한가하지 않다. 말도 안 되는 요구를 하여 신을 귀찮게 하지 마라."

그들 지도자들의 권력은 신에게서 나오는 것이 아닙니다. 개인적인 무력과 전쟁 지휘능력 그리고 전쟁의 승리횟수에서 나옵니다. 그중 가장 중요한 것은 전쟁 지휘능력이고, 가장 쓸모없는 것은 개인적인 무력입니다. 더 많이 이기고, 더 많은 땅을 정복하고, 더 많은 부족을 지배하는 지도자가 훌륭한 지도자입니다. 병사의 수가 많아질수록 개인보다 집단의 전투력을 잘 사용해야 하며, 과거의 영광이 미래의 승리를 약속해 줄 수 없기에 그들의 지도자는 늘 자신의 능력을 개발시키기 위해 노력해야 합니다. 패배한 지도자는 부족의 신임을 잃어

버리게 되고, 심각한 경우 억지로 죽임을 당하기도 합니다. 불의 정령들도 부족 내부의 권력투쟁이 있기 때문에 지도자의 반대 세력들은 연이은 패배를 거듭하는 지도자를 살려두지 않습니다. 무능한 지도자는 쉽게 교체당하고 죽어버리기 때문에 현재 지도자들은 대부분 유능한 사람들입니다. 아토족의 지도자는 44번의 전쟁을 승리로 이끌었고, 2번 패배했는데, 1번만 패배해도 그의 권위가 절반으로 떨어진다고 했습니다. 2번 연속으로 패배하고 살아남은 지도자는 아마 없을 것이라고도 말했습니다.

무덤에서 돌아오는 길에 아토족의 젊은 정령들이 군사훈련을 하는 모습을 우연히 보게 되었습니다. 열심히 훈련하고 있었지만, 그들의 세계는 분명히 아토족보다 강한 부족이 있을 거란 생각이 들었습니다. 강한 군대를 이용하기 위한 군사동맹이나 용병 같은 것이 있는지 갑자기 궁금해졌습니다. 그래서 나는 만일 자기 부족의 전투력이 전쟁을 승리로 이끌기에 부족하다면 어떻게 하느냐고 물어보았습니다. 그러자 그들은 저에게 인간의 용병제와 비슷한 방법을 알려주었습니다. 정확히 그 제도의 이름은 인간의 용병제도와 다른데, 내용이 비슷하기 때문에 그냥 용병제라고 하겠습니다. 용병제는 이들이 가장 고민하는 부분입니다. 이들은 돈을 받고 타 부족의 정령들을 죽이는 것이 정말 옳은 것인가에 대해 아직 명확한 정의를 내리지 못했기 때문입니다. 아! 물론 도덕적인 관점에서 정의를 내리는 것은 아닙니다.

용병제는 전략적으로 활용하기에 매우 좋은 제도입니다. 패배를 승리로 바꿀 수 있기 때문입니다. 돈을 이용해서 자신이 패배 할 전투를 이기도록 만드는 것은 좋지만, 문제는 그게 끝이 아니라는 것입니다. 현재 동맹국이라 해도 잠재적인 적국이 될 수 있기 때문에 전사들을 빌려오면 가능한 동맹국의 전사와 적국의 전사들이 서로 많은 피해를 입도록 하는 것이 용병을 구입한 부족에게는 최고의 전략입니다. 그러나 이것은 용병으로 참가한 부족이나 적대하는 부족 모두가 알고 있습니다.

그래서 용병요청을 받는 부족의 지도자들은 철저한 계산을 통해 자기 부족의 전사들을 보냅니다. 어제 돈을 받고 전사를 빌려주고, 오늘 그들의 사망으로 인해 전력이 약화되면, 내일 내가 도와줬던 동맹국의 공격을 받아 멸망할 수 있는 것이 현실입니다. 멸망하면 과거의 취했던 어떤 이득도 다 소용없습니다. 모든 것을 빼앗기게 됩니다. 그렇기 때문에 자기 부족의 전사들을 다른 부족의 전쟁에 참가시키는 것은 매우 중요한 문제가 됩니다. 만일 전쟁에 승리하고 자신들의 전투력을 큰 소모 없이 보존할 수 있으면 이것은 큰 도움이 됩니다. 부족의 사활을 건 전쟁이 아닌, 남의 전쟁에서 경험을 얻을 수 있고, 대가로 받은 돈을 통해 부족을 더 성장시킬 수 있기 때문입니다. 기회가 되면 싸우느라 지친 상대를 기습할 수도 있습니다.

입장이 바뀌어서 자신들이 용병을 요청하는 경우도 조심해야 할 것은 많습니다. 일단 용병으로 온 전사들은 자기 일이 아니기 때문에 열심히 싸우지 않으며, 상대 부족의 전사들도 가능한 용병들은 공격하지 않습니다. 굳이 그들을 자극해서 열심히 싸우게 할 필요가 없기 때문입니다. 용병들을 활용하여 전쟁에 이기는 것도 중요하지만, 그들에게 얼마나 많은 대가를 지불해야 할지도 중요한 문제가 됩니다. 무엇보다 중요한 것은 전쟁에서 승리하거나 패배한 다음 순간입니다.

나를 도와주기 위해 고용된 용병들이 전쟁이 끝나는 순간 나를 공격할 수 있습니다. 동맹이기에 도와준다고 왔다가, 전쟁이 끝나자마자 동맹부족을 공격하여 멸망시킨 사례는 비일비재했습니다. 매우 비겁한 행동이지만, 사실 그것은 크게 문제되지 않습니다. 역사책을 조작하고, 정복당한 부족을 악당이나 바보로 만들면 그만이기 때문입니다. 타 부족들은 그것을 기록하겠지만, 그런 기록은 늘 남의 이야기로만 들릴 뿐, 내게는 일어나지 않을 비극으로 치부되게 마련입니다. 어떻게 하면 전후의 남은 용병들을 처리할 것인가에 따라서 그 부족의 지도자의 역량이 판가름된다고 말해도 과언은 아닙니다. 왜냐하면 작은 전쟁이라면 몰라도 큰 전쟁은 늘 용병을 사용하게 마련이고 지도자들은 누구나 용병을 요청하거나 요청 받는 상황에 직면하게 되기 때문입니다.

전쟁 중인 상대가 용병을 기용해 싸우게 되는 경우, 그 부족의 지도자들도 고민하게 됩니다. 용병을 확보했다는 이야기는 객관적인 전력이 상대가 우위라는 이야기입니다. 적어도 상대 부족은 자신들의 전력에 추가 전력을 갖추었다는 뜻이기에 기본 전략이 수정되어야 합니다. 이때 가장 좋은 방법은 전쟁을 질질 끄는 것입니다. 전쟁을 하지 않으면 용병은 의미가 없습니다. 적국은 용병고용에 관한 비용을 계속 지출하게 될 것이며, 용병들의 반란도 기대해 볼 수 있습니다. 돈이 제대로 지급되지 않거나 상대 조건이 좋지 않다면, 용병을 매수하여 자신의 것으로 만들 수도 있습니다. 조건이 더 좋고, 덜 위험한 전쟁을 치를 수 있다면, 용병으로 온 부족의 전사들 입장에서는 손해볼 것이 없기 때문입니다. 그러나 운이 없어서 용병전력으로 강화된

적의 부족과 싸움을 해야만 하는 경우, 이기기 위해서 어딘가에 용병 요청을 해야 할 수도 있습니다. 인간의 사회도 그렇지만, 불리한 상황에서 무언가를 원하면 상대는 가혹한 조건을 내걸기 마련입니다. 용병의 고용비용이 배로 늘어날 수 있고, 과도한 지출을 하게 되면 전쟁에서 승리하더라도, 내일을 장담할 수 없습니다.

위의 고민들 때문에 각 부족들은 용병제도를 없앨 것을 고민해 보았지만, 전쟁의 승패가 모든 것을 좌우하는 이 세상에서 그 유혹을 뿌리치는 것은 불가능한 일입니다.

그들의 휴식처에 돌아오자, 그들은 여러 규칙을 가르쳐 주었습니다. 우리에게 법률이 있는 것처럼 그들도 규칙이 있습니다. 그들은 상벌에 매우 엄격하여 부족을 이롭게 한 행동에 대해서는 노예를 주고, 부족을 해롭게 한 행동에 대해서는 벌을 내렸습니다. 부족의 안위는 매우 중요한 것이기 때문에 상벌대상에 예외는 없습니다. 그들은 자신의 죄를 변호하기 위해 돈을 쓸 수도 없었고, 자신의 친족이나 권력자를 동원해서 처벌을 경감시킬 수 없었습니다. 우리 인간들과 달리 스스로가 지은 죄에 대해 스스로 대가를 지불합니다. 벌을 경감시킬 수 있는 유일한 수단은 과거 자신의 공적뿐이기에, 공을 세우기 위해서 그들은 더욱 잔인하게 행동하고, 많은 것을 약탈합니다. 그들이 그렇게 행동할수록 미래에 발생할지 모르는 자신의 잘못을 경감시킬 수 있었기 때문에 그러한 행동들은 매우 합리적인 선택으로 느껴졌습니다. 무엇보다 돈과 권력으로 자신의 잘못을 변호할 수 없고, 대상이 누구이거나 상관없이 벌을 내린다는 것은 상당히 인상 깊었던 일입니다. 인간들에게는 불가능한 것들이기 때문입니다. 그들 사회는 변호

사라는 직업이 존재하지 않습니다. 그들은 돈을 받고 타인의 죄를 경감시키는 일을 하는 것이 부족의 발전에 도움이 된다고 생각하지 않습니다. 그것은 경멸받는 행위입니다. 그렇게 되면 누구나 변호사를 구입할 돈을 벌려고만 하지, 부족을 위해 위험을 무릅쓰고 공을 세우는 일은 뒷전으로 던져 버릴 것입니다.

그들의 상은 특별했는데, 그들이 내리는 상의 대부분을 차지하는 노예들은 정말 실용적이었습니다. 상이라고 하여, 별 도움도 되지 않는 명예와 고철덩이 훈장을 잔뜩 주는 우리들과 달랐습니다. 상을 받아서 명예를 얻게 되면, 명예에 얽매인 노예가 되거나 그 명예를 유지하기 위해서 빚을 내어 허례허식을 해야 하는 인간들과 달리 그들은 자신들이 필요한 노예를 상으로 받았습니다. 무기손질이 필요하면 대장장이 노예를, 음식을 더 맛있게 먹고 싶으면 요리사 노예를 받았습니다. 그들의 상은 원하는 것을 받을 수 있는 진짜 상이었습니다. 자신이 원하는 것과 상관없이 이미 정해진 틀에 자신의 포상을 맞춰야 하는 인간들의 법과는 많은 차이가 있었습니다. 인간들이 자신의 노력에 대해, 생명에 위협을 주거나 받는 것을 제외하고 원하는 상을 받을 수 있다면, 인간 사회는 지금과 많이 다른 모습이었을 것입니다.

그들은 효율적인 상벌제도를 시행하는 사회에서 살고 있었습니다. 그것은 앞으로 내가 인간세상에서 해야 할 일에 대해 많은 생각을 하게 만들었습니다.

이야기가 좀 지루해졌으니, 재미있는 것으로 주제를 바꾸죠. 특별한 직업으로 '연설가'라는 것이 있습니다. 이들은 부족의 사기를 고양시키는 역할과 일상에서 즐거움을 주는 역할 그리고 특정 부족을 비난하는 역할을 담당하고 있습니다. 연설가는 패배한 부족원이 갖는 직업으로, 평소에 자기 부족을 비난하던 냉소적인 정령들로 이루어져 있습니다. 자기 부족들이 패배하게 된 원인을 자기 부족의 단점에서 찾는 자들입니다. 그들은 자기 부족의 일에 비판만을 일삼던 부류였습니다. 자기 부족이 어려움을 겪는 상황에 자신들이 노력할 생각을 하지 않고, 책임을 누군가에게 전가시키거나 잘못을 비판하는 일에만 몰두한 정령들입니다. 그들의 말만 놓고 듣는다면 그들은 용기 있는 비판자이고, 합리적인 통찰력을 가진 지성처럼 보이지만, 실제 그들은 그렇지 않습니다. 자기 부족의 상황이 어려울 때는 뒷짐 지고 잘난척하는 비판이 필요한 것이 아니고, 부족을 지키기 위한 행동이 필요합니다. 그런데 그 순간에도 '연설가'들은 우리 부족은 이런 점이 좋지 않아서, 뭘 해도 안 된다는 식의 견해를 유지합니다. 자기 부족을 비판하기에 정신없는 자들이고, 그들이 정신을 차릴 즈음이면 그들의 부족은 이미 정복자들의 노예가 되어 있습니다. 비겁했기에 살아남을 수 있었던 그들은 그들을 정복한 부족에 속한 연설가가 됩니다. 그들의 이야기는 승리한 부족에게 즐거움을 주고, 기쁨을 줍니다. 그들은 죽을 때까지 자기 부족에 대한 험담을 반복하는데, 이것은 패배한 부족의 역사를 승리한 부족의 의견대로 고치는 데 큰 도움이 됩니다. 그렇게 무능하고, 부족하고, 어리석었기에 패배할 수밖에 없었다는 합리화의 근거가 되는 것입니다.

　연설가들은 승리한 부족에게 매우 큰 교훈을 하나 더 주는데, 부족이 망할 때가 되면 저런 연설가들이 점점 늘어난다는 것입니다. 그래서 각 부족의 지도자들은 연설가가 부족 내에서 나타나지 않도록 하기 위해서 각별히 신경을 씁니다.

연설가에 대한 이야기를 하니 내가 만났던 인간 남자가 떠오릅니다. 내가 연설가에 대한 생각을 하면서 산책을 하고 있었을 때, 불의 차원을 여행하는 다른 인간 마법사가 나타났습니다. 그는 동양인이었는데, 연설가의 이야기를 듣고 무척 슬퍼했습니다. 그 이유를 물으니, 자신의 조국도 연설가들로 가득 찬 것 같다고 대답했습니다. 무슨 일만 벌어지면, 자신은 쏙 빠져나간 채, 남들을 욕하고, 현재의 위정자들을 뽑은 국민들을 비하하기에 여념이 없다고 합니다. 잘못된 점을 개선하고 국가를 발전시킬 생각은 하지 않은 채, 그저 조국을 비난하는 말을 하는 것이 전부인 젊은 연설가들이 조국에 많다고 말했습니다. 당신이라면 어떻게 행동하겠습니까? 내가 그런 나라에서 살고 있다면, 조국을 욕하거나 위정자들에게 책임을 전가하면서 욕설을 하는 대신, 내가 할 수 있는 방법을 택해서 위정자를 바꾸거나 조국을 지키려고 할 것입니다. 자국민이 앞장서서 자신의 국가를 비판하면, 그 나라가 어떤 미래를 맞이하는지 나는 잘 알고 있습니다. 군침을 삼키면서 노려보던 이웃 나라의 노예가 되어버리죠. 그는 나와 함께 연설가들을 비판했습니다. 그는 마치 연설가에게 말하듯 내게 말했습니다.

"그래도 된다고요? 그럴 만한 나라에서 살고 있다고요? 나라가, 사회가 나를 이렇게 만들었다고요? 욕을 할 만한 대상이니까 욕하는 거라고요? 내 생각에 동의하는 이들이 많다고요? 이런 나라에서는 살 수 없으니 떠나고 싶다고요? 이게 내가 할 수 있는 최선의 방법이라고요? 이런 세상을 자기 자식에게 겪게 하고 싶지 않기에 아이를 낳지 않겠다고요? 아니에요. 열심히 살고 있는 다른 국민들에게 피해 주지 마세요. 당신 생각에 동의하는 친구들은 익명의 커뮤니티에만 있어요. 당신들은 나라가 엉망이라서 못 살겠다, 이런 나라 망해버려야 한다고 말을 하지만, 그래도 이 나라를 유지하고 발전시키기 위해 노력하는 사람들이 있습니다. 당신들은 냉정한 비판가인 척하지만, 결국 매국노와 다를 바가 없는 존재들입니다."

나는 그가 그의 진짜 세계에서 그런 말을 하면 참 좋았을 것이라고 생각했습니다. 하지만, 그는 나름대로 열심히 노력하는 사람이었습니다. 내가 만났던 남자처럼, 이 모든 것이 힘들고 어려움에도, 조국을 위해 노력하는 사람들이 있습니다. 그들은 사회나 국가가 힘들어도 남 탓을 하면서 절망적인 비판으로 시간을 보내지 않습니다. 그런데 그런 사람들이 그의 조국에는 많지 않은지, 그 남자는 머나먼 이곳, 불의 정령이 사는 차원에 와서 이야기를 계속 했습니다.

"냉정한 척하면서 비판하려면, 노력하는 사람들의 발목을 붙잡는 족쇄가 되지는 말아야죠. 어차피 인생을 살 거라면, 좋은 일을 하는 데 우리의 시간을 사용해야 합니다. 변화와 행동을 이끌어내지 못하는 비판은 이 사회를 발전시키는 데 어떤 도움도 되지 않습니다. 문제에 정면으로 맞서는 대신, 뒤에 숨어서 불만과 조롱만 일삼는 비겁한 존재들이 스스로를 냉정한 비판가로 포장하고 인터넷에서 인기를 끌고 있는 것은 잘못된 것입니다. 키보드를 두들겨서 남을 비판하는 것이 문제를 해결하는데 필요한 최선은 아닙니다. 대안을 제시하거나 행동해야 하는 것이 필요한 것입니다."

그 남자는 감상에 젖어 있다가, 자신의 할 일은 정령들에게 배움을 얻는 것이 아니고, 조국을 발전시키는 것이라고 하고 떠났습니다. 나는 그에게 나중에 인간 세상에서 만나자고 약속했고, 이름과 연락처, 국적, 직업 등을 교환했습니다. 나에게 주어진 일이 있다면, 그 일 중 하나가 그의 조국에게 도움을 주는 것이기를 지금도 바라고 있습니다.

나는 그들에게 많은 것을 배웠고, 배운 만큼 도움을 주고 싶었습니다. 아토족과 푸실족의 전투가 점점 다가오고 있었기 때문입니다. 그래서 나는 인간들이 사용하는 무기를 추천해 주었습니다. 그들은 내가 알려준 무기를 만들어서 무장했고, 증기와 전기를 이용한 무기와 전술도 개발했습니다. 누군가는 나에게 전쟁을 부추겼다고 할지 모르겠습니다. 나도 그때 그런 고민을 했습니다. 그때 아토족의 정찰병이 내게 이런 이야기를 해 주었습니다.

"도구는 사용자에 의해 가치가 정해지지. 예를 들어 불이나 원자력은 누군가에게는 훌륭한 에너지원이지만, 누군가에게는 위험한 무기가 된다. 사람이 칼을 들고 다른 사람을 죽이면, 사람이 사람을 죽였다고 하지, 칼이 사람을 죽였다고 하지는 않잖아? 우리는 그 것을 알고 있어. 산초, 괴로워하지 말게. 자네가 고민하는 것은 인간들의 편견 때문이라네. 인간들은 에너지나 기술을 쓰다가 사고가 나면, 그 책임을 회피하기 위해 에너지나 기술 등을 공포스러운 존재로 포장해 버리지. 정작 그 사고를 만든 것은 인간들 자신인데도 말이야. 화재가 발생하면 불을 욕하고, 방사능이 누출되면 원자력을 욕하고, 감전이 되면 전기를 욕하고, 총을 맞고 사람이 죽으면 총을 욕하지. 너도 그 편견에서 벗어나지 못하고 있어. 무기, 중력, 전기, 원자력, 불, 증기 같은 에너지나 기술, 도구는 죄가 없어. 단지 그것을 다루는 인간들이

미숙해서 다른 인간들을 죽거나 다치게 했을 뿐인데, 그 핑계를 인간의 도구에게 전가시키다니, 더럽고 비겁하기 짝이 없는 행동이지.

하지만 우리는 그렇게 생각하지 않아. 우리는 무기를 이용해서 상대 부족 정령들을 죽일 거야. 하지만, 전쟁과 살육이 네가 가르쳐준 무기 때문이라는 변명은 하지 않아. 우리가 승리를 위해서 스스로 선택한 것이야. 우리는 살인과 파괴를 도구나 기술의 탓으로 돌릴 만큼 비겁하지 않으니, 양심의 가책을 느낄 필요는 없어. 인간과 다른 관점에서 생각해봐. 항상 인간의 관점에서 보는 것이 정답은 아니야.

전쟁이 아니라, 발전을 위해 새로운 기술이나 에너지를 사용하는데 있어 위험성은 늘 존재해. 그렇다고 외면하는 것이 답은 아니잖아. 예를 들어 불이나 말, 개를 처음 다룬 사람이 없었다면, 인간이 지금처럼 발전할 수 있었을까? 시행착오가 있더라도 도전해서 정복해야 하는 것들이지. 사고가 나더라도 그건 과정인 거야. 그 과정 중에 사고가 나면 그것을 교훈삼아서 발전하겠다는 생각을 하는 대신, 새로운 기술이나 에너지를 사용하기 위해 도전한 사람들에게 손가락질을 하는 추악한 행위가 이어지겠지만 말이야. 뭐, 결국은 기술이나 에너지를 사용할 것이고, 비판자들은 도전자가 노력해서 만들어낸 결실을 받아먹겠지. 석유와 석탄 채굴로 인한 환경 파괴, 원자력의 위험성을 비판하는 사람들이 당연한 듯 전기를 사용하는 것처럼 말이야.

단, 그런 도전과 발전은 눈에 보이는 것 위주이기 때문에 조심해야 해. 눈에 보이지 않는 중요한 것들이 외면당할 수 있지. 예를 들어서 정의란 무엇인가, 어떻게 사는 것이 올바른 삶인가와 같은 철학적인 질문들은 그리 시선을 끌 만한 주제는 아니잖아. 하지만 인간을 인간

답게 하는 것은 결국 그런 질문에 대한 답을 찾는 과정일 수 있어.

인간 세상에 돌아가거든, 그걸 기억해. 우리들은 철학과 정신적인 가치를 연구하는 대신, 전쟁에서 승리하기 위한 전략과 기술, 과학을 연구했어. 인간이 우리의 전철을 밟게 된다면, 수많은 시간이 흐른 뒤, 최후의 인간은 최첨단 과학기술로 무장한 냉혹한 살인귀가 될 거야. 그걸 원하지 않는다면, 열심히 노력해. 노력하되, 그 책임을 인간 스스로가 감당할 수 있어야 해. 기억해. 과학기술의 발전, 새로운 에너지의 사용 따위가 인간을 발전시키는 전부가 아니라는 것을…. 그리고 자신이 한 행동은 자신이 책임져야 한다는 것을…"

전쟁만이 가득한 그들의 세상이었지만, 그들은 우리들보다 냉철하게 인간의 미래를 판단했습니다. 나 역시 현재 인간의 문명이 정신보다 물질에 치우쳐 있다는 것을 인정할 수밖에 없었습니다. 하지만 난 긍정적인 사람이기 때문에 연설가들처럼 물질적인 인간 사회를 비판하기보다, 정신문명을 발전시키기 위해 노력해야겠다고 생각했습니다.

무기를 확보한 아토족은 나와 전략에 관한 이야기를 나누었습니다. 알다시피, 전략이란 승리를 위해 남을 속이는 전쟁기술을 말합니다. 인간 사회에서 전략의 개념은 광범위하게 퍼져서 경영전략, 생존전략, 절세전략, 연애전략 등 생활의 모든 면에서 사용되고 있습니다. 그것은 인간들이 생활의 모든 면에서 남을 속이고 자신의 이득을 취하는 특별한 전쟁기술을 즐겨 사용한다는 뜻입니다. 불의 정령들은 인간들이 생활의 모든 부분에 전략을 적용하는 것을 알고, 인간을 이상한 눈길로 보았습니다. 그들은 전략을 오직 전쟁에만 사용할 뿐, 전쟁을 하지 않을 때는 가족과 부족을 위해 모든 시간과 노력을 행복, 사랑에 소비하는 것이 당연하다고 생각했습니다. 그래서 그들은 세금을 내는 일이나 연인과의 만남에도 전략이라는 단어를 사용하는 것에 대해, 거부감을 보였습니다. 군인이 아닌 나처럼 평범한 인간이 그토록 뛰어난 전쟁전문가가 된 것은 삶의 모든 것을 전쟁처럼 생각하는 인간의 사고방식 때문이라는 것이 그들의 결론이었습니다. 난 인간들은 매사에 전략을 추구하지 않는다고 말하면서 나에 대한 그들의 평가를 부정했지만, 그들은 인정하지 않았습니다. 그들은 자신들의 삶이 모두 전쟁처럼 변한다면, 자신들이 진정 이루려는 목적인 가족의 행복과 부족의 번영을 이루는 데 문제가 되기 때문에 인간들의 전략적 사고방식을 받아들일 수 없다고 말했습니다. 그들은 수단이 목적을 대신하는 것은 가장 나쁜 결말이라고 말했습니다. 그들은 자신들이 전쟁을 하는 이유는 전쟁 그 자체를 즐기기 위함이 아니라고 말했습니다. (난 적어도 이 부분만큼은 그들의 의견에 동의할 수 없습니다. 그들은 타고난 전쟁광들이었습니다. 영토의 확장이나 가족의 행복, 부족의 번영은 그저 내세우기 편한 명분일 뿐입니다. 내가 전 재산을 걸고 말하건대, 그들은 전쟁을 좋아한다는 점에 있어서 인간을 능가할 유일한 존재들일 것입니다. 우리들이 우주 최고의 전쟁광은 아니라고 단언할 수 있습니다.) 전쟁은 다른 것과 엄격히 구분되어야 하며, 전쟁의 습관이 사회에 남게 되면, 그 사회는 전쟁터의 또 다른 모습이 될 것이라고 했습니다. 마치 우리 사회가 전쟁터와 같다는 말처럼 들렸습니다. 전쟁터 같은 사회에서 살고 싶은 인간이 어디 있겠습니까? 출근 전쟁, 영업 전쟁, 입시 전쟁, 취업 전쟁, 일하는 게 다 전쟁이라면 사람들은 도대체 무엇을 위해 그런 전쟁을 하고 있다는 것입니까? 만일 전쟁의 습관이 사회에 뿌리박혔다면, 우리는 태어나서 죽을 때까지 영원히 전쟁에서 자유로울 수 없을 것입니다. 이에 대해서 나는 인간들의 사회는 전쟁터가 아니라고 열심히 항변했고, 그들의 부분적인 동의를 받아내었습니다. 전략이라는 단어가 너무 쉽게 쓰이는 사회이고, 사람들은 치열하게 남과 싸우며 이기기 위한 삶을 살아가기도 하지만, 승자가 패자를 공개적으로 노예취급하지 않는 것으로 보아서 인간들의 사회는 아직 전쟁터가 아니라는 것입니다. 그들의 논리대로라면, 다음과 같은 가설이 성립할 수도 있습니다.

돈 벌기 전쟁에서 승리한 인간은 부자가 되고, 패배한 인간들은 그들에게 고용당하는 빈자가 된다. 빈자들은 일을 하고 싶지 않지만, 돈 때문에 부자들에게 종속되어 일을 한다. 돈 벌기 전쟁에서 승리한 자가 모든 것을 갖는다. 그러나 승자인 부자들은 패자인 빈자들을 공개적인 노예로 부리지 않는다. 그래서 아직 전쟁터가 아니다. 언젠가 빈자들을 공개 모집하여 돈을 주고 일을 시키며, 부자들은 그들의 노동보다 자신의 자본을 통해 더 큰 이익을 쌓아가는 것을 모두가 알게 될 때(패자를 공개적으로 노예 취급할 때)가 와도 빈자들이 저항하지 않는다면, 인간 사회는 돈을 위해 싸우는 전쟁터인 것이다.

잘난 척하는 그들의 생활수준은 솔직히 말해서 기원전 4천 년경의 이집트나 인도만도 못할 것입니다. 당시 이집트는 피라미드를 쌓는 수준의 학문적인 성취는 물론, 화장법, 시체 처리법, 음식 제조법, 고도의 기하학과 다양한 생활도구를 만드는 법을 알고 있었고, 인도의 도시는 상수도와 하수도가 있었습니다. 그러나 그들은 고대 유목민과 비슷한 수준의 조리기구와 침구류, 의복을 가지고 있었습니다. 그들의 장신구는 조악한 수준으로 적당한 도구를 갖춘 현대인들이 누구나 만들 수 있는 고리와 매듭, 돌과 금속 조각들로 이루어져 있었습니다. 그들은 도시에서 거주하기도 하지만, 대다수는 이동이 가능한 조립식 천막을 선호하였습니다. 그들은 지도자의 거주 처를 중심으로 지도자의 일족과 지도층이 가장 중앙에서 거주하고, 그 바깥에 지도층의 일족과 일반인들이 거주합니다. 가장 외곽은 강한 전사들과 일반 병사들이 거주하는 곳입니다. 지도층들은 필요에 따라서 외곽에 거주하기도 합니다. 노예들은 곳곳에 흩어져 있습니다. 그들의 거주지는 도시나 집단 천막촌과 비슷한 구조로 이루어져 있습니다. 넓고 잘 정비된 도로가 있고, 도로의 교차지점에 창고 등 주요 건물이 있습니다. 군사적인 효용을 극대화시키기 위한 도시계획을 세웠고, 외부의 침입에 효과적으로 대응하기 위한 하나의 숙영지 같았습니다. 전쟁이 없다면, 조금 불편한 구조라고 볼 수도 있을 것입니다. 그런 상황에서 문화나 예술이 발달한다는 것은 불가능에 가깝습니다. 그래서 주로 도시에 거주하는 부족들이 전쟁 외의 문명을 발전시키는 편인데, 그래봐야 비슷한 수준입니다.

아토족은 천막에 거주하는 부족이었습니다. 그들의 천막은 입구가 좁은 편입니다. 들어가면, 무기와 신발을 벗어두는 곳이 있고, 거실 같은 공간이 있습니다. 내부는 각자의 방처럼 휘장이 쳐진 공간이 있으며, 그것은 각자의 방입니다. 그들은 자신들의 무기와 소지품을 모두 그 방 안에 두고 생활합니다. 천막의 가장 안쪽은 물건들을 보관하는 큰 상자들이 있습니다. 거실 역할을 하는 공간에 불이 있고, 그 불에서 나오는 열기는 그들에게 식량과 같은 역할을 합니다. 이동을 할 때는 노예들이 그 불을 큰 통에 담아서 운반합니다. 노예들은 주로 거실에서 생활합니다.

그에 비해 그들의 과학기술과 무기 수준은 발전한 편이었습니다. 그들은 중세 유럽의 기사들보다 우수한 무기와 갑옷을 가지고 있었고, 근대 동양에 필적할 만한 화포를 갖추고 있었습니다. 역시 전쟁은 과학의 아버지이고, 발전의 어머니였습니다. 그들이 무기를 만드는 데 사용되었던 기술을 생활에 도입했다면, 그들의 문명은 상당한 수준이었을 것입니다. 그러나 역시 인간만큼 무기를 발전시킨 종족은 없었습니다. 그러나 그들은 그것을 인정하지 않았습니다. 그래서 나는 그들에게 인간이 문명을 어떻게 발전시켰는지에 대한 이야기를 시작했습니다.

석기시대의 인류는 돌을 이용해서 모든 도구를 만들었습니다. 돌을 이용한 무기와 도구가 인간을 발전시켰습니다. 아직 확인된 것은 아니지만, 현생인류가 네안데르탈인을 죽인 방법은 다수의 돌팔매질이었다고 하는 주장도 있습니다. 네안데르탈인이라는 유사인류를 돌로 때려죽여 승리한 자들의 후손이 우리라는 주장을 믿지 않는다 해도, 당시 인간을 잡아먹던 육식동물들로부터 스스로를 지키고, 사냥을 통해 인류에게 중요한 식량을 제공한 것은 돌로 만든 무기들입니다.

인류가 돌 다음으로 사용한 것은 금속입니다. 금속을 사용하는 단계의 인류는 유사인류나 짐승들에게 위협을 당하지 않았습니다. 확실히 이 순간부터 인류는 실질적인 지구의 지배자가 되었습니다. 가장 강한 동물이 되어 먹이사슬에 정점에 오르게 된 것입니다. 그 어떤 맹수도 창, 칼을 갖춘 다수의 인간의 공격에서 살아남을 수 없었습니다. 인류는 다른 동물들로부터 안전한 위치에 오르자마자, 동족상잔을 벌이기 시작합니다. 딱히 누가 가르친 것도 아니지만, 청동기를 가진 인간의 집단은 석기를 가진 집단을 파괴하여 노예로 만들었고, 철기를 가진 집단은 청동기를 가진 집단을 궤멸시켰습니다. 우수한 기술을 보급하며 공생하기보다 우수한 무기를 이용해서 자신보다 약한 인간을 죽이고, 지배하는 방향으로 인류의 역사는 발전하였습니다.

인류는 모여 살았고, 집단의 지도자가 권력을 세습하게 되었습니다. 그는 왕이라고 불렸으며, 왕은 자신의 영토에서 강한 권력을 가지고 있었습니다. 그는 자신의 생명과 재산을 지키고, 타인의 생명과 재산을 빼앗기 위해 오직 전쟁만을 하기 위해 존재하는 직업인 군인을 만들어냅니다. 현대의 군인과 달리 이 당시의 군인은 사실 대다수가 농부였는데, 그중 일부 진짜 싸움만을 위해 살아가는 이들도 있었습니다. 잘 생각해 보십시오. 지구상에 존재하는 모든 동식물종 중에서 생산 활동은 전혀 하지 않으면서, 같은 종족구성원과 싸워 죽이는 일을 직업으로 삼는 개체가 있습니까? 인간의 기준에서 볼 때 군인은 평범한 직업 중 하나지만, 자연의 관점에서 볼 때 군인이란 존재는 대단히 기괴한 형태의 생존방식을 가진 존재입니다. 평소 생업에 종사하는 동원병들도 인간이 아닌 존재들의 입장에서 이해하기 힘든 데, 하물며 직업군인이야 오죽하겠습니까? 수십억 년이 흐른 지구의 그어떤 존재도 실행하지 못 했던 일을 인류는 성취해내었습니다. 직업군인이 용병으로 진화까지 했습니다.

군인들에게 중요한 것은 금속무기였습니다. 그러나 시간이 지나자, 화약은 그 자리를 대체하였습니다. 신은 인간을 만들었고, 인간은 화약을 만들었습니다. 화약은 전쟁에 혁신적인 변화를 가져왔습니다.

제 생각에 화약은 불 다음으로 인류 역사를 변화시키는 데 많은 기여를 한 것 같습니다. 화약은 총과 대포를 만들었고, 총과 대포는 인류에게 도구를 정밀하게 측량하고 제작하는 기술과, 대형 투사체를 만들게 하는 기술, 위험한 물건을 보관하는 기술, 대량의 대형 물자를 운반하는 기술, 거대한 금속제 도구를 제작하는 기술의 직접적인 발전을 가져왔습니다. 우리가 사용하는 모든 과학기술의 기본이 되는 것들입니다. 물론 전쟁을 통해 총을 가진 국가와 그렇지 못한 국가의 운명을 바꾼 것이 가장 크다고 볼 수 있습니다. 화약으로 인한 전쟁의 승패는 인류역사를 무력에 종속되게 만들었고, 살아남고 강해지기 위한 인류는 여러 제도와 전략, 전술, 외교, 동맹, 건축기술 등을 발전시켰습니다. 화약이 인류에게 선물한 간접적인 발전들입니다.

내가 전쟁이 인류의 발전에 기여한 가장 큰 공로자라고 말하자, 그들은 이해하기 어려워했습니다. 그래서 구체적인 예를 몇 가지 이야기했습니다. 다이너마이트는 발명자인 노벨의 뜻과 달리 세계에서 가장 널리 쓰이는 폭약이 되었고, 비행기는 1차 대전과 2차 대전을 통해 지금의 수준으로 발전할 수 있었습니다. 통조림은 군대 식량을 오래 보존하기 위해 만든 것에서 유래하였고, 적을 감시하기 위해 만들어진 레이더 기술로 인해 배와 비행기가 안전하게 운항할 수 있게 되었습니다. 전 세계 사람들이 미친 듯이 열광하는 인터넷은 미국 국방성에서 개발된 프로그램이며, 나치에서 개발한 로켓 기술은 지금의 인공위성을 올리는 데 큰 기여를 했습니다. 군대 조직의 구성 및 계급체계, 명령체계, 작전용어들은 현대 정부 및 기업의 구성에 영향을 주었습니다. 기타 여러 예를 설명하면서 전쟁이 없었다면, 현재 인류는 결코 지금과 같은 수준에 이르지 못했을 것이라고 말하자, 비로소 그들은 인류의 발전이 곧 전쟁의 역사이며, 전쟁이 곧 인류의 친구임을 이해할 수 있었습니다.

나는 불의 정령들도 무기를 만드는 기술과 전략, 군대 조직 등을 일반 사회에 도입하면 인류처럼 급속한 발전을 이룰 수 있을 것이라고 생각했습니다. 나는 인류가 그들 못지않은 전사들임을 강조하고, 인간이 문명을 발전시킨 원동력이 무기와 전쟁에 있음을 확실하게 각인시켜주었으며, 그들의 마음을 움직이는 마지막 말을 하였습니다.

"현재 인류는 강한 무기를 사용해서, 약한 자들을 지배했던 정복자들의 후손이다."

내가 전해 준 전략과 전술, 무기제조법은 아토족에게 큰 도움을 주었습니다. 마침내 전쟁이 시작되었고, 아토족은 용병을 고용하지 않고, 큰 피해 없이 전쟁에서 승리했습니다. 그들은 상대의 유능한 정령들에게 불명예스러운 누명을 씌우고 제거하는 전후 조치를 취한 뒤, 부족 내에서 가장 똑똑한 사학자들을 모아서 역사를 고치기 시작했습니다. 이 작업은 전쟁만큼 중요한 작업이었습니다. '아토'와 '푸실'의 후손들은 지금 만들어진 역사책을 공부하게 될 것이기 때문입니다. 이렇게 개정된 역사는 '아토'에게는 지배의 정당성을 부여할 것이며, '푸실'에게는 복종의 근거를 마련해 줄 것입니다. 개정된 역사책에 따르면, 푸실족은 야비하고, 교활했으며, 지도층과 서민층이 분열과 반목을 거듭했고, 지도자는 탐욕적이었으며, 각 관료와 장군들은 부정부패를 일삼았다고 적혀 있습니다. 병사들은 군대에 가기 싫어서 갖은 핑계를 대어 군역을 면제하려고 했고, 군율도 엉망이었기에 패배할 수밖에 없었다는 것이 객관적인 시각이었다고 기록되었습니다. '푸실'들은 약자에게 강하고, 강자에게 약한 종족이었고, 타 종족과 교류가 활발하지 않았으며, 자주 외교적인 결례를 범하여 믿을 만한 동맹이 없었던 비겁하고 불쌍한 조상을 가졌다고 하였습니다. 그들은 수동적인 삶을 살았고, 유능한 지도자가 나타났을 때만 발전했다고 조작했습니다. 그러나 아주 드물게 나타난 유능한 지도자들은 세력을 가르는 정치적인 싸움에 휘말려서 자신의 뜻을 제대로 펼치기 전에 사망하였기에 '푸실'들은 제대로 된 지도자를 가져본 적이 없었다고 적었습니다. 그들이 과거의 모든 잘못을 딛고 발전할 수 있는 유일한 방법은 유능한 지도자를 섬기는 것이었고, 그의 지도 아래 자신의 삶을 희생하더라도 단결하여 노동하는 것이라고 역사책에 논평을 적었습니다. 물론 유능한 지도자란 '아토'이고, 노동이란 육체노동을 말하되, 당연히 감정노동을 포함하는 것입니다. 이 역사책은 아토족의 정령들과 푸실족의 연설가들의 고증을 거치고, 주변 부족들의 동의를 얻어서 개정되었습니다. 이미 멸망해버린 부족에게 주변부족은 동정을 하지 않습니다. 오히려 개정된 역사책에 자신들의 우월성을 강조해서 자신이 타 부족을 지배하는 것에 대한 정당성을 강화하려고 하였습니다. 승자는 그들끼리 패배자를 지배하는 당위성을 만드는 데 협조하고 있던 것입니다. 푸실족뿐만 아니라, 현재 지배를 당하고 있는 모든 부족은 어리석고 비겁하고 나약한 부족이었기에 그렇게 되었다는 합리화가 그들 사이에서 진행되었습니다.

반대로 아토족의 역사책은 화려한 기록을 갖게 되었습니다. 아토족의 지도자는 관대하고, 자신이 지배하는 부족들을 잘 다스렸으며, 전쟁이 벌어지면 앞에서 용감하게 싸우는 전사로 기록되었습니다. 아토족에 대한 모든 묘사는 푸실족과 반대로 기술되었고, 이토록 훌륭한 부족이었기에 푸실부족을 지배할 수 있었고, 푸실족에게는 아토족의 지배가 축복과도 같다는 내용을 추가하였습니다. 푸실족의 수는 아토족의 수보다 적었기 때문에 그들은 직접적인 노예가 되어서 아토족의 여러 가족들에게 분배되었습니다. 아토족은 푸실족의 문화와 혼을 꺾기 위해, 오랜 시간에 걸친 공략을 할 필요가 없었습니다. 모든 것은 끝났습니다. 왜곡된 역사, 가혹한 노동, 패배주의적인 사고방식과 교육받지 못한 무지의 대물림이 푸실족에게 주어질 운명인 것입니다.

그들은 역사책에 정당성을 부여하기 위해 문화재를 파괴하는 행위를 합니다. 패배한 부족이 높은 문화 수준을 보유한 부족이라면, 역사적 기록(당연히 조작된)과 그들의 과거가 일치하지 않기 때문에 역사적 기록과 일치를 위해서 문화유산과 유적지 등을 모두 파괴합니다. 아마도 그것이 불의 정령들이 지속적인 발전을 이루지 못한 원인이 아닐까 하고 조심스럽게 생각했습니다. 아무리 과학기술과 예술, 정치, 경제제도를 발전시켰다고 해도 전쟁에서 패배하는 순간 모든 것이 사라집니다. 영원한 승자는 없으니, 불의 정령이 가진 최고의 문명이란 것은 단순히 그들 중 가장 강한 부족의 문명인 것일 뿐, 어떤 문명도 계승되어 발전되지 않습니다. 파괴하지 않은 문화재는 약탈하여 자기들의 것인 양, 조작을 합니다. 그러나 전리품을 챙긴 승자가 언제나 그런 문화재를 만들 수 있는 문화적 역량을 갖춘 것은 아닙니다. 만일 그들이 존재한 이래 만들었던 문화유산과 과학, 인문학 서적 등이 파괴되지 않고 남아 있었다면, 지금 그들은 고도의 문명과 기술을 갖춘 존재가 되었을지도 모릅니다. 타인의 것을 파괴하고, 약탈하는 것이 승리의 상징인 것처럼 여기는 그들의 사고방식은 참으로 안타까운 것이었습니다.

내가 아토족의 승리에 기여했다는 것은 자랑스럽지 않았습니다. 그들의 삶에 대해 이미 이야기를 들어서 알고 있었지만, 실제로 패배한 정령들이 어떤 대우를 받는지 알게 되자, 나는 내가 아토족에게 무기와 전술을 가르쳐준 것을 후회하게 되었습니다. 그들이 하는 행동은 인간과 같았습니다. 인간들은 자신들이 정복한 자들에게 했던 수많은 행위를 역사에 기록하지 않았기에 후손들은 그것을 잘 모르고 살아가는 행운을 누릴 수 있었습니다. 그런데 불행하게도 나는 기록되지 않은, 승자들이 패배자들을 어떻게 대우했는지 알게 되었습니다. 비록 아토족뿐만이 아니라, 모든 불의 정령이 그러하며, 만일 아토족이 패배했다면, 푸실족이 아토족에게 똑같은 짓을 했을 것이란 것을 알고 있지만, 나는 내가 푸실족을 노예로 만들었다는 죄책감을 완전히 씻을 수 없었습니다.

난 혼란스러웠고, 생각을 정리할 시간이 필요했습니다. 난 그들과 말하지 않는 대신, 기록물을 통해 그들을 이해하려고 했고, 기록물 중에서 역사책은 제외하였습니다. 나는 그들의 역사 대신 소설을 읽었습니다. 인간 사회와 마찬가지로 그들의 사회도 훌륭한 소설은 그 시대의 생활과 정서를 정확하게 반영하고 있었습니다. 그리고 소설은 필요한 사실만을 취사선택하여 만들어지는 것이 아니었습니다. 역사 기록이란 편집자의 취향에 따라 변할 수 있습니다. 과거의 모든 사실이 역사로 기록되어지는 것이 아니라, 편집자의 관점에서 가치 있는 기록을 정리한 것이 역사책입니다. 기록으로 남길만한 사건을 평가하는 것은 중요한 것입니다. 그리고 그 평가 기준은 항상 주관적입니다. 그래서 역사는 편집자가 원하는 대로 만들어집니다. 소설도 허구적 상상력을 바탕으로 한다는 점에서 신뢰도는 낮지만, 시대 상황을 반영한 소설은 편집자와 다른 관점에서 보이는 진실을 알려줄 수 있습니다. 편집자가 권력자의 입장에서 사건을 기술한다면, 소설은 서민의 입장에서 사건을 기술할 수 있습니다. 특히 역사를 기록하는 자가 강한 권력을 가지고 있다면, 역사보다 소설이 더 신뢰할 수 있는 자료가 될 수 있습니다. 동시대의 여러 소설에서 공통적인 사회상이 쓰인다면, 그것은 더욱 확실합니다. 대체로 그것이 진실이라는 것입니다. 역사책에는 존재하지 않는 진실이, 소설이라는 이름을 빌려서 살아있을 수도 있습니다. 아! 물론 예외는 있습니다. 소설을 쓰는 사람도 역사를 편집하는 권력자의 손아귀에 있어서 편집자와 같은 관점을 갖도록 강제되는 경우입니다. 예를 들어서, 2차 대전에 관한 책은 대체로 전쟁의 참상에 대해 적습니다. 그것은 진실이라고 볼 수 있습니다. 그러나 중세 암흑시대에 종교에 관한 소설이 유럽에서 출간된다면, 그 어떤 작가도 교회의 힘에서 자유롭지 못했을 것입니다. 힘 있는 성직자와 귀족들과 같은 관점을 가진 소설을 써야만 했을 것입니다. 그것은 진실이라고 보기 어렵습니다. 다행히 불의 정령들의 작가들은 편집자의 억압을 받지 않았고, 역사와 달리 여러 관점에서 자유롭게 진실을 말하고 있었습니다. 나는 소설을 통해 진실을 볼 수 있었습니다.

만일 인간 사회라면 어떨까요? 마찬가지입니다. 권력자(역사의 편집자와 같은 개념이라고 이해하시면 됩니다.)는 현대 인간 사회에서 영향력이 큰 영화나 드라마를 집중 검열하거나 자신이 원하는 콘텐츠를 생산하도록 합니다. 다수의 사람들은 영화나 드라마를 통해 형성된 가치관과 주입된 지식을 통해 권력자가 원하는 관점을 갖게 됩니다. 현대 사회의 인간들은 영화는 많이 보지만, 책은 읽지 않습니다. 현대 사회의 권력자는 사람들이 읽지 않는 책에 대해 별 관심이 없습니다. 하지만, 그 덕에 책은 다른 매체보다 자유롭게 진실을 말할 수 있습니다. (아무도 읽지 않으면 진실의 의미가 없지만 말이죠.)

그들이 그런 행동을 하는 데 정당성을 부여할 수 있는 가장 큰 이유 중의 하나는 그들의 종교관입니다. 정확히 말하면, 그들은 종교라고 불릴 만한 믿음이 없고, 사후 세계를 믿지 않습니다. 그들은 유물론과 유사한 관점을 가지고 있습니다. 살아 있는 동안 최대한 많은 이익과 혜택을 누려야 하고, 죽으면 모든 것이 끝이라는 믿음이 모든 불의 정령들의 공통된 생각입니다. 그래서 그들은 죄와 벌을 두려워하지 않고, 어떻게 하면, 많은 것을 누리고 살 수 있을 것인가를 고민합니다. 정령들은 인간들처럼 환생을 반복하면서 인과율의 법칙을 따르는 존재들이 아니고, 죽으면 그냥 불의 원소가 되기 때문에 그들의 입장에서는 합리적인 사고방식이라고 볼 수 있습니다. 그래서 가끔은 생전의 선행과 악행을 기준으로 하여 사후에 상이나 벌을 받는다는 종교가 우리에게 존재한다는 것이 인간 세상에 순기능을 가져온다는 생각도 합니다. 만일 그런 믿음이 없다면, 인간들의 세상도 자신의 이익과 욕망, 돈과 권력을 위해서만 살아가는 이들로 가득 찰 것입니다. 그런 인간들은 죽은 뒤에 가져가지도 못 할 돈을 벌기 위해 불의 정령들처럼 다른 부족을 침략하고, 죽이고 약탈하면서 살아갈 텐데….
온 지구가 그런 인간들로 뒤덮일 수 있다는 상상만 해도 끔찍합니다.

나는 불의 정령이 사는 차원에서 많은 것을 배웠습니다. 절대적인
강자란 존재하지 않으며, 강함이란 상대적인 개념임을 알았습니다. 그
것을 통해 난 강자에게 굴복하지 않는 용기를 얻을 수 있었습니다.
나는 그들을 이해함으로 불과 전기를 다룰 수 있게 되었고, 강력한
공격마법을 배워서 내 몸을 지키고 적을 제압할 수 있게 되었습니다.
전쟁이 만들어내는 잔인함과 폭력을 통해 내 안에 있는 모든 파괴적
인 충동을 통제할 수 있는 자제력을 배웠습니다. 내가 배운 역사, 학
교에서 내게 주어진 정보가 모두 진실은 아니라는 것을 알았고, 남겨
진 기록들 사이에서 진실이 무엇인지 찾아내는 통찰력을 얻게 되었습
니다. 철학적인 고민 없는 기술의 발전은 위험하다는 것을 배웠고, 내
가 속한 사회에서 물질적인 성공만을 추구하는 것은 지배층이 만들
어 놓은 지배구조의 영웅 놀음이 될 수 있다는 것을 배웠습니다. 내
가 사용한 도구나 기술이 위험을 초래할 때, 비겁하게 혼자 도망치면
안 된다는 책임을 배웠고, 대안 없는 비판을 일삼는 자들이 얼마나
사회를 병들게 하는 악당들인지에 대한 자각을 했습니다. 나는 승자
가 역사를 만든다는 것이 무엇인지 그 진정한 의미를 알았습니다. 수
많은 배움을 통해 나는 한 단계 더 성장하였습니다.

충분한 배움을 얻은 뒤, 나는 약속을 지키기 위해 바람의 정령이
사는 차원으로 이동했습니다. 나는 바람의 정령을 다스리는 왕을 만
났고, 불의 정령들의 사회와 문화, 정치와 전쟁, 생활방식에 대해 많은
이야기를 나누었습니다. 정령의 왕은 불의 정령들의 사회는 계급이

존재하고, 지도자가 절대 권력을 갖는 사회이며, 오직 강한 힘만이 절대적인 진리로 군림하는 사회인데, 그런 통치방식은 바람의 정령들에게 어울리지 않는다고 하였습니다. 그는 역사를 왜곡하는 권력자들은 악당들이며, 정복자가 피정복자를 다루는 방법에 경멸감을 드러내었습니다. 전쟁을 통해 과학과 기술이 발전한다는 것을 이해했지만, 그는 과학기술의 발전만큼이나 철학이나 인문학의 발전이 이루어지지 않는 것은 이해하지 못 했습니다. 그는 인류가 무기와 전쟁 속에서 발전해온 것을 깨달은 뒤에야, 비로소 인류의 역사를 제대로 이해할 수 있었습니다.

나는 그의 의견에 많이 공감했습니다. 그러자 그는 물의 정령들이 사는 차원에 대한 이야기를 꺼냈습니다. 물의 정령들은 불의 정령과 다르며, 현재 인간들과 가장 유사한 사회를 가지고 있다고 말했습니다. 나는 어차피 배움을 위해 다음 차례로 물의 정령계를 갈 생각이었습니다. 그래서 정령의 왕에게 물의 정령계를 다녀오겠다고 약속했습니다.

물의 차원

산초는 잠시 먼 곳을 보았다. 그는 침대 한쪽에 가득히 쌓여 있는 신문을 가리키며 말했다.

"두 개의 차원을 여행하고 온 다음 물의 정령들이 사는 차원으로 여행가기까지 사실 시간이 좀 걸렸습니다. 배운 게 많아서 완전히 이해하는 데 두 달 정도 걸리더군요. 그동안 못 본 신문들을 보면서 세계의 움직임을 내 나름대로 이해하려고 노력했죠. 언론에 있는 것이 모두 진실은 아니더군요. 진실을 알리는 것이 아니라, 주어진 정보를 적절히 편집해서 알리는 역할을 하는 자들이 언론이라는 것을 난 전에 이해하지 못했어요. 하지만, 이제는 확실하게 알고 있습니다. 불의 정령계에서 역사를 만드는 것처럼 언론도 자신들이 원하는 것을 진실로 만든다는 것을…"

"언론에서 진실을 말해 준다 하더라도 사람들은 보고 싶은 것만 보지. 모두 진실은 아니지만, 언론사가 사건을 어떻게 바라보는지만 파악한다면, 신문과 방송은 가치 있는 정보를 전달해 주기도 해."

"배운 것을 현실에 적용시키는 것은 어려웠어요. 그래도 노력하다 보니 되더군요."

"내 취향은 고전과 경전이었지. 자네는 신문과 방송 취향인가 보군."

"참 다행인 것은 내가 우리 사회에 대해 공부를 하고 물의 정령계로 갔다는 거죠. 그쪽은 현대 인간 사회와 비슷한 점이 많더군요."

"좀 답답한 동네기도 하지. 자네는 그들의 외부인사 환영시스템을 벗어나서 얻은 게 있나?"

"아, 아니요. 당신도 그랬겠지만, 나도 그들의 제한된 시스템 안에서만 활동할 수 있었어요."

"그럼, 물의 정령계를 다녀온 소감을 한 번 들어볼까?"

다른 세계와 달리 물의 정령들은 우리의 국가와 유사한 사회시스템을 가지고 있습니다. 그리고 물의 정령들이 만든 국가는 외부 여행자들에게 동일한 프로그램을 제공합니다. 제한된 이동의 권리, 질문의 권리만을 부여하죠. 그래서 나는 가장 큰 나라에 가서 그들이 제공하는 여행자 프로그램을 신청했습니다. 이 여행자 프로그램은 수준 있는 인간 마법사들에게만 제공되는 것으로 다른 마법사들에게 제공되는 프로그램에 비해 이동과 질문이 다소 자유로운 편입니다. 일단 그 점에 대해 내 전임자들에게 감사한 마음이 있습니다. 나중에 들은 이야기지만, 정령계에서 대단한 일들을 했더군요. 정령계에 들어온 악마들을 그렇게 많이 박살내고 다녔다니… 하여튼 그들은 내게 질문에 대한 답을 주고, 물의 정령들의 지식을 전해 주는 대가를 요구했습니다. 그 대가는 다시 인간계로 돌아가면, 물을 오염시키지 말고,

환경을 보호하는 데 노력할 것을 약속하는 것입니다. 아주 좋은 조건으로 우리는 거래를 한 셈입니다. 나는 환경보호에 찬성하는 사람이니까요. 맹세를 한 뒤, 그들은 나를 그들의 지도자인 여왕에게 안내해줬습니다.

물의 정령들은 형태가 없는 바람의 정령이나 불의 정령과 달리 물질적인 형태를 일부 갖추고 있습니다. 그들은 녹색이나 청색의 젤리 모양의 피부를 가지고 있습니다. 인간의 손으로 만질 수는 없지만, 영혼의 손으로 만지기에는 충분한 질감의 육체를 가지고 있습니다. 현재 인간이 가지고 있는 물질 중에는 존재하지 않지만, 단단한 연기나 만질 수 없는 젤리같은 감촉의 육체라고 생각하면 됩니다. 그들은 인간처럼 머리 하나, 팔 두 개, 다리 두 개를 가지고 있는데 키가 매우 크고 팔다리는 매우 길었습니다. 손가락이나 발가락은 없었고, 그들의 육체는 각진 곳이 없이 매우 둥그스름한 형태를 유지하고 있었습니다. 털도 없었고, 눈이 있어야 할 곳과 입이 있어야 할 곳은 색이 좀 더 진할 뿐 코와 귀는 없었습니다. 그들은 육체를 조금씩 변화시킬 수 있는데, 나와 대화할 때는 눈, 코, 입, 귀를 가진 사람의 얼굴 형태로 자신들의 얼굴을 바꾸었습니다. 참 고마운 배려였습니다. 그렇지 않으면 나는 사람 모양의 둥근 젤리와 대화를 했을 테니까요. 그들의 여왕은 음, 그들보다 조금 더 큰 보라색 젤리였습니다. 난 그 여왕을 알현하기 전에 예절과 의전에 관한 교육을 받았습니다. 그것은 매뉴얼에 정확하게 나와 있었습니다. 여러 번 이야기하겠지만, 그들의 세계는 매뉴얼이 중요한 역할을 하고 있습니다. 현대 사회의 헌법만큼 중요한 것이고, 매뉴얼에 있는 대로 행동하는 것은 그들에게 매우 중요한 일입니다. 그 이야기는 조금 뒤에 하겠습니다.

여왕과 알현을 하고자 하는 이는 마차와 비슷한 탈 것을 타고 이동해야 합니다. 보는 각도에 따라서 색이 변하는 둥근 튜브 같은 것인데, 튜브 위에 거품으로 만들어진 계란 모양의 좌석이 있습니다. 그 안에 타고 이동하는 것입니다. 청금색의 알 수 없는 금속으로 된 고리 장식이 거품의 외부에 달려있습니다. 그 고리를 왼손으로 열고, 중간 좌석에 타야 합니다. 운전자는 거품의 바깥 부분인 튜브에 탑니다. 그 탈 것은 서열에 따라 타는 자리가 정해져 있습니다. 이것은 매뉴얼에 나와 있는 것으로 항상 지켜야 하는데, 그 이유는 매뉴얼대로 탑승한 뒤 사고가 난 경우는 다들 책임이 없지만, 그렇지 않은 경우, 탑승한 자는 사고의 책임을 져야 하기 때문입니다. 그 탈 것을 타고 이동한 다음에는 걸어서 여왕의 앞에 가야 합니다. 여왕의 앞에서 한쪽 무릎을 꿇고 머리를 숙이고 있어야 하며, 여왕이 말을 걸기 전에 먼저 말을 하면 안 됩니다. 여왕도 내가 무릎을 꿇고 머리를 숙이기 전까지 내게 말을 걸면 안 됩니다. 그것은 여왕이 여행자들을 대하는 매뉴얼에 나와 있습니다. 여왕이라 해도 정해진 규칙을 어기면 안 됩니다. 지위가 높으나 낮으나, 매뉴얼에 있는 규칙을 존중하는 일에 예외는 없습니다. 여왕을 알현하여 내 신분을 밝히고 원하는 것을 말하자, 여왕은 내게 특별한 징표를 주었습니다. 노란색 젤리 같은 것을 이마에 붙여 주었는데 그것은 내가 여행자이며, 많은 질문을 할 수 있다는 것을 의미합니다. 그리고 일부 구역은 내가 입장이 불가능하다는 것을 의미하기도 했죠. 나는 여왕에게 고맙다고 말한 뒤, 안내를 받아서 나에게 허가된 구역으로 이동했습니다.

외부의 여행자들이 머무르는 곳은 푸른색의 바다와 초록빛의 천정으로 구분된 소용돌이였습니다. 그 소용돌이는 그들의 국가에서 높은 곳에 위치해서 나는 물의 정령들이 도시에서 어떻게 사는지 볼 수 있었습니다. 육체를 가진 인간과 달리 그곳에서 시력은 제한이 없습니다. 눈으로 본다는 것보다 영상을 느낀다는 개념으로 볼 것을 인식하기 때문입니다. 다른 정령의 차원처럼 익숙해지는 데 시간이 좀 필요했습니다. 익숙해진 뒤, 한참 구경을 하고 있었는데, 누군가 나를 방문했습니다. 내가 방문한 것을 알게 된 여러 정령들이 나와 이야기를 하고 싶어 했습니다. 그들 중 나는 물의 정령 중 판사와 귀족을 만나서 이야기를 했습니다. 우리는 그들의 국가를 구성하는 법과 지도층에 관한 이야기를 나누었습니다.

물의 정령들은 여러 개의 나라를 만들었습니다. 내가 방문했던 나라는 여왕이 다스리는 입헌군주제였는데, 어떤 나라는 대통령제를 시행하기도 했고, 어떤 나라는 민주주의 선거제도를 시행하기도 했는데, 모든 나라는 법을 중요하게 여겼습니다. 나라마다 법은 조금씩 다르며, 법이 완벽하지 않다는 것은 모두 인지하고 있습니다. 하지만 그들에게 법은 절대적으로 중요한 것입니다. 폐쇄적이고 발달된 공동체를 유지하기 위한 공동의 약속인 법은 모든 것 위에 군림합니다. 그들은 법에 있는 내용을 요약한 매뉴얼을 휴대하고 다니며, 매사에 이 매뉴얼을 확인하면서 일을 진행합니다. 처음에 나는 그들의 준법정신이 매우 투철하다고 생각했습니다. 그런데 그들이 법을 중요하게 생각한 이유는 따로 있었습니다. 법을 바탕으로 업무를 처리하는 이들은 대다수가 지도층입니다. 그들은 법을 집행하거나 판결하는 모든 과정을 기록에 남기는데, 이 기록을 통해서 그들은 잘못된 경우에 책임을 회피할 여지를 남기게 됩니다. 즉, 법대로 처리했으니 나는 책임이 없다는 주장이 가능한 것입니다.

그들이 법을 만들고 따르고 책임을 회피할 수 있도록 제도적 장치를 만든 것은 그들의 국가를 다스리는 지도층을 지키기 위해서입니다. 지도층의 잘못된 결정으로 위기가 발생한 경우, 지도층은 이것에 대한 책임을 회피하고 자신들의 지위와 부, 권력을 유지해야 합니다. 법대로 처리했다는 말은 그것을 가능하게 합니다. 겉으로는 법치국가지만, 그 법은 지도층을 지키는 울타리에 불과했습니다. 모두에게 공평한 기준을 적용해서 국가를 운영하기 위해 법을 만든 것이 아닙니다.

그들이 지도층을 보호하는 방법은 두 가지가 있는데, 하나는 법에 따라 일을 처리했다는 것입니다. 잘못된 판단을 해도 법대로 일을 처리했다면 면책특권이 주어집니다. 그것을 위해 법을 존중하는 문화가 발달한 것입니다. 다른 하나는 나뿐 아니라, 다른 사람 모두 그 결정에 동의했다는 것입니다. 후자의 책임분산을 위해 의회제도가 만들어졌습니다. 개인의 판단이 아닌 다수가 참여한 정책은 의회에서 결정됩니다. 여왕이나 대통령과 같은 국가의 지도자들은 정해진 결과의 최종승인자일 뿐, 지도층으로 구성된 의회의 결정을 번복하지 못합니다. 의회의 결정이란 것은 책임분산의 효과를 가져옵니다. 정책을 승인한 것은 최고위 결정자이지만, 그 정책은 의회에서 발의된 것입니다. 의회는 그 정책을 발의하기 위해 상급 공직자들의 자료를 참고했고, 상급 공직자들은 자료를 만들기 위해 하급 공직자들의 정보를 수집했습니다. 하급 공직자들은 다양한 정보를 제공하기 위해 국가의 모든 정령들과 만났고, 그들의 기록을 연구했습니다. 결국 그 정책의 책임은 직간접적으로 그 국가구성원 모두에게 있는 것이라는 결론이 나오고, 아무도 책임을 지지 않는 결과가 만들어집니다. 인간과 달리 그들의 의회제도는 지도층이 살아남기 위해 창조된 것입니다. 적어도 인간은 다수의 의견을 존중하기 위해서 의회제도가 만들어졌다는 그럴듯한 핑계가 존재합니다. 지금 의회제도가 제대로 기능하고 있는지 알 수 없지만, 의회의 의원들은 자신의 정책에 대해서 어느 정도 책임을 지지 않습니까? 임기 동안 정책을 거의 제안하지 않거나 잘못된 정책을 주장했음에도 아무 일 없이 넘어가는 권력자들이 있다면, 인간도 그들과 다를 바 없겠지만, 난 인간은 그들과 다르다고 생각합니다. 하여간 우리와 상관없이 그들의 법 집행과 의회제도는 그들의 지도층이 오랜 시간 여러 정치제도를 연구한 끝에 최종적으로 선택한 것으로 그들에게는 가장 이상적인 제도라고 평가받고 있습니다.

나는 인간들도 그들과 유사한 의회제도가 있고, 다수의 선택을 통해 결정을 내린다는 이야기를 했습니다. 아! 참고로 말하자면, 그들은 인간들의 정치제도도 연구했다고 합니다. 그래서 서로 이야기가 잘 통했습니다. 그런데 서로의 의회제도에는 결정적인 차이가 있었습니다. 그들이 내리는 결정은 늘 만장일치였습니다. 그들은 투표를 할 때 반대파가 있다는 것을 신기해했습니다. (그들은 인정하지 않았지만, 투표는 이미 정해진 일에 대한 요식행위이고, 책임분산의 수단, 그 이상도 이하도 아니기 때문입니다. 우리들은 그렇지 않습니다. 투표의 결과가 일방적일 수는 있지만, 만장일치는 존재하기 어렵습니다. 북한처럼 정신 나간 독재국가는 예외가 될 수 있겠습니다만…) 그들의 논리는 다음과 같습니다. 누군가가 그 정책에 반대한다면, 그는 정책의 승인 여부에 따라 자신의 주장에 대한 책임을 져야 합니다. 의견이 찬반으로 나뉘면, 그만큼 책임을 질 대상이 줄어들면서 명확해진다는 것이고, 그것은 누군가가 실제로 책임을 져야 할 가능성이 있다는 말입니다. 만장일치의 경우, 간접책임이 전 국민에게 있기 때문에 면죄부가 주어지지만, 찬반 의견이 나누어지면, 책임대상이 한정됩니다. 정책이 실패한 경우는 정책 시행에 찬성한 의원이, 성공한 경우는 정책 시행에 반대한 의원이 그 대상이 될 수 있습니다. 그러나 모든 의원은 지도층이라는 큰 이름 아래서 존재하며, 지도층이란 계층은 책임을 지지 않는 것을 당연하게 생각합니다. 그래서 그들은 자신이 책임자가 될 가능성을 없애기 위해서 늘 만장일치로 정책을 결정합니다. 그것이 내가 판단한 만장일치의 이유였습니다.

그러나 그들은 다른 이유를 말했습니다. 그들은 다수결을 매우 미개한 정치제도라고 했습니다. 그들은 다수의 선택이라고 해서 항상 옳지 않으며, 다수에게 주어진 정보가 정확한 것은 아니라고 말했습니다. 그들은 선거의 예를 들었습니다. 대통령이나 의원은 선거에 의해 선출되는데, 대중들은 그들의 과거를 보고 판단할 뿐, 그들이 권력을 쥔 미래를 예측할 능력이 부족합니다. 정치인을 선출한 대중들의 통찰력은 그리 우수하지 않습니다. 대중들에게 투표권이 주어진 그 순간부터 피투표권자들은 자신의 선거활동을 시작합니다. 그들은 대중보다 항상 우위에 있으며, 대중들은 그들이 원하는 선택을 합니다. 그리고 다수에 포함되지 않은 소수를 외면해버립니다. 그 소수가 엄연한 국민인데도 말입니다. 다수가 잘못된 선택을 할 수도 있습니다. 그 경우, 선택을 한 다수는 자신들의 선택에 대해 책임을 지지 않습니다.

그리고 소수의 불만도 처리하지 않습니다. 다수의 선택이 최고의 존중을 받는 것은 문제가 많은 제도입니다. 무엇보다도 다수의 의견을 따른다는 것은 소수의 의견을 무시하는 것이며, 그런 정치제도는 국민들을 분열시키는 씨앗을 만드는 것입니다. 다수가 소수를 설득하지 않고, 자신들의 의견을 관철시키는 것은 지독한 독재입니다. 그것은 과거의 야만인들이 왕이라는 권력으로 아래 사람을 다스리는 것과 별 차이가 없습니다. 결국 힘 있는 자가 힘없는 자를 억누를 뿐이며, 그것을 다수의 선택이라는 이름 아래 포장한 것뿐입니다. 다수와 의견을 달리한 반대파가 있다는 것이 그렇고, 반대파를 설득하지 않은 채, 다수가 숫자의 논리로 최종 결정을 할 수 있다는 것이 그러합니다. 그래서 그들은 다수결의 원칙을 채택하지 않는다고 말했습니다.

나는 그들이 민주주의의 원칙인 다수결에 대해 맹렬하게 비난하는 것을 들었습니다. 그들은 민주주의를 거쳐서 현재의 정치제도를 이룩하였다고 했지만, 인간과 물의 정령은 다른 존재이기 때문에 그들의 경우를 인간에게 그대로 대입시키는 것은 무리라고 생각했습니다. 나는 민주주의를 존중하기 때문에 더 이상 그들의 비판을 받는 것이 힘들었습니다. 그래서 대화의 주제를 바꾸기 위해 물의 정령계의 각 국가를 통치하는 지도층에 관한 이야기를 물어보았습니다.

그들은 오래전의 역사부터 말해 주었습니다. 그들이 민주주의 제도를 채택하던 과거에 다수가 잘못된 선택을 하는 경우가 있었습니다. 그렇게 되면 누군가는 그 잘못을 수습해야 합니다. 그것은 늘 우수한 소수 엘리트의 몫이었습니다. 우매한 다수의 대중은 어떤 잘못이 존재하는지조차 알지 못했습니다. 그 과정을 겪으면서 사회문제 해결

능력을 갖춘 소수의 엘리트들은 지도층이 되었습니다. 그들은 문제를 해결하는 것 뿐 아니라, 예방할 수 있는 우수한 존재들입니다. 그들의 의견이 일치하는 경우, 그것은 완벽한 결정을 의미합니다. 그래서 그들은 지도층의 만장일치제도가 가장 우수한 정치제도라고 생각하게 된 것입니다. 나는 물의 정령계의 지도층이란 존재가 세습 귀족 같은 것이라고 생각했습니다. 그런데 그 이야기를 듣자 다시 생각해볼 수밖에 없었습니다. 그들은 지도층을 지키기 위해 상당히 훌륭한 법적 보호 장치를 마련해두었습니다. 그렇게까지 해서 지도층을 지켜야 하는 이유가 무엇일까? 명예가 아닌 실력으로 그 자리에 오른 자들이라면 굳이 그럴 필요가 없지 않은가? 실력으로 평가받는다는 것은 매우 냉정한 기준과 결과를 요구하는 것이 아닌가?

일단 난 어떤 존재들이 지도층이 되는지를 더 듣기로 했습니다. 지도층은 사회의 모든 것을 결정하는 계층이기 때문에 그들은 매우 특별한 과정을 거쳐서 선출됩니다. 과정이 시험을 의미하는 거라고 생각하십니까? 그것은 아닙니다. 물의 정령들은 과거 공직시험을 통해 관료를 선발하였으나, 시험과 덕성은 별개이며, 시험문제를 잘 푸는 것과 실제 업무를 처리하는 것에 큰 상관관계가 없다는 것을 알게 되고, 선발 방식을 바꾸었습니다. 더 이상 공직시험을 통해 지도층으로 상승하는 것은 불가능한 일이 되었습니다.

그들은 두 가지 방법으로 지도층을 선발합니다. 하나는 지위의 계승입니다. 그들은 부모가 훌륭하고, 조상이 훌륭하면 그 후손도 훌륭하다는 생각을 가지고 있습니다. 특히 2대에 걸친 조부모와 부모들이 모두 고위 지도층을 지냈다면, 자손은 자연스럽게 그 지도층에 포함이 될 자격이 있다고 여겼습니다. 태어나서 보고, 듣고, 배우는 것 모두가 지도층의 사고방식을 보는 것이기에 교육이 완벽하다는 이유였습니다. 지도층의 자녀들은 최고급 교육을 받고 문화를 즐기며 돈도 많기 때문에 부정 축재를 할 위험도 적었습니다. 만일 부정한 문제가 발생할 경우 잃을 것이 너무 많기에 부정한 짓을 하지 않을 것이라는 추측이 그 이유였습니다. 무엇보다도 지도층의 품격을 유지하기 위해서는 많은 돈이 필요한데, 이들은 태어날 때부터 돈이 많아서, 죽을 때까지 지도층의 품격을 유지하는 데 아무 문제가 없다는 이유도 있었습니다.

그들은 특이한 주장을 하였습니다. 세습으로 지도층의 지위를 물려받은 물의 정령들의 지도층은 일반 정령들처럼 노동이나 생업에 종사하면 안 된다는 생각을 가지고 있었습니다. 일하는 것이 중요하다는 사고방식은 국가통제시스템(고도의 정치, 행정 프로그램입니다. 나중에 설명하겠지만, 법과 다른 비공식적인 시스템입니다.)을 유지하고 운용하는 데 효율적이지 못하고, 그들의 체계를 위험하는 돌발 사고를 발생시킬 수 있기 때문입니다. 생업에 종사하던 사람은 자신의 경험을 참고하여 정책을 수립할 수밖에 없는데, 지도층은 한쪽에 치우친 정책을 수립하면 안 됩니다. 지도층은 생업에 종사하는 서민들의 생활에 관한 그 어떤 것도 공감해서는 안 됩니다. 공감을 한다는 것은 영향을 받는다는 것이며, 영향을 받으면 더 이상 객관적으로 판단할 수 없습니다. 그래서 정치에 필요한 국가통제시스템을 운용하는 것 외에 다른 지식을 갖는 것에 대해 부정적이었습니다. 그들은 사회구성원들의 상식을 이해하지 못 했고, 일반 국민들의 생활에 관심이 없습니다. 지도층의 주요 관심사는 효율적인 국가통제시스템 운용과 어떻게 결혼을 하여 자신의 지위를 자손들에게 물려줄까 하는 것들뿐이었습니다.

그러나 물의 정령계의 국가들은 태어난 출신만으로 기회를 제한하지는 않았습니다. 부모가 돈이 많고, 요직을 거친 자가 아니라도 지도층이 될 수 있는 또 다른 방법이 존재했습니다. 그것은 매년 위원회의 추천과 심사를 통해 하급 관료가 되어 지도층의 첫 번째 단계에 오르는 것이었습니다. 공직시험을 폐지한 이후, 지도층은 관료들에게 필요한 명예, 도덕, 용기, 판단력, 희생정신 등을 어떻게 평가할 것인지에 대해 많은 토론을 했습니다. 당시 지도층은 뛰어난 집단지성을 통해 이러한 가치들을 계량화하여 판단하는 것이 불가능하다는 결론에 도달했습니다. 그들이 의논을 시작한 뒤, 100년도 되지 않아서 이런 결정이 내려졌는데, 책임을 회피하기 위해 가능한 한 결정을 미루는 것이 일반적인 그들의 문화에서 이처럼 신속한 결정을 한 것은 이례적인 일입니다. 중요한 결정을 내릴 때, 모든 법을 참고하고 상대의 의견을 존중하며 대화와 토론, 협의를 거쳐서 만장일치를 추구하는 그들은 의제가 수백 년씩 계류되어도 그 것을 문제 삼지 않습니다. 그런데도 단기간에 그 중요한 결정이 내려졌다는 것은 지도층들의 생각이 일치했다는 것을 뜻합니다. 지도층은 매년 후보들을 자신들이 심사하여 지도층으로 편입시키는 제도를 마련했습니다. 지도층은 후보들의 여러 덕목을 판단하였고, 지도층과 가장 근접한 성향과 능력을 갖춘 물의 정령을 뽑아서 정치통제시스템을 다룰 수 있도록 적합한 교육을 시킵니다. 이들은 하급 관료로 일하게 되며, 이들 중 결혼을 잘하거나 운 좋게 고위 관직에 진출한 정령들은 자신의 자식들에게 지도층으로 가는 길을 열어줄 수 있게 됩니다.

위원회가 심사하는 후보가 되기 위해서 물의 정령들은 자신이 위대한 존재라는 것을 증명해야 합니다. 그것을 증명하는 방법은 여러 가지가 있으며, 그중에서 가장 확실한 것은 지도층의 추천서를 받는 것입니다. 추천서 발급은 상당한 돈이 필요합니다. 평범한 물의 정령들은 평생을 노동해도 그런 돈을 버는 것이 불가능하기 때문에 후보가 될 수 있는 물의 정령들은 대부분 부자들입니다. 이것은 매우 중요한 것을 의미합니다. 앞에서 돈이 많은 지도층은 부정축재의 유혹에 흔들리지 않을 가능성이 적다고 했던 것을 기억하십니까? 그들은 고위 관료가 축재와 관련된 부정에 얽매이는 것을 두려워하기 때문에 돈이 없는 자들을 지도층에서 배척합니다. 즉, 태어날 때부터 지도층이거나 그들에게 능력을 인정받은 부자들만이 새로운 지도층으로 편입될 기회가 있다는 것입니다. 그리고 그들은 완벽한 책임분산과 책임이 회피되는 사회제도 안에서 어떤 책임도 지지 않은 채 국가를 이끌어 나갑니다.

후보로 선출된 물의 정령들이 가장 어려움을 겪는 것은 본인이 그동안 배웠던 지식과 경험을 지우는 일입니다. 국가통제시스템 운용에 있어서 다양한 경험과 많은 지식은 불필요한 것입니다. 깊은 사고, 통찰력, 철학적인 고뇌, 정체성에 대한 고민, 더 나은 사회를 만들기 위한 시도, 무엇이 정의인가에 대한 탐구, 기쁨과 즐거움 같은 감정 등은 효율적인 통제시스템의 최대 적입니다. 수학적 사고, 뛰어난 계산 능력, 항상 정답만을 갈구하는 성격, 계량화된 자료에 대한 선호, 냉정하고 꼼꼼한 성격, 모든 물의 정령을 기계적으로 보는 사고(예를 들어서 물의 정령들의 노동력을 인적자원이라고 표현한다던지, 그들의 능력을 제한된 시간에 최대한 이끌어내는 방법을 연구한다던지, 임금체계를 낮추면서 현재의 생산성을 유지한다든지…)는 필요에 따라 환영받기도 합니다. 그것은 국가통제시스템 운용에 필요한 부분이기 때문입니다. 그러나 물의 정령의 자유나 평등, 정의 같은 가치를 섭한 사람들은 위험한 정령으로 간주되었고, 설령 관료가 되더라도 탈락하게 되었습니다. 자유나 평등은 측정할 수 없는 개념이고, 지도층의 권위를 위협하는 논리적 근거로 악용될 수 있는 사악한 단어이기 때문입니다. (그들에게 중요한 것은 개인이 아니라, 조직이기 때문에 자유와 평등을 인식하는 기준이 인간들과 조금 다를 수 있습니다. 물론 정의도 마찬가지입니다.) 선택받은 물의 정령들은 성공적으로 국가통제시스템을 운용할 수 있는 지도층이 되기 위해 자신이 살아오면서 배웠던 많은 지식과 기술, 경험들을 어떻게 머릿속에서 지울 것인지 보고서를 제출해야 합니다. 그들은 지금까지 배운 모든 것을 잊고 국가통제시스템을 위해 새롭게 태어나야 합니다. 백지상태에서 국가통제시스템을 배우기 시작하면, 그들은 세습으로 지도층에 오른 정령들과 비슷한 지적수준을 보유하게 됩니다. 모든 편견에서 자유롭고, 모든 지식에서 자유롭고, 모든 양심에서 자유롭고, 모든 의무에서 자유롭고, 모든 책임에서 자유롭고, 모든 경험에서 자유롭고, 모든 고민에서 자유롭다고 생각하는 정신을 소유하게 됩니다. 이것은 그들을 비판하는 반어법이 아니라, 그저 사실을 전달하는 것뿐이니 오해 없길 바랍니다.

그들 중 일부는 이 과정을 거부하기도 합니다. 이를 거부하는 물의 정령들이 있다면, 그 기록은 남겨져서 그들의 자식에게 좋지 않은 영향을 주었습니다. 그런 식으로 조직을 위협하는 개인은 언제나 문제가 되기 마련입니다. 물의 정령들은 지도층의 잘못된 결정으로 인한 국가적 사고가 발생하면, 위험한 개인들을 희생양으로 삼아서 그 책임을 전가했습니다. 그들의 잘못된 가치관이 정책을 왜곡시켰고, 사고 발생에 영향을 주었다는 것입니다. (그들이 직접 말한 것은 아니고, 내가 유추해서 내린 결론입니다.) 희생양이 된 물의 정령들과 관련된 증거는 필요하지 않습니다. 왜냐하면 증거가 없어도 지도층의 판단은 틀리지 않기 때문입니다. 재판을 주관하는 판사들은 지도층에 의해 선택된 고위 관료들이며, 그들은 지도층과 비슷한 생각을 가지고 있습니다. 설령 다른 생각을 가지고 있더라도 그것을 표현하지 않습니다. 판사들은 남의 인생을 결정하며 사는 삶과 남이 인생을 결정하는 삶의 차이를 잘 알고 있습니다. 적당한 희생양에게 책임 전가를 성공한 판사들은 그에 합당한 대가를 받을 수 있습니다. 훌륭한 판결을 내린 판사들은 더욱 출세하거나 자식들에게 그런 기회를 줄 수 있습니다. 하지만, 지도층과 다른 판결을 내린, 일명 '실패한 판사'들은 더 이상 남의 인생을 결정하는 지위를 유지할 수 없게 됩니다. 그렇게 몰락한 이들은 더 이상 판사라고 불리지 않습니다. 그래서 현직 판사들은 모두 지도층과 유사한 판단을 내리게 되며, 판사들의 판단과 지도층의 판단이 유사하다는 것은 지도층의 판단은 결코 틀리지 않다는 불문율을 증명하는 근거가 됩니다.

지도층이 정치에 참여할 수 있는 인원을 전 국민이 아닌 소수로 제한하는 또 다른 이유가 있습니다. 정치는 정치라는 특수 분야를 이해하는 사람만이 수행할 수 있는 매우 특별하고 고유한 영역이라는 것입니다. 그래서 정치를 이해하기 위해서는 어릴 때부터 제대로 된 교육을 받아야 하며, 이런 교육이 가장 완벽하게 이루어지는 환경에서 자라난 이들에게 정치를 맡겨야 한다는 것입니다. 일반대중은 그 기준에 부합하지 못합니다. 그리고 사고가 건전하지 못한 물의 정령들은 정치를 이해할 수 없습니다. 그들에게 국가를 맡기는 일은 상상조차 할 수 없는 것입니다. 정치를 하는 정령들은 국가통제시스템을 활용할 줄 알아야 하는데, 그것이 매우 어렵다는 것입니다. 인간들을 보면 학문이나 예술, 사업 분야처럼 정치 외의 분야에서 명성을 얻은 사업가나 예술가, 운동선수들이 사회적 성공의 종착지 개념으로 선출직 정치인이 되거나 공직자가 되는 경우가 있는데, 그런 일이 일어나면 안 된다는 것입니다. 천재적인 실력을 가진 운동선수라 해도 그 능력을 정치에서 동일하게 발휘한다는 것은 매우 어려운 일입니다. 그런 사람들이 정치를 하는 것은 대중의 인기를 얻기 위한 눈속임일 뿐이며, 투표를 하던 시절에 한 명이라도 많은 표를 확보하기 위한 바보들의 선거 전략으로 그들의 세계에서는 이미 수천 년 전에 지나간 유행이라고 했습니다. 인간들은 아직도 다른 분야의 유명인이 선거제도를 통해서 잠시 정계에 입문했다가 그만 두는 일이 종종 일어난다고 말하자, 그들은 언젠가 그런 행위가 사라져야 정치가 제대로 돌아갈 것이라고 충고했습니다.

태어날 때부터, 혹은 오랜 기간 출세를 거듭해서 지도층이 된 정령들은 시간이 지나면 공직을 떠나서 은퇴를 합니다. 그들은 죽기 전까지 노화가 진행되지 않아서, 정신력이나 체력이 약해지는 일은 없습니다. 그들에게 나이가 많다는 것은 더 많은 경험과 지혜를 가진 것을 의미하지만, 일정 나이가 되면 은퇴하는 것을 법에서 의무사항으로 정해두고 있습니다. 그 이유는 공직의 수가 절대적으로 부족하기 때문입니다. 각 부의 장관은 한 명인데, 지도층의 자녀가 태어나고, 시험을 통해 지도층의 수는 계속 늘어납니다. 누군가 종신직을 가지게 되면, 새로 편입되는 지도층에게 적절한 공직을 나누어 줄 수 없기 때문에 일정 나이가 되면 능력여부에 상관없이 그들은 은퇴해야만 합니다. 이것은 매우 효과적인 세대교체 방법입니다. 이 제도가 만들어진 덕에 젊은 지도층은 자신들이 주요관직에 나아가는 데 큰 어려움이 없습니다. 이 과정에서 과거, 현재, 미래의 권력자들은 친분을 쌓게 됩니다. 이것은 지도층의 유대를 더욱 강화시켜주는 긍정적인 요소로 작용합니다. 아! 물론 지도층만의 유대를 말하는 것입니다. 서민들과 전혀 상관없는 이야기입니다.

공직에서 은퇴한 뒤에 살아갈 시간도 길기 때문에 주요 공직자들은 나이가 들면 자신들의 노후를 준비하게 됩니다. 은퇴를 하게 되면 그들은 은퇴선물을 받는데, 이것은 그동안의 노고에 대한 보답이며, 지도층의 도덕적이고 청렴한 품성에 대한 존경의 의미입니다. 지도층은 은퇴 이후에도 현재와 같은 품위를 유지하며 살아가기에 적당한 수준의 선물을 받습니다. 보통 그 선물의 가치는 평생 동안 공직에 임하면서 받은 모든 대가를 합친 것보다 조금 많은 수준이지만 그들이 고생한 것에 비하면 아무것도 아니라고 말합니다. 이 선물은 지도층이 봉사한 대상인 국가의 세금을 재원으로 마련하며, 국가예산에서 늘 1순위입니다. 이것은 너무도 당연한 상식이기 때문에 일반 대중들에게 공표하지 않으며, 국가의 세입세출 보고서에도 기입하지 않습니다. 사실 국가의 세입세출 보고서는 지도층만이 그 의미를 제대로 이해할 수 있으며, 서민층은 이해할 수도 없고, 관심도 없습니다.

지도층이 이런 선물을 받지 않고, 은퇴 후에 현역시절보다 못한 삶을 살게 된다면, 그것은 지도층의 품위에 심각한 손상을 주는 것이며, 국가의 명예를 더럽히는 것이기 때문에 지도층들은 품위를 지키기 위해 선물을 얼마나 받을 것인가를 고민합니다. 지도층의 위대한 품성과 도덕심, 명예, 국가에 대한 헌신 등을 기리기 위해 가장 좋은 선물은 현금입니다. 부득이한 경우, 부동산이나 증권, 채권, 문화재, 귀금속으로 받는 경우도 있지만, 현금만큼 성의를 보여주는 선물은 없습니다. 은퇴 선물을 모두 현금으로 받는 물의 정령들은 그가 얼마나 공직 생활을 잘하였는가를 보여주는 모범사례라고 할 수 있습니다. 그리고 그 선물 중의 일부는 자신의 후임자에게 전해집니다. 후임자는 전임자의 선물을 적절히 활용함으로써 외부의 청탁 및 금전 유혹에 흔들리지 않고, 청렴하게 공직 생활을 시작할 수 있습니다. 이것은 매우 좋은 전통으로 물의 정령들이 가장 자랑스러워하는 제도 중의 하나입니다. 그리고 이 제도는 지도층에게만 허락된 특권입니다. 만일 다른 직업군이 평생 자신이 종사한 일에서 받은 보수보다 더 많은 현금을 은퇴 선물로 받는다면, 그들은 받은 돈의 절반을 세금으로 내야 합니다. 듣다 보니, 지도층은 거의 다른 세계에서 살아가는 종족이라는 느낌이 들었습니다. 그러나 물의 정령의 사회에서 그들이 얼마나 중요한 존재인지 안다면 이해할 수 있습니다. 귀족과 판사들과 이야기할 때만 해도 난 지도층의 탄생배경 등을 잘 몰라서 지도층이 과도한 혜택을 받고 있는 것이 아닌가 생각했습니다. 나중에 역사를 배우니, 모든 것을 이해할 수 있었습니다. 어찌 되었건, 나는 그들

과의 대화에서 한계를 느꼈고, 그들도 나의 피곤함을 알았는지 이야
기를 마치고 돌아갔습니다.

둘과 대화가 끝난 후, 나는 좀 쉬었습니다. 쉬는 동안 물의 정령계
를 구경했습니다. 나는 물의 정령들이 자주 모이는 카페에 들어갔습
니다. 물의 정령들은 다양한 음료를 마시는 것을 좋아했습니다. 온도
의 차이와 염분의 차이, 당분의 차이를 이용해서 매우 많은 음료를
만들어 낼 수 있었는데, 뜨겁거나 차가운 소금물과 설탕물을 평생 먹
고 산다는 뜻입니다. 물의 정령이 아니라 인간으로 태어난 것이 얼마
나 행복한지 그때 느꼈습니다. 지도층도 종종 그 카페를 오곤 했는데,
외형적으로 지도층과 서민층을 구분하는 것은 불가능합니다. 외모도
똑같고, 마시는 음료도 같기 때문입니다. 겉으로는 똑같은 존재들입
니다. 대우가 하늘과 땅 차이일 뿐입니다. 그 점에 있어서 인간과 공
통점이 있다는 생각이 들었습니다.

물의 정령들은 특이하게 술을 마시지 않았습니다. 알고 보니 술은
금지대상이었습니다. 술을 마시고 취하게 되면, 예기치 못한 행동을
하기 때문입니다. 물의 정령의 전설에 따르면, 인간이 술을 만들었을
때, 적당한 즐거움을 즐길 수 있게 된 인간을 위해 천사가 축복을 내
렸다고 합니다. 그러나 인간이 술에 취해서 저지르는 행동을 보자, 자
신의 역할을 뺏길까봐 악마들이 두려워했다고 합니다. 불의 정령계에
서도 인간들이 악마의 위계질서를 위협하니, 어쩌니 하는 소리를 들
었는데, 여기서도 비슷한 전설이 있었습니다. 인간은 여러 의미에서
참 유명한 존재입니다. 하여튼! 그들은 술에 취하면 물의 정령도 인간
처럼 변할 수 있기에 금지시켰다고 합니다. 특히 술에 취하면 무절제

한 방종의 노예가 되는데, 그런 행동을 하는 이들은 육체의 본능만을 충족해서 움직이는 짐승들과도 같으며, 그들이 취한 상태에서 범죄를 저지른 경우, 심신미약의 상태에서 저지른 행위라며 변론하는 것을 도저히 들어줄 수가 없다고 합니다.

나는 그곳에서 여러 잡담을 했는데, 그중 한 명은 교사였습니다. 그래서 우리는 교육에 대해 심도 깊은 대화를 나눌 수 있었죠. 뜨거운 소금물을 좋아하는 그는 물의 정령들에게 교육이란 매우 중요한 것이라고 했습니다. 그들의 교육은 학교에서 이루어지며 학교에서만 교육을 받게 하는 정부의 명령은 절대적입니다. 그들은 아이가 부모와 떨어져서 성장하는 것을 중요하게 여기는데, 그래야지만 아이들에 대한 부모의 권위가 줄어들기 때문입니다. 부모의 권위가 줄어들수록 교사의 권위가 커지고, 학교는 가정보다 우위에 있는 조직이 됩니다. 가정에서의 배움은 국가가 통제할 수 없기 때문에 최소한으로 해야 하며, 국가가 통제할 수 있는 학교 교육을 최대한으로 해야 합니다. 가정은 지도층의 것이 아니지만, 학교는 지도층의 것입니다. 학교는 위대한 지도층이 원하는 것을 가르칩니다.

모든 시험은 객관식으로 출제합니다. 주관식으로 문제를 출제할 경우, 채점 기준이 명확하지 않기 때문에 주관식 문제는 좋지 않다고 말했지만, 한참을 대화한 후 내가 느낀 실제 이유는 그것이 아닙니다. 주관식 문제는 물의 정령들을 생각하게 만듭니다. 객관식과 다릅니다. 객관식 문제는 정해진 공식이나 암기한 지식을 쓰면 됩니다. 정답이 확실한 교육, 풀이과정이 명쾌한 교육, 이론의 여지가 없는 논리가 적용되는 교육은 객관식 문제를 내기에 적합합니다. 스스로 무언가를 생각해내서 답을 쓰거나 명확한 정답이 없거나 혹은 답이 여러 개가 될 수 있거나 서술형 대신 의문형으로 대답할 수 있는 능력을 갖추거나 깊은 사고와 통찰을 통해 학교에서 가르치지 않은 지식을 유추해낼 수 있는 주관식 답을 요구하는 교육은 철저히 배제됩니다. 스스로 생각하는 정령들은 사회에 의문을 가질 수 있습니다. 그것은 반사회적인 행동입니다. 그래서 물의 정령계는 수학과 과학이 숭배 받고, 철학과 윤리를 교육하지 않습니다. 이런 교육을 받고 자란 물의 정령들은 성인이 되어서도 자신들이 스스로 무언가를 생각하기보다, 정답을 찾는 데만 열중하게 됩니다. 혹시 문제가 잘못되지 않았을까 하는 의심과 창의력도 없습니다. 교육받은 이들은 모든 문제는 정답이 있다고 믿으며 문제 출제자의 의도를 파악하기 위해 노력합니다. 하지만 정답이란 수학교과서 속에서나 존재할 뿐, 현실은 정답이 없는 경우가 많지 않습니까? 그래도 그들은 정답을 찾아내는 습관을 버리지 못하고 정답만을 추구합니다. 그들의 사회에서 정답이란 지도층이 결정해 주거나 주변의 다수가 옳다고 생각하는 것입니다. 자신의 생각이나 판단은 정답이 아니라고 학교에서 배웠기 때문에 스스로 답을 찾는 행위는 하지 않습니다.

그리고 모든 사회의 시스템은 이러한 교육방식을 토대로 만들어집니다. 위부터 아래까지, 아래부터 위까지, 어릴 때부터 죽을 때까지 그들은 그렇게 살아갑니다. 스스로 생각하는 힘을 가진 물의 정령은 국가통제시스템의 오류를 발견할 수 있습니다. 문제를 발견하는 것은 오직 지도층에서만 가능한 행위여야 합니다. 평범한 서민층의 정령들은 국가통제시스템의 오류를 발견해서도 안 되고, 시스템이 문제가 있을 수 있다는 사고 자체를 해서도 안 됩니다. 그래서 평범한 물의 정령들이 그런 위험한 행동을 할 수 없도록 지도층은 교육을 매우 중요하게 여깁니다.

그러나 지도층의 자녀들은 다른 교육을 받습니다. 그들은 처음부터 국가통제시스템의 원리를 이해하는 교육을 받고, 법과 질서, 언론이 항상 옳은 것이 아니라는 것을 배웁니다. 그들은 정답이 있는 문제라는 것은 학문 속에서만 존재하는 개념이며, 현실은 그렇지 않다는 것을 알고 있습니다. 그들은 역사를 공부함으로 진실을 배우고, 철학을 통해 스스로 사고하는 법을 배우며, 윤리를 배우면서 불확실성에 대한 연구를 합니다. 물론 그 배움이란 국가통제시스템을 운용하기에 적합한 정도까지를 의미합니다. 그들도 약간의 수학과 과학을 배우지만, 깊은 수준의 지식이 필요한 경우, 적당한 지식을 가진 물의 정령을 고용하면 그만이기 때문에 정말 간단한 수준만 배웁니다. 나와 이야기했던 교사는 수학 전문 교사로 지도층의 자녀를 교육시킨 적이 있기 때문에 그 차이를 알고 있었습니다. 그는 수업이 있어서 자리를 떠나야 한다면서, 마지막으로 인간 사회에 대한 충고를 해 주었습니다.

"평범한 인간들에게서 돈과 경제, 시험 합격처럼 수학적인 사고나 명확한 기준, 정답을 요구하는 교육을 중요하게 여기는 풍조가 나타난다면 그것은 평범한 인간들의 생각하는 힘을 제거하기 위해 지도층이 움직이기 시작했다는 신호입니다. 기억하십시오. 스스로 생각하는 힘을 갖추지 못한 인간은 남에게 지시받기만을 원하게 된다는 것을…"

그가 마신 뜨거운 소금물 값을 내가 냈는데, 그의 마지막 말 한마디만으로도 가치가 있는 대화였습니다.

나는 카페에 있는 다른 사람들에게 음료를 한 잔씩 사주고 이야기를 하였습니다. 나는 그들에게 재미있는 것을 많이 들었습니다. 특히 나와 마지막에 이야기했던 물의 정령은 지도층이었습니다. 그는 다른 나라의 통치제도 이야기를 해 주었습니다.

어떤 나라는 왕 대신 의회의 대표를 뽑아서 그가 일정기간 동안 나라를 다스리면 교체하는 통치방법을 사용합니다. 대표는 국민의 선거에 의해 뽑히는데, 그것은 잘못된 대표를 뽑은 경우, 모든 국민에게 책임을 분산시키기 위한 방법입니다. 다른 나라는 선대 지도자가 죽을 때, 다음 지도자를 지명합니다. 그에 대한 평가는 사후에 이루어지는데, 선대 지도자가 무언가를 잘못하더라도 현직 지도자들은 책임질 필요가 없으며, 책임을 져야 할 선대 지도자는 이미 죽었기에 모두가 책임에서 자유롭습니다. 어느 나라의 정령들이나 국가와 조직을 유지하기 위해 상벌이 필요한 것을 인식하지만, 그 벌을 피하기 위해 책임을 분산, 회피하는 데 뛰어난 능력을 보유하고 있었습니다. 그것은 그들도 지도층이 모든 것을 통제한다는 것을 의미합니다. 지도층은 모든 책임에서 자유롭다는 것입니다. 설령 책임이 누군가에게 전가될 여지가 있다고 해도 분산을 거듭해서 결국 지도층이 아닌 누군가를 희생양으로 삼아서 처리하고 지도층은 살아남습니다. 왕이 다스리건, 선거에 의한 대표가 다스리건, 지명된 지도자가 다스리건, 다 똑같았습니다. 국가의 지도자란 지도층의 대표일 뿐, 국민들의 대표가 아니기 때문입니다.

우리는 통치제도에 따른 차이를 이야기하다가 흥미로운 이야기를 하게 되었습니다. 그것은 전쟁에 관한 이야기입니다. 물의 정령들도 전쟁을 벌일 때가 있습니다. 그러나 그들은 승리해도 영토를 점령하지 않습니다. 뜨거운 바다와 차가운 바다, 강과 호수 등 다른 지형에서 살았던 물의 정령들이 패전국의 환경에 적응하기란 매우 어렵기 때문입니다. 그들은 패전국의 국민에게서 일부 권리를 가져갈 수 있습니다. 주로 그들은 국가통제시스템에 관한 노하우나 경제적인 권리 등을 대가로 가져갑니다. 예를 들어서 특정 해역으로 이동하지 못하게 제한을 하거나 특정 지역에서만 살도록 하거나, 정치에 대한 의견 표출을 금지하거나 교역을 할 때 두 배의 세금을 내게 하거나 3년간 고등 교육을 받지 못하는 것 등이 종종 전쟁의 대가로 거래되곤 합니다. 그리고 불만에 찬 국민들이 조직에 항거할 때 조직이 어떻게 대응하는 가를 지켜보고 자신들의 시스템에 반영합니다. 이런 것을 '사회 실험'이라고 합니다.

　　국민들에게 여러 사회적인 상황을 실험하는 것은 매우 중요합니다. 특정 권리나 의무에 국민이 어떻게 반응하는가에 따라 일반 체제나 논리적으로는 도저히 얻을 수 없는 귀중한 자료를 얻을 수 있습니다. 그러나 그것을 자국민에게 실험하는 것은 매우 위험한 행동입니다. 변수가 겹칠 경우, 국가통제시스템에 영향을 줄 수도 있고, 최악의 경우 지도층에게 위협이 될 수도 있기 때문입니다. 그래서 이러한 실험은 타 국가의 국민을 상대로 하는 것이 가장 바람직한 방법입니다. 승전국은 패전국의 국민들을 대상으로 자신들이 필요한 사회현상에 대한 실험을 하고 결과를 가져갑니다. 물론 국민들은 그 사실을 알지 못합니다. 물의 정령들의 효과적인 국가통제시스템에 의해 대다수의 국민들은 양국 간의 전쟁이 일어났다는 사실조차 모를 때가 있습니다.

전쟁은 정해진 지역에서 군인들만의 전투로 진행됩니다. 언론에서 진실을 통제하면 일반 국민들은 전쟁이 일어났다는 사실도 모르고, 승패는 물론, 패전의 대가로 자신들이 실험당하고 있다는 것은 상상조차 하지 못합니다. 내용을 모르는 국민들은 갑자기 이상한 제도를 도입하고, 비상식적인 정책을 펼치는 자국의 지도층에 대해 의문을 품거나 불만을 가질 수 있습니다. 지도층이 갑작스럽게 이상한 정책을 시행한다면, 십중팔구 패전의 대가를 지불하는 것입니다. 국가통제시스템의 한계는 바로 이때 드러날 수 있습니다. 대중의 의문, 움직임을 극대화시켜서 패전국의 국가통제시스템의 한계를 보기 원하는 것이 승전국의 입장이고, 이런 대중의 움직임을 최소화시켜서 현 국가통제시스템을 유지하려고 하는 것이 패전국의 입장입니다. 패전국의 입장에서 이런 사회실험의 결과가 그대로 유출된다는 것은 심각한 문제가 될 수 있습니다. 자기들의 국가통제시스템의 치명적인 약점이 알려질 경우, 그것은 다음 전쟁에도 패배할 수 있다는 뜻입니다. 그리고 약점을 알게 된 승전국은 국가통제시스템을 악용하여 패전국의 국민들을 선동한 뒤, 패전국의 지도층을 바꾸어버릴 수 있기 때문입니다. 그것은 패전국의 지도층은 승전국의 노예가 되어버리는 것과 같습니다.

사회실험을 통해 드러난 자국의 문제를 보완할 수 있다면 좋겠지만, 그것은 그리 쉬운 일이 아닙니다. 문제를 보완하기 전까지 언제라도 타국의 위협에 두려워해야 하며, 보완하더라도 그 결과를 장담할 수 없기 때문입니다. 그래서 패전국은 승전국의 요구에 의한 사회실험을 당할 때, 가능한 언론과 정보를 왜곡시켜서 승전국이 정확한 정보를 얻지 못하도록 노력합니다. 주요 언론에서 중요한 사회현상을 다루지 않거나 고위 관료들이 동문서답하는 식의 이야기를 하여 승전국에 대한 나름의 방어를 하는 것이 그것입니다. 그것은 국가의 지도층이 도저히 이해가 안 가는 행동들을 하는 것처럼 보일 것입니다. 그러한 행위는 패전국 지도층의 권위에 손상을 가져오지만, 패전국의 입장에서는 그것이 최선입니다.

승전국도 이에 대한 대응을 하는데, 패전국의 언론보도를 반박하는 기사를 내서 패전국의 국민들에게 혼란을 가중시키는 것입니다. 승전국들이 가장 즐겨 사용하는 방법은 다양한 의견을 장기간에 걸쳐 제시함으로써 무엇이 진실인지 알 수 없도록 하는 것입니다. 신문이나 방송, 기타 매체에서 제각기 다른 이야기가 반복된다면 어느 것이 진실이라고 믿을 수 있겠습니까? 패전국의 국민들은 더 혼란스러워질 것이고, 사회 지도층에 대한 불신을 갖게 될 것입니다. 승전국은 패전국의 언론 및 정보 조작 방어법에 대해 자신들도 충분히 너희들의 방어 시스템을 인지하고 있음을 보여주기 위해 그러한 일을 하곤 합니다.

각 나라는 직접적인 전쟁 대신 종종 뛰어난 선동가를 상대국에 파견하기도 하는데, 그들은 용병이라고 불립니다. 물의 정령들은 불의 정령과 달리 국가 간 전투에서 무력을 사용하는 용병을 투입하는 일은 없습니다. 그들에게 군인은 매우 특별한 계층의 직업이기에 아무에게나 대가를 주고 대신 전투를 한다는 것은 상상도 못할 일입니다.

만일 그것이 가능하다면, 전투를 대행해 주는 전문적인 용병집단이 나타날 것이며, 만일 그들이 특정 국가의 지도층을 위협한다면 그것은 매우 큰 문제가 될 수 있습니다. 어느 나라 지도층이나 자신들의 위치를 지키는 것이 가장 중요하기 때문에 지도층에 위협이 될 수 있는 전투 용병은 양성이 금지되어 있습니다. 전쟁은 비밀리에 시작하고 끝나야 하기 때문에 용병을 사용하면 소문이 퍼질 우려가 있다는 것도 이유 중 하나입니다. 군인의 첫째 덕목은 상명하복이며, 첫째 명령은 침묵입니다.

그렇기에 그들은 정치적인 용병을 양성합니다. 정치 용병은 크게 두 가지로 나뉘어 활동합니다. 하나는 앞에서 말한 대로 상대 국가의 비밀을 밝혀서 국민들에게 불신을 가져오는 선동가이며, 다른 하나는 매수된 고위관료들입니다. 선동가들은 이미 상대국의 비밀을 알고 있기에 국가에 대한 합리적인 비판을 통해 자신의 명성을 높이는 데 큰 어려움이 없습니다. 그들은 늘 올바른 비판을 합니다. 그것은 치밀하게 계획되었기에 가능한 일입니다. 그들은 주로 패전국의 약점을 보완하지 못하도록 시간을 끄는 역할을 합니다. 해당 국가가 혼란스러운 경우, 일부 사회실험을 주도하는 역할을 하기도 합니다. 끊임없이 정부를 비판하면서 정부를 혼란스럽게 하는 것입니다. 일반적인 물의 정령의 국가들은 책임분산과 회피를 위해 매우 복잡한 의사결정체계와 최종결정에 많은 시간을 필요로 하는 의회 시스템을 가지고 있기 때문에 선동가 하나를 쫓아내는 데도 무척 오랜 시간이 걸립니다. 그동안 교수나 사회운동가, 기자, 평론가 등으로 위장했던 선동가는 자신의 할 일을 마치고, 그를 추방하려는 결의가 정부에서 승인되기 전에 패전국을 떠나버립니다.

매수된 고위관료들은 좀 다릅니다. 그들은 선동가와 달리 자신을 결코 드러내지 않습니다. 이들은 시스템이 무너지더라도 계속 지도층의 자리에 남을 수 있다는 확실한 약속을 받고 움직입니다. 그들이 용병이라 불리는 것은 그들이 활동하는데 필요한 돈을 고용주가 주기 때문입니다. 그들이 하는 일은 자국 국가통제시스템의 정보를 빼내서 상대국에게 파는 일입니다. 고급 정보에 접근할 수 있는 것은 지도층뿐이며, 지도층이 되기 위한 길은 매우 힘들기 때문에 이미 지도층이 된 물의 정령들을 이용해서 타국의 정보를 얻어내는 것은 효과적인 방법입니다. 이 방법을 통해서 상대 국가통제시스템의 약점을 알아내거나 자국의 국가통제시스템을 보완 혹은 발전시킬 수 있었습니다. 지도층이 자국을 배신하는 일은 매우 드문 경우인 만큼, 그 대가는 적지 않습니다.

긴 부분을 할애하여 말했지만, 사실 전쟁이 일어나는 경우는 극히 드문 편입니다. 국가에 상관없이 지도층이 갖는 고민은 유사합니다. 그들은 어떻게 하면 효율적으로 개인을 통제하는 조직을 만들 수 있을 것인가에 대해 고민을 합니다. 국민을 통제하는 노하우는 국가의 지도층이 적당한 선에서 서로 공유한다고 합니다. 그들은 국민들을 즐겁게 하기 위해 눈에 보이는 전쟁을 하거나 외교적 갈등을 만들어내지만, 보이지 않는 곳에서는 지도층끼리 노하우 공유에 여념이 없습니다. 겉으로 드러나는 외교적 대립이나 국가 내부의 모든 정쟁은 적당한 갈등을 보여주기 위함입니다. 그것은 진실이 아닙니다. 그들도 진보와 보수의 정치 이념이 있습니다. 언론 앞에서는 대립하는 듯이 싸우지만, 언론이 사라지면, 그들은 형제 같은 사이로 돌아갑니다. 언론은 그들이 연출한 쇼를 보도할 뿐입니다. 그것은 국가단위에서도 마찬가지입니다. 대립하는 국가 간의 긴장감은 국민들에게 애국심을 불러일으키지만, 사실 지도층들은 외교관저에서 서로 음식을 챙겨주며 파티를 벌이고 있을 것입니다. 그러니, 전쟁은 정말 드문 경우일 수밖에 없습니다.

나와 대화했던 지도층은 인간들의 생활에 대해 많은 질문을 했습니다. 내 대답을 들은 그는 사회적으로 통제되지 않은 존재들이, 어떻게 개인의 감정을 통제하고 표현하는지 신기해했습니다. 그는 인간들이 개인의 감정을 자유롭게 표출하는 것이 국가 존립에 위험이 될 수 있다고 지적했습니다. 나는 법이 있기 때문에 그런 위험은 없다고 말해 주었습니다. 그러나 그는 인간들의 법처럼 강제력 없는 약속을 통해 국가가 유지된다는 것도 이해하지 못했습니다. 우리는 법을 어기면 벌금을 내거나 잠시 교도소에 다녀오는 것으로 그 대가를 지불할 수 있습니다. 만일 법을 어겨도 벌금형만을 선고받는다면, 부자들은 법을 어기는 것에 대해 심각하게 생각하지 않을 것입니다. 그가 지적한 것은 바로 이것입니다.

그는 사회를 통제하는 기술이 종족의 문명 발전을 판단하는 척도가 된다고 하였습니다. 그들은 인간들의 발전 수준이 매우 미개하여 자기들의 선사시대 수준이라고 하였습니다. 과거 그들도 인간처럼 살았지만, 역사시대 이후 그런 것은 존재하지 않았다고 합니다. 그래서 나는 역사시대가 언제부터냐고 물었습니다. 그는 국가통제시스템이 적용된 후부터 역사시대라고 대답했습니다. 왜냐하면, 그 시점을 기준으로 그 이전의 역사기록은 모두 소멸되었기 때문입니다. 역사가 없으니 선사시대라고 표현하는 것입니다. 그들의 역사는 국가통제시스템과 출발을 같이 하는 것입니다. 그는 인간이 물의 정령들처럼 발전을 하게 된다면, 국가통제시스템이 없었던 과거의 역사는 모두 지워질 것이라고 했습니다. 그의 말을 듣자, 고대 4대 문명, 예수, 석가모니, 마호메트, 1, 2차 세계 대전은 물론 지금까지 인류의 모든 흔적들이 사라지고 아주 일부만 남을 것이라는 끔찍한 생각이 들었습니다. 그러나 그는 국가통제시스템을 유지하여 현재를 살아가기 위해서 과거를 지우는 것은 당연하다고 말했습니다. 과거를 지우는 것이 대단히 위험한 일인 것은 자기들도 알고 있기에 그럴 만한 가치가 있는 국가통제시스템을 만드는 것이 의무라고 하는 그의 눈빛에서 강한 의지가 보였습니다. 그것이 지도층의 목적이라는 생각이 들었습니다. 그들은 정말 완벽한 시스템이 최대 행복을 제공할 수 있다고 믿는 것일까요? 왜 국가통제시스템이 만들어지기 이전의 역사를 모두 지워야만 했을까요?

나는 카페를 나와서 언론과 관계된 공공기관을 방문했습니다. 교육, 위생, 복지, 문화도 궁금했지만, 나는 이동의 제한이 있었기 때문에 그곳에 갈 수 없었습니다. 내가 들어가자, 그들은 나를 작은 방으로 안내해 주었습니다. 그곳에서 나는 일반 서민층에서 하급 관료가 된 물의 정령을 만났습니다. 그는 국가통제시스템 중에서 언론시스템을 담당하는 정령이었습니다.

그는 자신의 경험을 이야기해 주었습니다. 자신은 아버지가 새로운 음료를 개발하면서 많은 돈을 번 사업가이고, 그 재산을 통해서 추천서를 받았다고 했습니다. 서민층에서 하급 지도층이 된 물의 정령들은 이전의 자신을 완전히 버리는 데 많은 시간을 보낸다고 이야기해 주었습니다. 오래 살아온 그들이 갑자기 과거를 잊고 새로운 생활에 적응하는 것은 매우 힘든 일입니다. 그래서 그들은 은어로 그 과정을 '영혼을 판다.'고 표현합니다. 나는 그 말을 듣는 것만으로도 그 고통을 알 수 있었습니다. 지도층이 되기 위해 영혼을 팔아버린 그들은 새롭게 태어납니다.

이유는 모르지만, 지도층의 자녀들보다 영혼을 팔아버린 일부 천재들이 국가통제시스템을 발전시키는 데 더 크게 공헌을 한다고 합니다. 예를 들어 언론을 움직이는 지도층은 일반 대중들에게 지도층이 전해 주고 싶은 정보를 지도층이 원하는 방법으로 원하는 시기에 원하는 만큼 제공하고자 합니다. 대중은 흩어진 모래알과 같아서 그들의 요구를 일일이 들어주다가는 조직이 붕괴하기 때문에 대중들이 하나의 소리를 내도록 해야 하며, 이를 위해 누가 보더라도 한 가지 결론만을 가져오는 정보를 선별하여 다양한 방법으로 제공해야 합니다. 그러면 대중은 어디서 어떤 정보를 획득하더라도 한 가지의 결론만을 생각하게 됩니다. 정보를 제공받은 민중이 내는 소리는 지도층이 원하던 대중의 소리입니다. 이런 것이 국가통제시스템인 것이죠. 나는 국가통제시스템을 완벽히 파악하지 못했지만, 그것이 어떤 것인지 대략 알 수 있었습니다. 국가가 원하는 목소리를 대중이 요구한다는 개념을 이해하자, 전에 머물렀던 호텔 빅 파더가 떠올랐고, 연이어 우리가 함께 한 모험들이 생각났습니다. 빅 파더의 호텔 시스템은 미약했지만, 물의 정령들의 시스템은 상대적으로 훨씬 우수하게 돌아갔습니다. 내가 이것을 어떻게 확신하느냐 하면, 이러한 통제시스템에 의문을 가진 물의 정령을 단 한 명도 만나지 못했기 때문입니다.

내가 물의 정령계를 여행하면서 느낀 것은 지도층, 국가통제시스템, 법이 매우 중요하다는 것입니다. 그러나 역사가 사라졌기 때문에 어떤 과정을 통해 그런 문화가 사회 전반적으로 전파되었는지 알 길이 없었습니다. 그러던 중, 우연히 그들의 도서관을 갈 수 있었고, 지도층 중 한 명이 잠시 자리를 비운 틈을 타서 그들의 역사를 알 수 있었습니다. 그들의 역사 안에 모든 비밀이 숨겨져 있었습니다. 그들의 모든 것을 이해하고 알 수 있는 열쇠는 역사였습니다.

국가통제시스템은 언론뿐 아니라, 사회의 여러 분야에도 적용이 되었습니다. 그러나 완벽한 것은 아니었고, 그것은 지도층도 잘 알고 있었습니다. 바로 여기서, 그들의 사회를 통제하는 핵심 개념이 드러납니다.

직업의 변경이나 거주 이전의 자유 등은 늘 국가통제시스템의 변수로 작용합니다. 물의 정령들은 태어나는 아이들에게 적합한 직업과 인생을 설계하여 최대다수의 최대행복을 추구하는 시스템을 생각했으나, 그것을 이루지 못했습니다. 그들은 거주 환경이 다르고, 저마다 타고난 특성의 차이가 있었으며, 물의 차원은 그들 외에 다른 존재도 많이 살고 있습니다. 물의 정령들이 완전히 고립되어 살아가지 않는 한, 외부와 내부의 변수를 모두 통제하고 계산할 수 없었기 때문에 그들은 모든 정령의 삶을 설계하는 시스템을 만드는 것은 불가능하다는 것을 알고 있었습니다. 거기다가 국가통제시스템은 비공식적으로 운용되어야만 했습니다. 그래서 국가통제시스템은 드러낼 수 있는 자신의 하위 도구를 만들었습니다. 그것이 바로 '법'입니다. 그들이 법을 왜 그렇게 중요하게 여기느냐? 그 답이 나온 것입니다.

그들의 사회는 최고지도자도 매뉴얼을 따라야 하며, 매뉴얼은 법을 기반으로 하여 만들어졌습니다. 그래서 법이 최고라고 생각할 수 있는데, 사실 법이란 국가통제시스템 중 일부가 드러난 것에 불과합니다. 진정한 힘은 지도층이 설계하는 국가통제시스템에 있으며, 그들이 필요하다면 법은 언제든지 바뀔 수 있습니다. 법은 국가통제시스템을 위한 무기와도 같습니다. 먼 곳에 있는 적을 공격하는 활, 적을 찌르는 창, 적을 베는 도끼처럼 법은 국가통제시스템을 위해 변화무쌍하게 활약했습니다. 일반 물의 정령들이 법을 이해하기 어려운 이유는 그 법의 기반이 되는 국가통제시스템을 모르기 때문입니다. 법을 다루는 판사 등 하위 관료들은 엄격한 심사를 통과한 자들이었는데, 그 심사 중에는 침묵 서약이 포함되어 있습니다. 시스템에 대해 대중에게 언급하는 자는 늘 사고로 죽었습니다.

법을 만드는 세습 지도층 출신의 고위 관료들은 자신들이 보유한 국가통제시스템에게 유리한 법적 해석과 판결, 그것이 가져올 사회적 파급효과가 어떻게 그들의 사회를 변화시킬 것인지에 대해 고민하고 법을 만들게 됩니다. 이 과정에서 뛰어난 수학자들을 이용해서 변수와 많은 연산을 하게 됩니다. 법을 만들 때 가장 중요한 것은 국가통제시스템이 결정한 내용을 제대로 반영할 수 있는가? 입니다. 개인에 대한 감정, 동정심, 사랑, 자비 등은 판단을 왜곡할 수 있기 때문에 배척당합니다. 지도층은 수학을 배우지 않지만, 국가통제시스템의 운용이나 법의 집행과 관련된 분야에서는 숫자가 필요합니다. 그 분야가

서민층이 하급 지도층으로 진출하는 입구가 되는 것입니다. 국가통제시스템과 법의 관계, 그것이 그들의 세계를 다스리는 핵심이었습니다. 지도층은 국가통제시스템을 다루는 정령들입니다. 그리고 그들은 드러나지 않는 지위를 가지고 있습니다. 일반 대중들이 만날 수 있는 정령들은 법을 다루는 정령들이며, 그들은 드러난 지위를 가지고 있습니다.

물의 정령계는 국가의 위치나 크기에 상관없이 국가통제시스템과 법의 상하관계가 동일합니다. 난 그것이 매우 놀라웠습니다. 어떻게 모든 국가가 국가통제시스템의 하위 수단으로 법을 운용하는가? 그 답도 숨겨진 역사 속에 있었습니다. 최초의 지도층이었던 물의 정령들은 자신들의 선조가 국가통제시스템이 만들어지기 이전 민주주의의 그늘 아래 숨어서 얼마나 많은 노력을 해왔는지 공공연히 말했다고 합니다. 그들이 국가통제시스템을 만든 것은 민주주의의 단점과 그를 극복할 수 있는 통치 체제를 만들고자 하는 열망에서 기인되었다고 합니다.

민주주의는 그것이 올바로 실행될 때만 가치 있는 정치제도입니다. 현명한 유권자와 능력 있는 후보자를 통해 대중의 의견을 반영하고 다수가 존중받는 사회를 만들 수 있습니다. 그러나 일부 엘리트 지도자들은 민주주의의 단점을 인식하고 이를 대체할 또 다른 정치제도가 필요하다는 의견을 나누었습니다. 그들이 인식한 물의 정령들의 민주주의의 단점은 아래와 같습니다.

첫째, 민주주의의 중심인 국민을 지배하는 것은 간단한 방법이라는 것입니다. 국민의 판단은 언론을 통해 선동하기 쉽고, 언론은 자본을 통해 지배할 수 있습니다. 물의 정령들은 평소 정치에 대한 관심이 부족했습니다. 그러다 보니 선거철에만 후보를 검증하였고, 언론에 의해 많은 표가 좌우되었습니다. 결국 국민들의 표는 언론에 의해 움직인 것이죠. 언론사는 광고를 통해 먹고 사는데, 이 광고를 쥐고 있는 것은 자본가들입니다. 결국 돌고 돌아서 돈 많은 자본가들이 원하는 선거결과를 만들어 낼 수 있습니다. 자본 및 그와 결탁한 언론이 선거결과를 통제하며, 선출직 정치인은 자신의 권력을 유지하기 위해 결국 자본가의 노예가 되어 버립니다. 어떤 정치인도 언론과 자본가를 상대로 싸울 수 없습니다. 이것은 오랜 역사를 지닌 민주주의 국가에서 나타나는 현상입니다.

둘째, 대중의 눈치를 보고 표를 구걸하는 정치인들입니다. 정치인들은 유권자들의 입맛에 맞는 정책을 만들어서 표를 얻는 것이 중요할 뿐, 국가에 필요하더라도 자신이 비판받는 정책은 시행하지 않습니다. 거기다가 유권자들은 국가를 위한 정책이라고 생각되어도 나와 내 가족에게 해가 되면 반대합니다. 종신직이거나 힘이 있는 지도자라면 그들을 설득하거나 무시하면서 정책을 추진할 수 있습니다. 그러나 임기의 한계가 있는 지도자는 표를 얻지 못하고 낙선되며 정치인에게 낙선이란 곧 끝입니다. 지도자는 표를 얻기 위해 대중의 눈치를 살펴야 하는데, 대중은 합리적인 존재가 아닙니다. 결국 국가의 정책은 부화뇌동하는 대중의 입맛이나 많은 유권자가 속해 있고, 단결력이 강한 일부 단체들에게 끌려 다니게 됩니다. 이것은 민주주의 국가에서 늘 나타나는 현상입니다.

셋째, 중우정치가 날리는 다수결의 한 방입니다. 다수결은 정답과 동의어가 아닙니다. 다수결의 원칙이란 모두가 합리적인 판단을 한다는 것을 근거로 하여 만들어진 것입니다. 모두가 멍청한 선택을 한다면, 다수결은 아무 의미가 없습니다. 그런데 물의 정령들은 정치에 별 관심이 없었기 때문에 합리적인 판단 및 선택을 하지 않았습니다. 그들 중 똑똑한 이들은 자신에게 이익을 가져오는 자에게 투표했고, 멍청한 이들은 언론에게 선동당해 투표하였습니다. 그런 이들에게 아무리 많은 지지를 얻어봤자, 의미가 없습니다. 다수가 지지한다고 하여 훌륭한 지도자가 되는 것이 아니고, 좋은 정책이 되는 것이 아닙니다. 무엇보다도 국가에 치명적인 것은 그 결정이 절대성을 갖는다는 것입니다. 시간이 흐르고 상황이 달라져도 과거 다수의 결정이라고 하면 불변의 진리인 것처럼 인식이 되어 버리죠. 거기다가 아무리 좋은 정책이라도 다수가 반대하면 시행되지 못하고, 나쁜 정책이라도 다수가 찬성하면 시행됩니다. 결정권을 갖는 이들이 정책을 판단한 능력을 갖추지 못했을 때, 다수결은 가장 큰 재앙을 불러오는 정치제도입니다.

넷째, 수시로 바뀌는 지도자와 정책의 방향입니다. 민주주의 국가의 지도자는 10년이나 20년 이상이 필요한 장기적인 정책을 수립하지 못합니다. 그 정도 임기가 보장되지 않기 때문입니다. 그들은 짧은 임기만을 채우고 물러나기 때문에 단기간에 성과가 보이는 정책에 집착합니다. 짧은 인내를 거치면 달콤한 열매가 기다리더라도 짧은 인내의 기간이 그들의 임기 이후라면 정치인들은 인내할 수 없습니다. 운이 좋아서 재선된다면, 그 열매를 취할 수 있지만, 그렇지 않다면 자신들이 공들여 키운 열매를 다음 사람에게 넘겨야 합니다. 최악의 경우, 본인이 비판을 감수하면서 키운 열매를 적이 가져갈 수도 있고,

나와 뜻이 다른 이가 가져갈 수도 있습니다. 정치인들은 그것을 참아내지 못합니다. 그들은 자신의 임기 내로 열매가 열릴 수 있는 정책만을 추진합니다. 그래서 늘 3년이나 5년 이하의 단기계획만을 수립하니 국가가 발전하는데 한계가 있습니다. 만일 지도자가 장기적인 국가의 발전을 위해 수십 년을 집권하려 든다면 그는 독재자로 불리게 됩니다. 장기집권에 성공한 지도자는 자신의 초심을 잃고 진짜 독재자가 되기도 합니다.

다섯째, 정권획득을 위해 탄생한 괴물, 정당입니다. 정당은 뜻이 같은 정치인들의 조직으로 정권 획득을 목표로 탄생했습니다. 즉 모든 일에 정치논리가 우선한다는 것입니다. 정권 획득 앞에서 국가의 이익이나 국민의 이익은 뒷전으로 밀려나 버립니다. 그것은 진보나 보수 모두 마찬가지입니다. 정권 창출이 불가능한 정당은 존재의미가 없습니다. 만일 정권획득을 위해 국가의 이익을 포기해야 한다면, 모든 정치인은 예외 없이 국가의 이익을 포기합니다. 그들은 정권을 쥐면 자신들이 잘할 수 있다고 믿습니다. 그러나 그 과정에서 잃어버린 국가의 이익을 되찾을 생각은 없습니다. 그들은 그것이 마땅히 지불해야할 대가 중 하나라고 여깁니다. 특히 정당의 생존이 걸린 긴박한 상황이 발생하게 되면, 정의로운 개인이라도 비겁한 조직원이 될 수 있습니다. 무엇보다도 정권을 잃어버렸을 때 비참함을 겪은 정치인들의 경험이 그들의 논리를 정당화시켜 줍니다. 그들은 자신들의 권력을 잃고 야인이 되어 변방으로 밀려나는 것보다 국가가 망하는 것이 낫다고 생각합니다.

그 외 여러 이유로 지도층의 선조들은 민주주의를 버리고 국가통제시스템을 통해 모든 것이 결정되는 새로운 체계를 만들기로 결정했습니다. 물론 그들은 민주주의 국가에서 부와 권력을 독점한 최상위 계층이었기에 국가를 바꿀 힘이 있었습니다. 앞에서 말한 언론을 움직이는 자본가들이 지도층의 선조였습니다. 민주주의에서 국가통제시스템이 다스리는 형태로 정치체제는 바뀌었지만, 지도층은 변하지 않았습니다.

민주주의를 변화시키기 위해 지도층의 선조들은 천천히 치밀하게 움직이기 시작했습니다.

그들은 먼저 교육을 바꾸었습니다. 언제부터인가 평범한 물의 정령들은 역사와 철학이 돈을 벌 수 없는 배고픈 학문이라고 인식하게 되었습니다. 그들은 어떻게 하면 돈을 더 많이 벌 것인가, 어떻게 하면 좋은 회사에 취업하여 권력과 지위를 가질 것인가, 이를 어떻게 대물림할 것인가에 대한 것을 중요하게 여기게 되었습니다. 돈이 최고라는 철학이 학교와 사회에서 배울 수 있는 유일한 가르침이었습니다. 그리고 그들이 제거해야 할 가치를 파렴치한 범죄자들과 연결시켰습니다. 예를 들어서 연쇄 살인범이 나타나면, 그 살인범이 즐겨 보는 책은 역사책이었다는 방송을 하는 것입니다. 그러면 역사책은 살인범과 관련이 있다는 인식이 퍼지게 되는 것입니다. 이 과정은 수백 년에 걸쳐서 교묘하게 진행되었습니다. 결국 물의 정령이 스스로의 존재 자체에 대해 고민하거나 가난해도 행복한 인생을 살아야 한다는 생각은 세대에서 세대를 넘어가면서 점차 사라졌습니다. 서민층은 몰랐지만, 지도층의 선조들은 대를 이어가면서 작업을 계속하였습니다. 물의 정령계는 자신의 인생을 어떻게 살 것인가에 대해 고민하기보다 얼마나 치밀하게 계산해서 자신과 후손의 인생을 위해 많은 것을 얻을 것인가 하는 것만을 추구하게 되었습니다. 그리고 교육은 돈을 벌기 위한 지식 제공 및 학연, 학위라는 간판 등을 마련하는 수단으로만 존재하게 되었죠.

돈이 중요한 가치가 된 그들 사회는 화폐시스템도 변경했습니다. 그들은 특별한 고액권을 만들었습니다. 그 고액권을 소유하는 것은 곧 지도층의 후보심사에 오를 자격이 된다는 것을 의미했습니다. 물의 정령들은 모두가 그 화폐를 가지고 싶어 했습니다. 그들은 그것을 부끄럽게 여기지 않았습니다. 돈을 버는 것은 자신의 인생을 충실히 살아가는 최고의 방법이며, 사랑하는 가족을 위한 의무라고 생각했습니다. 오히려 돈을 벌지 못해도 자신이 하고 싶은 일을 하거나 정부의 정책에 의문을 품고 저항하는 것은 가족과 친구들을 외면하는 이기적인 생각이라고 비난받게 되었습니다. 그런 삶을 살게 되면, 돈을 벌지 못하고, 남에게 경제적으로 의존해야 하며, 결혼하더라도 배우자를 고생시키게 되고, 자식에게 신분상승의 기회를 주지 못했습니다. 그런 정령들은 매우 이기적인 정령들이 되었고, 몇 세대가 지나자 그런 정령들은 거의 찾아볼 수 없게 되었습니다. 간혹 그런 정령들이 나타나는 경우도 있지만, 그를 대비한 매뉴얼은 국가의 창고에 넘쳤습니다. 그런 정령들은 각종 흉악범죄와 연관 지어졌고, 지도층이 제거하길 원하는 가치와 함께 사라졌습니다. 자유, 평등, 개성 등은 몇 세대에 걸쳐서 수많은 흉악범죄자들이 숭배하는 가치로 선전되었고, 사회적인 지탄과 함께 사라지게 되었습니다. 최초의 지도층과 그 선조들은 새로운 형태의 조직을 만들어낸 정령들이었습니다.

돈이 모든 것을 지배하는 세상이 되자, 지도층은 돈을 이용해서 국가통제시스템을 만들고, 그 시스템을 통해 실질적으로 사회를 지배하려는 시도를 하게 됩니다. 그리고 이 시스템이 효과적이라는 것을 알게 되자, 그 시스템을 활용할 수 있는 방향으로 법을 고친 것입니다. 즉, 합법적인 모든 행정조치가 시스템의 도구가 된 것입니다. 그들이 원하는 만큼 법이 고쳐지자, 지도층은 전면에 나서서 그들의 실체를 확인시켜 주었습니다. 그것은 역사적인 순간입니다. 바로 그 순간부터 역사가 존재했기 때문입니다. 그들이 자신들을 잠시나마 드러내었다는 것은 이미 평범한 물의 정령들은 지도층과 시스템에 대해 사고할 능력이 사라졌다는 것을 의미합니다. 한 국가의 지도층을 견제할 수 있는 존재들은 다른 나라의 지도층들뿐이었습니다. 결국 그들은 국가통제시스템을 전면에 내세워서 정치, 사법, 교육, 경제를 통제하였고, 언론의 침묵 아래 민주주의를 삼켜버렸습니다. 물의 정령들의 민주주의는 그렇게 조금씩 잠식되어 사라졌습니다.

　"결국 자본주의가 민주주의를 삼켜버렸다는 것이군."
　"예. 사람들은 종종 자본주의와 민주주의를 비슷한 것으로 혼동하지만, 자본주의는 돈이 경제의 중심이 되는 경제적인 개념이고, 민주주의는 국민이 국가의 주권을 행사할 수 있는 정치적인 개념이죠. 다른 것입니다. 그런데, 물의 정령계는 돈이 국민의 주권을 제압했습니다. 자본가가 민주시민을 지배하게 된 것입니다."
　"흠… 자본주의와 민주주의의 차이를 좀 더 쉽게 설명할 수는 없나? 내 생각에 자네는 그럴 수 있을 것 같은데…. 방금 했던 말은 이해하기 어렵다네."

"아! 잠시만요. 그것에 대해서 누가 했던 말을 메모했던 종이가 있습니다. 찾아볼게요."

산초는 서랍을 열고, 노란색 메모지를 뒤적거렸다. 그는 메모 한 장을 꺼낸 뒤, 자리에 앉았다.

"영국 좌파 정치인 중에 토니 벤이라는 사람이 있죠. 인생이나 경력은 나중에 말해도 되고, 그 사람이 자본주의와 민주주의에 대해 했던 말이 있어요. 사람마다 받아들이는 것이 다르겠지만, 내가 들어 본 말 중에서 가장 명확하고 간결한 표현이죠."

"토니 벤이 한 말이라고 하니, 나도 기억나는군. 그 말을 듣고, 한때 정치적 이념이 흔들렸었지. 그때도 지금도 나는 중도 성향이지만, 당시 그만한 정치인이 전 세계에 몇 명만 더 있었다면, 난 중도 성향이 아니었을 거야."

"음, 당신이 알고 있을 줄 알았어요. 물의 정령계의 역사를 보니, 자본이, 아니 돈이 모든 것 위에 군림했던 바로 그 시기에 모든 것이 변했더군요. 물의 정령들이 자본주의와 민주주의의 차이에 대해서 조금이라도 이해했더라면, 가난해도 다수였던 자들이 이에 저항했겠죠. 그런데 그들은 아무 저항 없이 돈에게 굴복한 국가와 법 안에 스스로 걸어 들어가서 노예가 되었습니다. 그것은 분명히 잘못된 일이었습니다."

"그렇지. 맞아. 잘못된 일이지만, 그것은 자본주의의 입장에서 볼 때 전혀 중요한 것이 아니지."

"그래서 토니 벤이 했던 말이 생각난 겁니다. '자본주의는 옳고 그름을 판단기준으로 삼지 않는다. 있는가, 없는가에 대해 고민할 뿐이다.'라는 말이죠. 결국 자본주의의 논리대로 그들의 사회가 변한 것입니다. '있는가?'가 '옳은가?'를 이긴 것입니다."

"지금 생각해도, 안 된 일이라네. 만일 인간 사회가 그렇게 되었더라면… 생각만 해도 끔찍하군. 사실 난 물의 정령의 역사는 보지 못했다네. 결국 민주주의를 집어 삼킨 자본가들의 후손이 지금의 지도층이 된 것인가?"

산초는 메모를 서랍에 넣고 다시 이야기를 시작했다.

그런데, 최초의 지도층은 지금 사라졌습니다. 그들은 실수를 했고, 다른 지도층들에 의해서 축출되었기 때문입니다. 최초의 지도층이 초기에 국가의 권력을 강화하기 위해 자주 사용하던 방법은 '외부의 적 만들기'였습니다. 그 당시만 해도 외부의 적 만들기는 국민들을 하나로 모으는 데 아주 효과적인 방법이었습니다. 그러나 외부의 적만을 강조하는 것은 매우 어리석은 행동임을 그들은 곧 깨달았습니다. 물의 정령들은 자극에 대한 면역이 강해서 비슷한 자극을 반복하는 것만으로 지도층이 원하는 만큼의 사회적 결과를 가져오기 않았기 때문입니다. 외부의 적에 대한 두려움을 바탕으로 국가통제시스템에 빨리 적응하기를 강요했던 지도층들은 그들이 생각했던 것만큼 서민층이 외부의 적을 두려워하지 않자, 크게 당황했습니다. 그것은 지도층 내부의 큰 변화를 가져왔습니다. 외부의 적을 이용해서 내부의 문제를 해결하려는 지도층은 무능함의 상징이 되었습니다. 거기다가, 자신들을 드러내었던 그들은 표적이 되기 쉬웠습니다. 결국 그들은 바로 아래에 위치했던 하위 지도층에 의해서 모두 밀려나게 되었습니다. 국가통제시스템으로 국가를 지배하도록 설계한 최초의 지도층은 자신을 드러내고, 국민의 충성심을 고취시키는 방법을 잘못 선택한 대가로 완전히 사라진 것입니다. 그들에 대한 철저한 숙청은 이 세계의 지도층이란 어떤 존재들인지, 그들의 숨겨진 면모를 보여주는 것이었습니다. 대다수 미개한 사회는 그런 지도층도 잘 살아남아 그 힘을 자손들에게 물려줄 수 있었지만, 물의 정령들은 그렇지 않았습니다. 하나도 남김없이 모두 죽였습니다.

기존 지도층을 멸망시킨 새로운 지도층은 조직의 소중함을 깨닫게 하기 위한 방법으로 개방과 교류를 선택했습니다. 그들은 외부의 초라한 물의 정령 사회와의 교류를 통해서 현 사회에 살고 있는 정령들이 자신의 사회가 얼마나 발전하고 훌륭한 사회인지를 스스로 깨닫게 하는 방법을 선택했습니다. 물의 정령들은 자기들이 속한 국가에 대해 자부심을 가지게 되었습니다. 이것은 성공적이었습니다. 물론, 자기들보다 우수한 외부사회와의 교류는 적절한 시기에 단절하였습니다.

그와 동시에 새로운 지도층들이 가장 심혈을 기울여 시행한 작업이 있습니다. 언젠가 자신들이 잘못된 판단을 했을 때, 다른 지도층들이 자신들을 제거할 수 없도록 안전장치를 만드는 것이었습니다. 그래서 책임을 국민 모두가 분산하고, 지도층이 책임을 지지 않는 그들의 문화가 나타나게 된 것입니다. 지도층이 하는 판단은 평가되지 않으며, 결코 틀리지 않다는 국가의 불문율이 탄생한 것은 현 지도층의 선조가 만든 안전장치였습니다. 그리고 그것을 가능하게 한 국가통제시스템은 지도층의 면책권이 확립된 이후, 모든 물의 정령들이 가진 권리

위에, 무소불위의 권력이었던 돈 위에 군림하게 되었습니다.

역사를 이해하니, 그들의 세계가 보였습니다. 민주주의의 시대에 힘 있는 자들은 자신을 숨긴 채 국가를 지배하기 위해 돈이 전부인 세상을 만들고, 비밀리에 통제시스템을 만들었습니다. 통제시스템이 완성되자, 그들은 시스템의 하부구조인 법을 만들고, 세상에 모습을 드러냈습니다. 그 시점부터 지도층과 서민층간의 영원히 메울 수 없는 차이가 나타난 것입니다. 그러나 최초 지도층은 서민층을 대상으로 한 사회실험에서 실패하여, 새로운 지도층에 의해 제거당했고, 새로운 지도층은 같은 역사가 되풀이되지 않도록 제도적인 책임회피문화를 만들어낸 것입니다. 그들이 이전의 역사를 모두 파괴하여 선사시대로 만든 이유가 여기 있었습니다.

나는 그들의 세계에서 재미있는 것도 몇 가지 배웠습니다. 생각나는 대로 말할 테니, 좀 두서없더라도 알아서 이해해 주시기 바랍니다.

물의 정령들은 자기들의 수명을 대략 알 수 있습니다. 그들의 수명은 1천 년 내외인데, 죽기 전에 급속한 노화가 진행됩니다. 그들의 형체가 탄력을 잃고 매우 물렁물렁해지는 것입니다. 한 번 그런 정령을 본 적이 있는데, 그는 자신의 죽음이 왔음을 알고, 주변 사람들에게 인사를 한 뒤, 모든 재산을 다른 사람들에게 물려주고, 생을 마감했습니다. 인간들도 자신의 죽음을 며칠 전에 알게 된다면, 얼마나 좋을까 하는 생각이 들었습니다. 대다수는 자신의 삶을 정리할 시간을 확보하고, 조금은 편안한 마음으로 세상을 떠나겠지요.

그들은 인간들처럼 동족의 잘못에 대해 사형 선고를 내리는 제도가 있습니다. 보통 동물의 세계는 법에 의한 판단이 없고, 잘못을 했다고 해서 죽이는 일은 없습니다. 하지만, 그들은 달랐습니다. 그들은 국가나 시스템에 위협을 초래하거나 법을 많이 어긴 자들을 사형에 처했습니다. 침묵 서약을 어긴 관료나 패전의 원인이 된 군인들도 사형당했습니다. 그들의 사회 통제가 잘 이루어지는 것은 엄격한 처벌과 확실한 사형집행에서 기인한다고 볼 수 있습니다. 그토록 책임을 회피하고 분산하는 제도가 있음에도 누군가에게 책임을 물을 일이 생긴다면, 그 누군가는 가벼운 처벌로 끝나지 않습니다.

그들은 유형 문화재보다 무형 문화재를 좋아합니다. 웅장한 건축물이나 정교한 세공품보다 노래나 문학, 춤을 더 좋아하는 것입니다. 아마 모든 것이 통제된 사회에서 본능적으로 느끼는 답답함이나 자유의지의 대한 갈망을 문화생활을 통해 해소시키는 것 같습니다. 지도층도 문화생활은 그리 통제하지 않습니다. 문화라고 해도 약간의 춤과 노래, 글과 공연 등으로 우리가 보기에는 매우 소소한 수준입니다. 그것은 창의성의 발현이 될 수 있지만, 문화 분야에 종사하는 것으로 생활을 영위하는 것은 불가능하기 때문에, 전업으로 일하는 정령들은 없습니다. 문화예술은 국가통제시스템으로 예측할 수 없는 결과를 만들어내기도 하지만, 그 정도의 변수는 지도층의 영향력을 벗어나지 못하는 것 같습니다.

그들은 사회 환경을 구축하는 것을 매우 중요하게 생각합니다. 그들은 모든 것이 완벽하고 선한 사회는, 완벽하고 선한 것을 창조해낼수 있다고 생각합니다. 그들의 사상 속에 깊이 뿌리박힌 이 믿음이 어쩌면 국가통제시스템의 기원이 되었을 지도 모릅니다. 그들은 거짓과 악이 가득 찬 사회는, 거짓과 악만을 창조한다고 생각합니다. 그렇기 때문에 그들의 사회는 빈곤, 질병, 기아 등의 문제를 해결하는 데 매우 적극적입니다. 정치에 관한 이야기만 들으면 그들은 통제된 사회에서 불행하게 살아가는 것 같지만, 실제 그들의 모습은 그리 불행하지 않습니다. 그것은 그들이 구축한 사회 환경 덕분입니다. 그들은 학력과 직업, 거주지역 등에 상관없이 누구나 일을 하면 먹고살 만한 사회제도 속에서 살아가고 있습니다. 또, 국민들이 현실에 만족감을 느끼는 것은 혁명이나 쿠데타가 일어나지 않게 하기 위한 절대적인 조건이기도 합니다. 지도층의 안전을 위해서인지, 그들의 국민성이 원래 그러해서인지 알 수 없지만, 그들의 사회는 선진 복지국가만큼이나 살기 좋은 면도 가지고 있습니다. 비현실적이지만, 그들의 믿음을 인간들에게도 좀 나누어주고 싶다는 생각이 든 적이 있습니다.

그들의 사회는 매우 특이한 점이 있는데, 종교가 없다는 것입니다. 지도층들은 종교를 통해 얻는 인간 본질에 대한 깨달음이나 철학적 사고가 사회를 유지하는 데 위협적이라고 생각했던 것 같습니다. 또, 종교적 믿음으로 무장한 광신도들을 그들의 국가통제시스템으로 통제하는 것이 불가능하다고 생각했을 것입니다. 종교에 대한 믿음은 이성과 논리를 필요로 하지 않습니다. 종교는 지도층이나 국가통제시스템보다 더 높은 지위를 가질 수 있습니다. 그것은 물의 정령 지도층들에게 절대 일어나서는 안 될 비극으로 여겨질 것입니다. 맹목적으로 종교를 믿는 자세를 잘 활용한다면 사회에 도움이 된다고 생각할 수도 있겠지만, 종교와 사회가 추구하는 방향이 같지 않다면, 종교는 사회를 붕괴시키는 기폭제가 될 수도 있습니다. 우리는 종교의 차이로 인해 분열된 여러 국가들을 보았고, 종교가 붕괴시킨 나라도 알고 있습니다. 로마가 동과 서로 분열될 때, 중국의 한나라나 원나라 등 몇몇 왕조가 붕괴될 때, 외적이 아닌 종교가 결정적인 역할을 했음을 부인할 수 없을 것입니다. 그리고 종교가 있는 국가의 성직자들은 늘 지도층에서 군림했습니다. 지도층으로서는 굳이 자신의 라이벌이 될 성직자들을 양성할 이유가 없을 것입니다. 다행히 물의 정령들은 매우 이성적이기에 종교가 없는 사회에서도 잘 살고 있습니다.

아! 내가 그들과 인간들의 민주주의에 대해 토론하다가 한 방 먹은 이야기를 했던가요? 나는 그들에게 인간들의 민주주의가 얼마나 우수한지에 대해 한참 설명한 적이 있습니다. 그러자 그들은 민주주의가 그렇게 뛰어난 정치제도이고, 전 인류에게 꼭 필요한 것이라면 그 민주주의를 활용해서 환경, 기아, 질병, 종교 등의 사회문제 중 무엇을 해결할 수 있냐고 물었습니다. 나는 기아나 질병은 정치의 영역이 아니라고 대답하려다가 말문이 막혔습니다. 훌륭한 정치를 하는 나라가 기아로 고통받지는 않잖아요? 민주주의가 질병으로 죽어가는 국민들에게 치료약을 제공해 주는 것도 아니지 않습니까? 나는 결국 아무 대답도 못하고 그냥 인간들에게 어울리는 제도라고 대답했습니다. 그 이후 민주주의의 단점과 인간들의 단점에 대해 그들의 이야기를 들어야만 했습니다. 내가 나중에 좀 더 공부한 뒤에 다시 물의 정령계를 찾아가서 민주주의가 얼마나 위대한 정치제도인지를 꼭 이야기할 겁니다.

내가 머물 수 있는 체류기간이 거의 끝날 무렵, 그들은 나에게 치유마법과 동식물 및 정령들과 대화할 수 있는 마법, 물을 술로 바꾸는 마법 등을 알려주었습니다. 나는 지도층과 그들의 사회를 보면서 자신의 책임을 남에게 전가하지 않는 당당함을 배웠습니다. 지도층이나 정부의 권위, 언론에서 하는 이야기에 무조건 복종하지 않고, 나 스스로 판단하는 이성적인 사고가 필요하다는 것을 배웠습니다. 소수의 지배에 의해 무지하게 살아가는 다수에 대한 동정심을 배웠습니다. 기계적인 시스템을 통해 살아 있는 존재들을 통제하려드는 오만을 경계하게 되었고, 정치인들의 이상한 행동은 그 이면에 숨겨져 있는 거래의 대가라는 것을 알았습니다. 법은 소수계층을 위해 악용될 수 있음을 알게 되었고, 정치적으로 중요한 대립이나 사안의 결정 과정은 보이는 것이 전부가 아니라는 것을 배웠습니다. 나는 그것이 물의 정령에게만 한정되는 이야기가 아님을 알았습니다. 인간 사회에서 서민층을 구성하는 인간들이 소수의 지도층에게 기회를 주면, 인간의 지도층도 사회통제시스템을 실험할 것이라는 의심을 갖게 되었습니다. 그래서 서민층에게 언제나 정신 차리고 있으라고 외쳐야 함을 배웠습니다.

물의 정령계를 떠난 뒤, 나는 바람의 정령계로 날아갔습니다. 그곳에서 만난 정령의 왕에게 내가 배운 것과 들은 것을 모두 설명해 주었습니다. 그러자 정령의 왕은 그런 통제시스템을 바람의 정령들에게 사용할 수 없다고 말했습니다. 부와 권력을 가진 지도층은 타락하게 마련이며, 국가의 법규와 비공식적인 시스템이 지도층을 위해 존재한다면, 그들은 견제불가능의 신처럼 군림하게 될 것이라고 했습니다. 지도층은 법적으로 완전무결하지만, 그들도 잘못된 판단을 할 수 있으며, 그 판단은 국가를 멸망하게 할 수도 있다고 말했습니다. 그리고 그는 조직이나 국가는 절대 선이 될 수 없다고도 말했습니다. 법 이면의 시스템이 있는 것처럼, 지도층 이면에도 숨겨진 그들의 조종자가 있을 것이며, 결국 국가는 한 사람의 손아귀에서 놀아날 것이라고 했습니다. 그는 불의 정령계와 물의 정령계에 대해 실망감을 감추지 않았습니다. 그는 내게 마지막으로 땅의 정령계를 여행해 줄 것을 부탁했습니다.

대지의 차원

산초의 이야기가 끝나자, 뻐꾸기시계가 두 번 울었다. 존이 산초에게 자고 일어나서 아침에 이야기를 계속하자고 말했기에 둘은 잠자리에 들었다.

다음 날 아침, 산초는 일찍 일어나서 손님 접대를 준비했다. 그는 땅콩버터를 바른 토스트를 내왔고, 비빔국수와 삶은 계란을 준비했다. 로즈마리 허브차와 아몬드 쿠키, 사과와 귤을 꿀에 담가 만든 샐러드를 식탁 위에 차려놓았다. 식사를 준비하고, 차 한 잔을 마시자, 존이 일어났다. 존은 선물로 가져온 말린 베이컨 몇 조각을 토스트 접시에 꺼낸 뒤, 산초가 차린 음식들로 아침식사를 시작했다. 그들은 잡담을 하면서 느긋하게 밥을 먹었고, 후식까지 먹은 뒤에 산초의 방에 들어갔다.

"존. 내가 궁금한 게 있는데 대답해 줄 수 있나요?"

"물론이지. 호기심은 좋은 거지. 자제할 수 있다는 전제하에서…"

"당신이 여기 온 이유와 앞으로 우리가 해야 할 일이 무엇인가요?

당신과 나 이외에 이런 능력을 가진 사람들이 많이 있나요? 내가 그들을 만날 수 있나요? 어떤 사건을 시작으로 우리와 같은 사람들이 나타나게 된 것입니까?"

"흠… 간단하게 말할까? 자세하게 말할까?"

"간단하게 말해도 됩니다."

"좋아. 자네가 땅의 정령계에 다녀온 이야기를 끝낸 다음 자네의 궁금증을 해결하도록 하지. 생각보다 대단할 수도 있고, 허무할 수도 있는 이야기라네."

"땅의 정령계 말이죠…."

이미 다른 정령계를 여행하고 많은 것을 배운 나에게 땅의 정령계에 가는 것은 어렵지 않았습니다. 명상을 통해 영혼과 육체를 분리한 후, 영혼을 움직여서 천천히 땅 속 깊은 곳으로 내려가기 시작했습니다. 처음에는 딱딱하고 건조한 어둠만이 내 주변을 감쌌지만, 조금씩 밝아지면서 잡담소리가 들려왔습니다. 땅의 정령들은 네 정령 중에서 가장 인간과 유사한 물리적인 형태를 가지고 있었습니다. 인간의 육체와 접촉할 수 있을 만큼 구체화된 육체를 가지고 있었습니다. 형체가 없는 바람의 정령들과 대조적이었습니다.

내가 처음 보았던 땅의 정령은 두더지 두 마리가 끄는 수레에 타고 달리고 있었습니다. 난 아무것도 몰랐기 때문에 그가 나에게 말을 걸어주기를 기다렸습니다. 그는 나를 발견하고 내게 다가와서 누구냐고 물었습니다. 나는 땅의 정령과 유사한 형태를 하고 있었는데 그는 아무 장신구도 없는 나를 신기하게 보았습니다. 나는 길을 잃었다고 말했고, 그는 나를 수레에 태워서 그들의 왕국에 데려다 주었습니다. 나는 그들의 사제들에게 인도되었습니다. 그는 내가 땅의 정령이 아닌 여행자라는 것을 알고 있었습니다. 도시에 들어오자, 어떻게 그것을 알 수 있었는지 나도 바로 알 수 있었습니다.

땅의 정령들은 누구나 몸에 많은 옷이나 장신구를 걸치고 다녔습니다. 그들은 금, 은, 보석류의 귀금속과 동물의 가죽, 뼈로 자신의 몸을 치장하는 것을 좋아했습니다. 짐승의 가죽을 벗겨 만든 겉옷, 구두, 벨트, 신발, 핸드백은 그들에게 필수품이었습니다. 벨트의 버클이나 식기류, 머리핀 등은 짐승의 뼈로 만들어 졌는데, 그들도 인간들처럼 코끼리의 어금니인 상아를 고급 재료로 여겼습니다. 구하기 힘든 악어나 짐승의 가죽은 비싼 가격에 팔렸습니다. 다른 동물의 껍질을 벗긴 뒤 약품으로 처리한 가죽이나 시체에서 살과 근육을 발라낸 뼈를 이용한 장신구를 좋아한다는 점이 인간과 비슷했습니다. 땅의 정령들은 인간보다 개체수가 적기 때문에 옷이나 장신구를 만들기 위한 목적으로 동물들을 죽여도 생태계의 균형을 파괴할 정도는 되지 않았습니다. 인간들이 필요에 의해서 동물들을 멸종시키는 것에 비할 바가 아니었죠.

사제들도 고급스러워 보이는 보석이 박힌 가죽옷을 입고 있었습니다. 사제들은 나에게 술을 권했습니다. 나는 술을 마시면서 내가 누구인지, 왜 이곳에 왔는지에 관한 이야기를 하였습니다. 사제들은 나에게 많은 조언을 해 주고 그들의 세계에 대해 알려주었습니다. 시간 순서대로 차근차근 말하려면, 아! 술 이야기부터 하겠습니다. 땅의 정령들이 마시는 술은 인간들이 마시는 술과 비슷합니다. 담그는 방법도 인간들과 비슷합니다. 그곳은 땅속이기 때문에 과일이나 꽃으로 술을 만들 수 없습니다. 그래서 그들은 식물의 뿌리를 이용해서 술을 담그거나 땅벌, 뱀, 지렁이 등을 이용해서 술을 만듭니다. 난 땅벌과 독사가 함께 있는 술을 마셨는데, 사제들 중 하나가 이것은 인간들도 즐겨 마시는 술이라면서 인간 세상의 술과 무슨 차이가 있는지 물어보았습니다. 나는 인간들이 만드는 뱀술보다 독한 것 같다고 말해 주었습니다. 사실 나는 뱀술을 마셔본 적이 없습니다. 하지만, 그들은 인간이 얼마나 다양한 동물을 죽인 뒤, 그 동물의 시체를 술에 담가 마시는지 잘 알고 있었고 내게 적나라하게 설명해 주었습니다. 그래서 그때 이후로 난 동물을 이용해서 만든 술은 절대 마시지 않기로 결심했습니다. 사제들은 나에게 먹는 것과 입는 것은 4개 정령 중 땅의 정령이 인간과 가장 유사하다고 말해 주었습니다.

그들의 도시는 빛이 들어오지 않습니다. 하지만, 지구의 깊은 땅속에서 타오르는 불빛과 연결된 구멍을 뚫었고, 그 구멍에서 비추어지는 불에 의해 빛나는 보석들을 도시 곳곳에 장식해서 빛을 반사시켰습니다. 우리들 기준에서 보았을 때, 빛이라고 하기는 어렵지만, 그들은 그 정도의 밝기만으로도 생활하는 데 문제가 없어 보였습니다. 그리고 그들의 보석이 반사하는 빛은 무척 아름다웠습니다. 도시의 일부는 푸른빛으로, 일부는 초록빛으로 일부는 붉은 빛으로 덮여 있어서, 멀리서 보면 도시 자체가 번쩍이는 무지갯빛 보석처럼 보였습니다. 다만, 그렇게 아름다운 빛의 도시는 그들의 손으로 만들어진 것이 아닙니다. 그들의 도시는 과거 두더지들이 살던 곳이었습니다. 미리 말하자면, 그들의 크기는 매우 작습니다. 보통 키는 30㎝ 정도 되며, 인간과 유사하게 머리 하나, 몸통 하나, 두 개의 팔과 다리를 가지고 있습니다. 그들은 도시를 만들기 위해 두더지를 잡아서 길들였습니다. 두더지는 그들에게 훌륭한 노동력을 제공했습니다. 두더지들의 거주지는 이미 구멍이 여러 개 있어서 건설하기에 유리했습니다. 두더지들은 땅의 정령들이 타고 다니는 수레를 끌었고, 정령들의 지휘 하에 흙을 파내어서 도시를 만들었습니다. 살아 있는 두더지는 노동력을 제공하고, 죽은 두더지는 시체를 제공하여 옷을 만들어 입거나 고기를 먹을 수 있었기 때문에 두더지는 땅의 정령들에게 매우 소중한 가축이었습니다. 그래서 지금도 그들에게 두더지는 가정마다 2, 3마리씩 키우고 있는 친구 같은 존재로 남아 있습니다.

두더지의 먹이가 되는 지렁이들은 도시 한쪽의 농장에서 대량으로 사육되고 있었습니다. 그 농장의 옆에는 땅의 정령들이 먹기 위한 벌레들이 사육되고 있었고, 그 옆에는 식물들이 재배되고 있었습니다. 도시의 절반 정도는 그들의 식량이 되기 위한 동식물들의 차지였습니다. 두더지들 중 일부는 식용으로 사용되기 위해 농장에서 사육되었는데, 땅의 정령 중 일부는 두더지를 식용으로 쓰는 것에 대해 반대하기도 합니다. 사제들은 먹는 것이 인간과 비슷하기 때문에 우리도 인간처럼 식용동물이나 식용식물을 생산하는 것에 관심이 많다고 했습니다. 인간들은 동물을 죽인 뒤, 다양한 방법으로 그 살과 내장, 뼈 등을 먹는데, 굽거나 날것으로 먹거나 삶아먹거나 다른 음식들과 볶아먹는 것 중에 무엇을 가장 좋아하는지 내게 물어봤습니다. 나는 고기를 좋아하지만, 그렇게 노골적으로 물어보니 좀 불편했습니다. 그래서 식물을 먹는 것을 좋아한다고 대답했습니다. 다른 사제 한 명이 식물의 껍질을 벗겨내서 속을 파먹거나 열매를 따 먹거나 잎을 먹거나 뿌리를 삶아 먹거나 볶아 먹는 등의 요리법을 인간들에게 배웠다고 말했습니다. 자신은 벼나 밀이라고 불리는 식물들이 자라면, 그 허리를 자르고, 그들의 열매를 털어낸 뒤, 물과 함께 삶아 먹거나 부풀려 먹는 것을 좋아한다고 말했습니다. 인간들이 먹기 위해 식물들을 재배하는 것을 본 적이 있는데, 그 엄청난 규모에 놀랐다고 했습니다. 나는 그들이 말하는 벼나 밀과 같은 음식이 인간들의 주식이라고 말하고 싶었지만, 왠지 그들의 표현이 징그러웠기 때문에 나무에서 자연적으로 떨어지는 열매를 좋아한다고 말했습니다. 그들은 내게 한 가지 더 질문을 했습니다. 지상에는 인간들의 숫자가 더 많은지, 인간들이 먹기 위해 키우는 여러 동물들의 숫자가 더 많은지에 관한 것이었습니다. 나는 잘 모르겠다고 말했습니다. 그들은 인간들의 숫자를 대략 60억 명으로 계산할 때, 식용동물들의 숫자가 그 이상이 될 것이라고 대답했습니다. 인간 열 명 중 한 명이 10일에 동물을 하나씩 먹는다고 할 때, 동물은 하루에 6천만 마리 이상이 죽는데, 인간들보다 수가 적다면, 성장하기도 전에 소, 닭, 돼지, 개, 양 등은 멸종해버리고 말 것이라고 했습니다. 그들은 수백억 마리의 동물들이 지금도 식량이 되기 위해 인간들에게 사육되고 있을 것이며, 식물들의 수는 그보다 더 많을 것이라고 했습니다. 새삼스럽지만, 인간이 지구의 지배자라는 이름 아래 많은 동식물을 잡아먹고 있다는 생각이 들었습니다. 내가 감상을 솔직하게 이야기를 하자, 갑자기 그들은 모두 나를 비웃었습니다. 그중 한 사제가 너무 웃다가 흘린 눈물을 닦으며 말했습니다.

"인간이 지구의 지배자라니, 내가 지금까지 살아오면서 들어본 농담 중에서 가장 웃긴 말이었소. 인간들이 이토록 뛰어난 유머감각을 지닌 존재들이라는 것을 진작 알았더라면, 애완인간을 몇 마리 키웠을 텐데. 이제야 깨닫게 된 것이 정말 아쉽군요."

그가 말을 마치자, 다른 사제가 내게 말했습니다.

"지구의 주인은 인간이 아니라, 우리들입니다. 새삼스럽게 이런 말을 하는 것도 우습지만, 당신이 신이라면 결점 많은 인간들에게 지구를 맡기고 안심할 수 있겠습니까? 우리가 믿는 종교의 경전에 따르면, 신은 땅의 정령들에게 지구의 모든 것을 지배할 권리를 주었다고 나와 있습니다."

나는 반박하려 했지만, 인간이 지구의 지배자라는 근거도 인간이 만든 종교의 경전이었기 때문에 일단 넘어갔습니다. 그는 계속 말을 이어 나갔습니다.

"지구의 지배자라는 것은 그냥 말만 한다고 저절로 되는 것이 아닙니다. 지구의 모든 것을 지배할 수 있는 권리를 가진 만큼 그에 수반되는 의무를 이행해야 합니다. 어리석은 자는 의무를 모른 채 권리만을 알지만, 지혜로운 자는 늘 권리보다 의무가 더 크다는 것을 알고 있습니다. 우리가 지구의 지배자가 된 것은 지구를 지키고 발전시켜야 하는 우주적 사명을 수행하기 위해서입니다. 우리는 지배자의 품격을 갖추고 사명감을 잊지 말아야 하며, 지구에게 해악을 끼치는 존재들로 부터 지구를 지켜야 합니다. 인간들은 어떤 사명감도, 품격도 갖추고 있지 않으며, 지구를 지키고 발전시키기 위한 의무도 이행하지 않습니다. 인간들은 지구의 지배자가 아닙니다."

가장 멀리 있던, 나이 많아 보이는 사제가 눈을 감은 채 내게 설교

하기 시작했습니다.

"자신이 남보다 우월하다는 생각은 늘 위험을 동반합니다. 특히 지구의 지배자라는 명칭은 더욱 위험한 것이죠. 과거 지구에는 우리나 당신들보다 더 똑똑하고 강한 존재들이 많았습니다. 당신들이 첫 번째 인류가 아니라는 것을 알고 있지요? 지금 인류는 오직 소수만이 당신처럼 다른 차원을 오가는 능력을 가지고 있지만, 과거의 인류는 대다수가 차원을 이동할 수 있었습니다. 그들은 당신들보다 몇 배나 되는 긴 수명, 강한 육체, 발전된 과학기술을 가지고 있었습니다. 하지만, 지구를 사랑하지 않아서 멸망했습니다. 현재의 인류도 화산폭발이나 지진, 해일 몇 번이면 모든 힘을 잃어버리고 거리를 떠도는 짐승이 될 것이며, 당신들이 키우거나 무시했던 동물들에 의해서 멸망할 수 있습니다. 과거의 공룡들을 보십시오. 그들은 우리들보다 더 큰 육체와 힘을 가지고 지구를 지배했지만, 지금은 존재하지 않습니다. 그들의 후예들은 공룡과 인간의 중간 형태를 가지고 있었죠. 그들은 매우 뛰어난 존재들이었지만, 지구를 발전시켜야 한다는 의무를 소홀히 했고, 결국 고대의 인간들에 의해 지배자 자리에서 밀려났습니다. 고대의 인간들은 매우 뛰어난 문명을 가지고 있었지만, 그들의 오만과 폭력성은 다른 동물과 식물들의 증오를 불러왔고, 그 증오는 결국 지구를 분노하게 만들어서 결국 그들도 멸망했습니다. 그 후 현생인류가 나타난 것이며, 우리가 지구의 지배자로 등극한 것입니다. 우리도 그렇지만, 현생인류도 언제든지 사라질 수 있습니다. 태양 아래 새로운 것은 없고, 역사는 반복되기 마련입니다. 어찌 우리나 인간이라고 예외일 수 있겠습니까? 우리들은 현재 지구의 지배자이지만, 우리보다 위대했던 선조들에 비하면 부족하다는 것을 알고 있으며, 지구의 주인이라 한들 우주적인 관점에서 볼 때 아주 미미한 존재라는 것을 알고 있습니다. 하물며 인간들은 겨우 땅 위에서만 살고 있습니다. 하늘도 모르고, 바다도 모르며, 땅속도 알지 못합니다. 지구의 껍데기 위에서 고작 몇 십 년 살다가 사라지면서 지구의 지배자를 자처하는 것은 오만한 것이 아닙니까?"

할 말이 없었습니다. 나는 지구의 지배자를 자처하는 땅의 정령들에게 날카로운 일침을 날려 줄 생각이었으나, 그의 논리는 매우 정확했습니다. 나는 어떻게 하면 그의 말에 반박할 수 있을 것인지 궁리하였습니다. 고대 인류나 공룡의 후예가 얼마나 대단한 존재인지는 모르지만, 지금 없는 것으로 보아 그들은 도태된 것이고 결국 현재 살아남은 인류가 진정한 승자라는 진화론적인 이야기를 해야 하나, 아니면 땅의 정령보다 인간이 우월함을 증명해야 하나 머릿속이 복잡했습니다. 그때 적을 알고 나를 알아야 한다는 동양의 격언이 떠올랐습니다. 그래서 나는 바로 반박하기보다 그들의 이야기를 좀 더 듣기로 했습니다.

그들은 자기들끼리 종교에 관한 이야기를 조금 나누다가, 나에게 그들의 공동체에 대해 이야기해 주었습니다. 그들의 공동체는 물의 정령계와 많은 차이가 있었습니다. 그들은 여러 개의 사회 시스템이 합쳐진 공동체를 가지고 있습니다. 그 시스템의 목적은 대중을 통제하기 위한 것이 아니라, 사회의 공동목적을 달성하기 위한 것입니다. 그것은 개인에게도 단체에게도 이로운 결과를 주었습니다.

예를 들어서 공공복지의 증진이 필요하면, 공동체 구성원 모두가 혜택을 볼 수 있는 법과 정치제도가 만들어지고, 경제적인 지원을 통해 사회기반이 구축되는 목적만을 위한 시스템이 만들어지는 것입니다. 그들의 사회시스템은 구성원의 출생배경이나 직업, 나이, 성별 등을 구분하는 대신 사회시스템이 구성원 모두를 포함한 채, 목적을 달성할 수 있도록 설계되었고, 꾸준히 진행되었으며, 문제가 발견되면 문제를 개선하는 과정을 반복하면서 완성되었습니다. 그들은 성급하지 않았고, 일부의 이익을 위해 사회시스템을 만들지 않았습니다. 그들은 사회가 추구해야 할 방향과 개인의 이익 간 합의점을 도출한 뒤, 개인을 희생시키지 않고 공동의 목적을 달성할 수 있도록 노력하였습니다.

그것이 가능했던 이유는 땅의 정령들은 모두 하나의 통치체제 아래 있었기 때문입니다. 그들 종족 모두는 하나의 집단구성원이었습니다. 국가나 부족, 개인은 그들에게 없는 개념이었습니다. 하나의 조직과 그를 구성하는 구성원이 지향하는 바는 대체로 비슷했습니다. 그들은 상징적인 왕이 하나 있었으며, 그 아래 지도층이 존재하여 지도층이 모든 정책을 기획하고 그들에게 소중한 자원과 가치를 선별해내었습니다.

그들에게 지도자란 지도층을 대표하는 상징적인 존재일 뿐입니다. 지도자는 특정 일족에서 세습되어져 내려오지만, 정치적인 실권은 없습니다. 마치 입헌군주제 국가의 힘없는 왕을 보는 것과 같았습니다. 그들은 정치적인 권력도 없고, 종교적인 힘도 없습니다. 그냥 다른 정령들보다 부유한 삶을 사는 정도이고, 당대에 잘못을 해도, 후손들에게 명예와 지위가 보장된다는 정도가 다른 것입니다. 그들을 실질적으로 이끄는 이들은 지도층입니다.

그들의 지도층은 각 직업의 경험자 및 오랜 기간 살아오면서 자신의 가치를 입증한 사람들로 구성되어 있습니다. 땅의 정령의 지도층들은 여러 덕목을 갖춘 노인들 중에서 선택되어집니다. 그들은 시험을 보았는데, 그것은 경험과 지혜를 매우 많이 축적해야 답을 찾을 수 있는 문제들로 구성되어 있습니다. 그들은 돈이 많거나 지도층 부모 아래서 태어났다고 지위를 세습하는 물의 정령들의 지도층과 상당한 차이가 있었습니다. 그들은 평생 자신이 노력해온 모든 지식과 지혜, 현재의 의지와 미래의 시간 및 노동력이라는 자신의 가치를 국가에 제공하고 지도층이 되었습니다. 그들은 후천적인 노력을 선천적인 재능보다 중요하게 여깁니다. 이 지도층은 모든 직업군에서 나타납니다. 그리고 그들은 상호 협의 하에 집단을 이끌어나갑니다.

일반적인 땅의 정령들은 태어나자마자 유전자 분석과 영적인 탐지를 통해 성향과 능력 등을 분석합니다. 그들은 가장 적성에 맞고, 재능 있는 분야에서 일을 하도록 직업이 정해집니다. 그 직업에 맞는 교육을 받고 자라며, 직업에 적합한 환경에서 살아가도록 정해집니다. 성인이 된 땅의 정령은 자신의 직업을 선택할 수 있지만, 새로운 직업을 찾는 이들은 수천 년에 하나 있을까 말까입니다. 그들이 직업을 변경하지 않는 이유는 크게 세 가지입니다.

첫째, 그들의 적성을 고려한 직업은 만족감과 보람을 줍니다. 그들은 자신이 가장 잘할 수 있는 일을 하고 있기 때문에 일에 대한 스트레스를 거의 받지 않습니다. 그러나 전직을 하게 되면, 두려움, 비숙련성 등에 의한 스트레스를 받고 일을 잘하지 못하는 스스로에게 실망하게 됩니다.

둘째, 직업의 귀천이 없기 때문입니다. 두더지나 지렁이를 키우는 자, 수레를 만드는 자, 글을 쓰는 자, 노래를 하는 자, 남을 가르치는 자 모두 평등합니다. 그들은 종족 전체가 하나가 되어서 공동체의 목표를 이루기 위해 살아갑니다. 그러기 위한 역할을 나누어 맡은 것이고, 차이가 있을 뿐 우위는 존재하지 않는다고 믿습니다. 부와 권력은 모든 직업군에 분배되어 있고, 특정 직업군에 집중되어 있지 않습니다.

셋째, 종교입니다. 그들의 종교는 그들의 모든 것을 통제하는데, 전직을 부정적으로 평가하고 있습니다. 경전은 주어진 사명을 충실히 이행하는 것이 지고의 선과 통하는 길이며, 공동체를 위한 최고의 희생이자 봉사이며, 태어난 목적이라고 말합니다.

그들은 타고난 재능과 성향의 차이가 있기 때문에 동일한 직업을 가지고 있다고 해도 동일한 능력을 가진 것은 아니며, 동일한 인생을 사는 것은 더더욱 아니라는 것을 알고 있습니다. 그래서 직업의 차이를 인정하고 존중하며, 같은 직업군 내에서도 개인의 성향에 따른 업무 형태를 인정합니다. 이런 상황에서 굳이 직업을 변경할 필요를 느끼지 못하는 것입니다.

그들은 자신의 직업군에서 뛰어난 능력을 오랫동안 발휘한 자들에게 지도층이 될 자격을 부여합니다. 자격을 갖춘 이들은 새로운 교육을 받습니다. 그것은 공동체를 유지하기 위한 철학입니다. 그 철학은 대략 다음과 같습니다.

'개인의 이익은 집단의 이익과 동일해야 한다. 땅의 정령은 대다수가 이익을 위해 행동한다. 이 본성을 변화시키기 위해 우리는 여러 연구를 했지만, 소용없었다. 선한 개인이라 하더라도 집단의 이익을 위해서는 악해질 수 있다. 따라서 개인과 집단의 이익을 일체화시키고 이익을 추구하기 위해 무엇을 해야 할지 결정하게 해야 한다. 그 선택지에는 항상 선한 답만이 있어야 하며, 그 답을 만드는 것이 지도층의 능력이다. 우리는 지구의 모든 것을 지배하도록 신에게 선택받은 종족이다. 그 품격에 맞는 종족이 되기 위해 개인의 단점을 극복시킬 수 있는 공동체를 만들어내야 한다. 그것은 지구의 지배자가 추구해야 할 의무이다.'

결국 이 철학이 진화된 것이 그들의 종교입니다. 자유와 방종, 무책임과 개인주의를 모르면 바람의 정령계를 이해할 수 없고, 폭력과 정복, 기만과 왜곡을 모르면 불의 정령계를 이해할 수 없으며, 교묘한 통제와 차별, 책임회피를 모르면 물의 정령계를 이해할 수 없는 것처럼 종교를 모르면 땅의 정령계를 이해할 수 없습니다.

그들 종족을 하나로 묶는 데 가장 큰 역할을 한 것은 종교입니다. 과거에 그들은 개인, 부족, 국가로 나뉘어져서 싸움을 했습니다. 그 당시에는 개인적인 힘, 강한 무기, 인구, 돈 등이 주요 무기였지만, 결국 모든 것을 제압하는 무기는 종교였습니다. 아무리 강한 힘이나 많은 돈도 모두를 하나의 생각 아래 단결시킬 수 없었지만, 종교는 그것이 가능했습니다. 법이나 정치제도, 통일된 경제 체제, 단일 화폐, 문화 동화, 역사 왜곡 등 조직과 개인을 하나로 모으는 방법은 많이 있지만, 그 어떤 것도 종교만큼 효과적이지 못했습니다. 그들의 종교는 마음속에 의문이 있더라도 믿음으로 이를 극복하고 모두가 하나의 생각만 하는 것을 가능하게 하는 형이상학적인 관념입니다. 마치 사랑이나 기쁨, 슬픔처럼 존재하지만 이해할 수 없고, 느낄 수 있지만 볼 수 없고, 공감할 수 있지만 정확하게 설명되어 지지 않는 존재인 것입니다. 이 신비롭고 위대하며, 모든 것을 초월하는 종교 앞에서 과학이나 이성, 철학 따위는 발아래 꿈틀대는 벌레들만도 못한 존재가 되었습니다.

나는 그들의 종교에 대해 흥미가 있었습니다. 그들은 종교의 역사에 대해 말해 주었습니다. 그들도 처음에는 인간들처럼 여러 종교가 있었습니다. 지금은 단일 종교지만, 과거의 종교적 관습들은 지금도 학문적인 목적에 한해 연구가 가능하다고 했습니다. 특히 과거 종교의 성직자들의 역할 놀이를 하는 것은 술자리에 매우 즐기는 오락이라고 합니다. 주사위를 던져서 해당 면에 적힌 종교의 성직자가 되어서 제의를 주관하는 것입니다. 지금이야, 게임 정도 수준으로 즐길 수 있겠지만, 그 종교가 존재했던 시기라면 신성모독으로 성전이 벌어졌을 것입니다. 지금 그들이 믿는 종교가 어떤 종교이기에, 과거 존재했던 모든 종교를 포용할 수 있었는지, 혹은 모든 종교를 집어 삼킬 수 있었는지 나는 종교의 역사에 대해 물어보았습니다. 종교의 교리를 먼저 들을 수도 있었지만, 물의 정령계에서 배운 지식을 나는 잊지 않았습니다. 과거를 알면 현재가 보인다는 것. 역사가 모든 것의 답이라는 것!

땅의 정령은 국가 간 통합을 통해 결국 두 개의 국가만이 남게 된 시절이 있었습니다. 그들은 사상적인 통합을 하는 것이 물리적인 통합보다 중요하다고 여겼습니다. 그래서 슬슬 여러 체제를 통합하기 시작했습니다. 화폐, 법, 언어, 역사, 정치제도 등은 천천히 하나가 되었고, 결국 두 개의 국가는 물리적인 방법을 통해 하나의 공동체가 되었습니다. 그러나 그때까지도 종교들은 정리되지 않았습니다. 당시 지도층은 종교의 생명력이 그토록 강할 줄 몰랐던 것입니다. 그들은 새로운 종교를 만들어서 기존의 종교를 모두 흡수하기로 결정했습니다. 그들은 기존 종교의 장점을 따와서 새로운 종교를 하나 창시하였습니다. 새로운 종교의 이름은 '절대선_善'이었습니다. '절대선'은 그들이 나아가야 할 이상향을 제시했고, 그 길에 이르는 수행법을 이야기하였습니다. 만인은 평등하고, 신은 위대했으며, 땅의 정령들은 많은 것을 해나가야 했습니다. 그러나 특정 종교의 선이 다른 종교의 선과 상충되는 일이 있었고, 조직보다 개인의 깨달음을 중요하게 여기는 사제들이 늘어나기 시작했습니다. 종교는 지도층의 의도한 대로 모든 정령을 하나로 통합시키는 작용을 하지 않고, 우주적 철학과 사회를 구축하는 공동선에 대한 탐구로 그들을 이끌었습니다. 그 당시만 해도 땅의 정령들은 자신들이 지구의 지배자라는 생각은커녕, 우주의 일부로서 자신들을 겨우 인식하는 단계였습니다. 지도층은 이대로 가다가는 공동체가 모조리 분열될 것이라고 걱정을 하였습니다. 그들이 종교를 만든 이유는 개인의 발전을 추구하기 위함이 아니었기 때문입니다.

지도층은 새로운 시도를 하기 위해 각 종교의 단점을 따와서 새로운 종교를 하나 만들었습니다. 그 종교의 이름은 '극복해야 할 것들'입니다. '극복해야 할 것들'은 각 종교의 과도한 포교정신, 수많은 제약, 통합할 수 없는 교리, 잘못된 교리 해석, 광신도 등을 포함하고 있었습니다. 지도층은 사이비종교들을 믿는 정령들의 심리를 착안해서 많은 신도들을 확보했고, 잘못된 믿음도 믿어야 한다는 사상을 전파하였습니다. 처음에는 성공적이었습니다. 광신도들을 확보하고 교리만 변경하면 된다고 생각하였습니다. 그러나 시간이 지나자 문제가 발생했습니다. 각 종교의 선이 다른 종교의 선과 상충되는 문제가 또 발생한 것이었습니다. 광적인 사제들은 모든 선을 포함하는 공동선에 대한 탐구로 신도들을 이끌었습니다. 결국 종교의 장점만을 모은 것이나 단점만을 모은 것이나 다를 게 없는 상황이 되었습니다. 지도층은 종교의 본질을 파악하지 못했던 것입니다. 종교는 장점과 단점이 같은 존재인 것입니다. 모든 종교가 통합되면, 그들은 서로 적당한 타협을 통해서 누구나 인정할만한 선을 향해 나아갑니다. 그것은 좋은 것이지만, 그들의 의도는 그게 아니었습니다.

그들은 최후의 카드를 꺼냈습니다. 그들은 다시 여러 개의 종교를 되살렸습니다. 그리고 가장 높은 영역의 종교를 가장 낮은 영역으로 끌어내렸습니다. 적자생존, 수많은 종교들이 싸우게 만들고 그중에서 살아남은 최후의 종교로 모든 것을 통합한다고 선언하게 된 것입니다. 그들 역사상 가장 치열한 성전이 시작되었습니다. 종교 전쟁은 그들의 수십 만 년 역사가 겪었던 그 어떤 전쟁보다도 잔인하고 치열했습니다. 지도층은 이 당시 땅의 정령들의 개체 수가 절반으로 줄었다고 합니다. 사망자 수만 따지고 볼 때, 원자폭탄이나 화학무기, 기후무기 따위는 종교의 발가락도 따라가지 못 했습니다. 수만 년간 정령들이 칼이나 창, 활에 죽은 숫자를 다 합친 것보다 그 시기에 이교도로 몰려 죽은 숫자가 몇 백 배 더 많았을 것입니다.

각 종교들은 살아남기 위해 교리를 보강하였고, 유능한 성직자를 영입했습니다. 신도들을 동원해서 이교도들을 모두 학살했고, 이를 정당화시킬 수 있는 여러 의무와 형식을 만들었습니다. 그들의 교리는 상호 비방을 통해 다듬어졌고, 살아남은 종교들은 매우 진화된 형태를 갖추었습니다. 지도층은 살아남은 진리를 모두 모아서 새로운 종교를 창설했습니다. 성직자들이 권력다툼을 하면서 문제가 좀 있었지만, '통합'이라는 목적을 이해하는 자들만이 살아남게 되었습니다. 새로 만들어진 종교의 가장 큰 특징은 '진화'였습니다. 교리의 모순이 발견되면 교리가 수정됩니다. 제의나 형식, 기타 종교적인 부분이 생활에 불편함을 가져오면 그것도 수정되거나 제외됩니다. 종교에서 '절대'라는 개념은 존재하지 않았고, 모든 것은 상대적이며 변화 가능한 것이었습니다. 땅의 정령들이 정신적으로 의지할 수 있는 사상이 되고, 국가와 인종, 직업 등을 초월하여 하나가 될 수 있도록 만들어주는 근거가 되며, 그들의 생활과 문화 속에 거부감 없이 침투할 수 있는 만능열쇠가 되기 위해 종교는 끊임없이 진화하였습니다. 그것은 마치 살아 있는 생물과도 같았습니다. 종교는 여러 번의 진화를 거쳐서 땅의 정령의 단일국가에 적응했고, 결국 다른 사상을 모두 대체하는 절대자로 군림할 수 있었습니다. 그들에게 필요한 학문을 제외하고 종교의 교리와 모순되는 일부 학문들은 종교 외적인 영향력을 통해 제거되었습니다. 결국 땅의 정령들은 하나의 종교, 하나의 믿음 아래 통일되었습니다.

종교는 그들이 주장하는 결론을 도출시키기 위해 합리적인 과정을 만들 필요가 없습니다. 숫자 여러 개를 더해 정답을 만들어내는 과정을 설명할 필요 없이 답을 가르치고 외우라고 하면 그만입니다. 무조건적인 믿음을 강요할 수 있습니다. 그 믿음이 자신과 가족, 사회에 이로운 것이라면 누구나 쉽게 믿을 수 있고, 몇 세대가 지나가면 예외는 거의 사라집니다. 일부 그 종교의 부족함이나 결함을 찾아내는 땅의 정령이 있다면, 그를 성직자로 만들어서 자신이 찾은 문제의 답을 만들어내도록 하였습니다. 그 과정을 통해서 종교는 한 차례 더 진화할 수 있었고, 비판적인 땅의 정령들을 종교의 틀 안에서 수용할 수 있었습니다. 종교를 통한 종족 전체의 지배는 매우 훌륭한 시스템이었습니다. 교리에 따르라고 말하기만 하면 모든 것이 이루어졌습니다.

그들의 종교를 이해하자, 인간들의 민주주의나 공산주의, 물의 정령들의 국가통제시스템이 얼마나 결점 많은 통치 체제인지 알 수 있었습니다. 난 국가통제시스템이 인류의 절망적인 미래가 되지 않을까 하는 걱정을 했던 적이 있습니다. 국가통제시스템은 내가 알고 있는 것 중에서 가장 완벽하게 사회구성원을 통제할 수 있었기 때문입니다. 하지만, 누군가 국가통제시스템의 실체를 폭로하면 사회에 균열이 발생할 수 있고, 극단적인 경우 폐쇄적인 사회는 무너질 수도 있습니다. 그리고 국가통제시스템은 지역이나 문화, 민족성이 다른 사람들을 지배하기 어렵습니다. 그래서 국가마다 차이가 있었던 것이고 사회 실험 결과가 필요했던 것이죠. 그러나 종교는 다릅니다. 종교는 모든 것을 포용하여 지배할 수 있습니다. 만일 종교를 이용한 지배형태가 나타난다면, 아마도 그것이 인류의 마지막 정치형태가 아닐까 하는 생각이 들었습니다. 긍정적인 방향의 통치라면 최선이 될 것이고, 부정적인 방향의 통치라면 최악이 될 것입니다. 생각하니, 갑자기 무서워지더군요. 정령이 아닌 인간으로 태어나기를 잘했다는 생각이 들었습니다. 우리 인간들이 물의 정령이나 땅의 정령과 같은 일을 겪지는 않겠죠.

이야기를 조금 돌려서 앞으로 가자면, 그 종교의 경전이 땅의 정령을 지구의 지배자라고 가르쳤습니다. 오만하다는 점에서 참 대단합니다. 지구에 살고 있는 생물은 무수히 많습니다. 그들 중 어느 생물도 땅의 정령들이 지구의 지배자이며, 그 권리를 신이 주었다는 데 동의한 존재가 없습니다. 땅의 정령들은 자신들이 동식물을 지배할 권리를 가지고 있다고 주장하는 과정에서 그 어떤 생물과도 협의를 거치지 않았습니다. 오직 그들 종족만이 스스로 동의했을 뿐입니다. 그런데 그들은 자기들이 지구의 지배자라고 주장합니다. 인간이나 코끼리나 사과나무나 돌고래나 그 무엇이 되건 간에, 다른 생물들은 절대그 주장을 인정하지 않을 것입니다. 어떻게 지구가 자기들의 것인 양이야기할 수가 있습니까? 그들이 말한 것처럼 땅의 정령들은 잠시 지구를 거쳐 가는 존재들일 뿐인데, 자기들이 만든 종교의 경전을 인용해서 자기들이 지배자라고 하면서 땅속에서 마음대로 돌을 캐고, 구멍을 뚫고, 다른 동물과 식물을 가두어서 구경하고, 키워서 잡아먹고, 노동력을 착취하는 모습이라니⋯. 나는 기분이 나빠서 더 이상그 사제들과 이야기를 할 수 없었습니다. 조금 지나고 생각해 보니, 내가 기분이 나빴던 이유에 대해 그들 탓만을 할 수는 없었습니다. 인간과 땅의 정령은 어딘가 닮은 점이 있었기 때문입니다.

사제들과 헤어지고, 머리를 식힌 뒤에 나는 그들의 은행 겸 환전소겸 보석상에 들어갔습니다. 그곳에서 은행 업무를 하는 정령들을 만났습니다. 나는 그중 가장 높은 정령에게 금과 은을 약간 주어서 환심을 사고 그들의 경제 체계에 관한 상세한 설명을 들을 수 있었습니다.

땅의 정령들은 단일 화폐를 사용합니다. 단일 화폐 경제는 많은 장점이 있습니다. 외환거래 및 이자율 계산 및 주식, 채권의 개념이 우리와 다릅니다. 땅의 정령은 파생상품이 없으니 그 설명은 제외하겠습니다. 한 가지 더 차이점을 이야기하자면, 그들은 항상 현금거래를 원칙으로 합니다. 물론 귀금속을 이용한 비공식 거래가 있지만, 그 이야기는 조금 뒤에 하도록 하겠습니다.

먼저 단일 국가라는 것과, 화폐의 가치가 언제나 동일하다는 것은 외환거래에 따른 환차익에 대한 위험을 완전히 제거할 수 있습니다. 환전을 통해 돈을 버는 직업이 사라진 것은 안 됐지만, 먼 거리를 이동하는 상인들은 환율의 등락여부에 상관없이 안정적인 상품의 가치를 인정받을 수 있게 되었습니다. 외환거래로 인해 피해를 본 인간들의 국가가 매우 많았던 과거를 볼 때, 이것은 큰 장점이라고 할 수 있습니다.

이자율 계산의 기본 형태는 우리와 같지만, 그들은 돈을 빌릴 때 정부가 고시한 이자율을 적용받습니다. 그리고 이 이자율은 매달 바뀝니다. 그것은 정부가 실물 화폐량 및 가상 화폐량을 조절하기 때문입니다. 예를 들어 실물 화폐의 총 이자율이 10%라면, 가상 화폐는 실물 화폐의 10%만 존재합니다. 땅의 정령들은 적정량의 화폐량을 유지하여 경제를 통제하기 위해 매월 변경된 이자율을 고시합니다. 적정량이 어느 정도인지 알 수 없지만, 정부의 고시를 어긴 이들은 심한 처벌을 받는다고 알고 있습니다.

주식과 채권은 인간들의 시스템과 비슷합니다. 하지만, 각 주식이나 채권은 정부가 고시한 상한가와 하한가가 있습니다. 아무리 가격이 오르거나 떨어져도 그 범위를 벗어나지 못합니다. 주식투기로 인한 대박이나 패가망신은 없습니다. 그들은 정확하게 설명해 주지 않았지만, 내 추측에 의하면 주식이나 채권도 가상화폐로 취급하여 정부가 통제를 하는 느낌이 들었습니다. 모든 주식이 상한가이거나 하한가인 경우도 정부의 예측범위 내일 것입니다. 그래서 그들은 시세차익을 목적으로 주식거래를 하는 일이 거의 없습니다. 그들은 기업의 지분보유를 위한 목적으로 주식을 거래합니다. 채권 역시 자금조달 목적으로만 사용됩니다. 정부가 그대로 통제를 하는 한, 금융시장은 큰 문제가 발생하지 않을 것 같습니다.

단일 화폐를 사용하는 현금거래 원칙 및 실물 화폐와 가상 화폐의 총액을 정부에서 통제할 수 있다는 것은 각 거래들의 흐름을 파악하기가 쉽다는 뜻입니다. 몰래 부를 모으거나 부정적인 방법으로 거래하는 것이 거의 불가능해집니다. 특히 그들 세계에서 화폐를 모으는 정령은 국가 경제의 순환을 막는 자로 낙인찍힙니다. 돈이란 한곳에 쌓여 있는 것이 아니라, 필요한 자를 거치면서 돌고 돌아야 한다는 것이 그들의 생각입니다. 부의 축적을 방지할 수 있도록 화폐 총액을 알 수 있는 체계가 만들어진 것인지, 화폐 총액을 설정하고 그 안에서 국가의 경제가 원활하게 돌아갈 수 있도록 그런 생각이 퍼진 것인지는 모르겠습니다. 그러나 의도에 상관없이 부의 축적을 경멸하는 사고방식과 화폐의 원활한 흐름은 그들의 경제규모가 제한적인데도 유동성과 활기를 제공하는 역할을 하고 있습니다.

화폐의 총액을 설정하는 것은 의외로 간단합니다. 땅의 정령들의 인구 수에 따라 화폐 발행량을 조절하는 것입니다. 오랜 역사 속에서 그들은 신뢰할만한 실험을 몇 차례 하였고, 대략적으로 땅의 정령 한 명이 태어나서 죽을 때까지 사용하는 화폐량을 산출해내었습니다. 유아기, 성장기, 성인기, 노년기로 나뉘는 시기 동안 정령 한 명이 사용하는 화폐량을 계산한 뒤, 실물 화폐량을 이와 동일하게 발행하고, 가상 화폐량을 정해진 기준에 따라 발행합니다. 일반적으로 사용화폐량은 유아기보다 성장기에 증가하고, 성장기보다 성인기에 증가하지만, 노년기에는 감소합니다. 그 기간 및 인구에 맞춰서 화폐량을 발행하면 화폐총액은 자연스럽게 계산이 됩니다. 그리고 화폐 총액의 범위 안에서 국가의 경제가 유지되는 것입니다. 이유 없는 전염병이 돌거나 인구의 감소 등으로 인한 문제가 발생하면 그들은 실물화폐의 양을 줄이거나 이자율 변경을 통해 가상 화폐의 양을 줄입니다. 인간들의 사회에서는 어려운 일이지만, 우수한 단일국가 체제를 유지하고 있는 땅의 정령들은 가능한 일입니다.

그는 여기까지 말하고 나를 돌려보내려고 했습니다. 그러나 항상 모든 일은 예외가 있고, 비공식적으로 할 수 있는 이야기들이 있는 것 아니겠습니까? 그래서 나는 농장에서 몰래 잡아온 지렁이와 사금을 뇌물로 더 주었습니다. 당신의 일지에 땅의 정령들은 금, 은, 귀금속에 약하다는 말이 있어서 좀 챙겨 갔는데, 귀금속류가 그토록 유용하게 쓰일 줄 몰랐습니다. 황금은 대화보다 소중한 의사소통수단이란 것을 다시 깨달았습니다. 그는 두 번 거절하다가 외부에 아직 알려지지 않은 비밀스러운 이야기를 내게 해 주었습니다.

일부 경제계획도시는 새로운 경제실험을 하고 있었습니다. 인간 사회로 말하면 자본주의와 공산주의가 절충된 형태의 구조라고 할 수 있습니다. 그 도시의 정령들은 사유재산이 없습니다. 그 대신 매일 일정량의 가상 화폐를 공급받고, 이를 사용하면서 살아가게 됩니다. 일상생활을 하면서 필요한 용역과 재화는 대부분 매일 공급받는 화폐만으로 구입이 가능합니다. 즉, 생업에 종사하면서 돈을 벌어야 할 이유가 없는 것입니다. 그러나 정령들도 인간처럼 욕심이라는 것이 있습니다. 평범한 재화와 용역만을 제공하는 사회는 좋은 음식을 먹거나 좋은 집에 살거나 좋은 옷을 입고 싶은 욕심들은 통제할 수 없습니다. 어리석은 자들은 욕심을 버리게 하기 위한 사회실험을 하지만, 그들은 어리석지 않았기 때문에 정령 본연의 욕심을 인정하고 이를 사회 안에서 긍정적으로 해소하는 방법을 찾고 있었습니다. 네 가지의 다른 방법을 통해 그것을 실험하고 있다고 하는데, 나와 이야기한 정령은 한 가지 방법만을 알고 있었습니다.

용역과 재화는 1등급과 2등급으로 구분되어 있습니다. 2등급은 사용에 제약이 없습니다. 하지만, 1등급 재화나 용역을 사용한 정령은 일정기간 동안 지급받는 일일 화폐량이 감소되는 것입니다. 쉽게 말해서 매일 10단위의 화폐를 받는 정령이 1등급 주택에서 하루 동안 거주하게 되면, 5일간 7단위의 화폐를 받는 식입니다. 먼저 즐기고 나중에 대가를 지불한다는 점에서 인간들이 사용하는 금융대출과 유사한 개념이지만, 채무자는 돈 떼일 염려가 없고, 채권자는 돈을 갚지 못할 걱정이 없는 방법입니다.

이것은 고급재화나 용역에 대한 사적 소유가 이루어지지 못하게 하는 방법이기도 합니다. 정령들도 인간들처럼 누구나 멋진 집에서 좋은 음식을 먹으면서 살고 싶은 욕심이 있습니다. 현실 사회는 그런 삶을 소수만이 누릴 수 있지만, 그 도시의 정령들은 누구나 선택에 의해서 그런 삶을 살아갈 수 있습니다. 일시적이라고 생각할 수 있지만, 이 세상 모든 것이 마찬가지입니다. 아무리 좋은 집을 법적으로 소유했다고 해도, 그 집에서 수백 년을 사는 사람은 없지 않습니까? 그들에게 하루나, 인간들에게 몇 십 년이나 길게 보면 비슷합니다. 고급재화나 용역을 원한다면, 가질 수 있습니다. 자신의 욕심을 쉽게 채울 수 있다면, 오히려 그에 대한 갈망은 줄어들게 됩니다. 내가 돈을 모아서 좋은 집에서 살아야지라는 욕심으로 부를 축적하면서 사회나 타인에게 줄 수 있는 해악을 줄일 수 있는 방법입니다. 그는 내게 말하기를 이런 제도를 통해서 부의 양극화를 줄이고, 상대적인 박탈감을 최소화하며, 정령의 욕심을 사회적으로 포용할 수 있다고 주장했습니다. 아무나 명품을 소유하게 되면, 그것은 명품으로의 가치가 없기 때문에 더 이상 욕망의 대상이 되지 않는다는 논리인 것입니다. 그는 자랑스러운 듯이 말했지만, 그 실험이 가능한 이유가 우수한 통제가 가능한 체제가 존재하고, 부족한 용역이나 재화를 외부에서 조달 가능하기 때문이라는 진실은 내게 감추었습니다. 그리고 내게 다른 세 가지 방법은 말해 주지 않았습니다.

　나는 충분히 이야기를 들었다고 판단해서 밖으로 나오려다가, 문득 다른 생각이 들었습니다. 그들의 사회는 화폐의 총량을 통제하는 사회인데, 내가 준 뇌물을 어떻게 사용할 수 있는가 하는 것입니다. 현금거래가 원칙이고, 실물화폐와 가상화폐가 모두 통제되는 사회에서 일부 가치 있는 귀금속이 물물교환을 가능하게 한다는 것에 대해 궁금해졌습니다.

그러자, 그는 그가 알고 있는 사실들을 간단하게 말했습니다. 그들의 경제체계가 정상적으로 유지되기 위해 가장 중요한 것은 위조 화폐를 발행하지 못하게 하는 것입니다. 그들의 화폐는 작고 동그란 금속이었는데, 그 금속은 흔한 금속인 철과 구리의 합금에 성분을 알수 없는 용해제를 섞어서 만든 것입니다. 그리고 화폐제조자들이 식별할 수 있는 코드를 명기하여 사회에 유통시킵니다. 화폐에 귀금속을 쓰지 않는 이유와 귀금속이 가치 있는 이유는 땅의 정령이 본능적으로 가지고 있는 귀금속에 대한 욕심 때문입니다. 그들은 금이나 은, 보석을 좋아합니다. 이 본능만큼은 아무리 사회가 발달해도 유지되었습니다. 만일 화폐를 귀금속으로 만들었다면, 정령들은 화폐를 유통시키는 대신 보관했을 것입니다. 그래서 화폐는 흔한 금속으로 제조가 되었던 것입니다. 그리고 정부가 통제하지 못하는 사각에서 귀금속은 그 단위와 순도만큼의 화폐와 거래가 가능합니다. 정부에 의해 측정되지도, 통제되지도 않는 비공식적인 화폐의 역할을 하고 있는 것입니다. 강한 통제와 종교를 통한 주입식 교육, 엄격한 처벌과 신고제도를 운영해도 종족 특유의 본능은 제어가 불가능했습니다. 귀금속을 향한 그들의 탐욕은 금융시장에서 돈을 쫓는 인간들의 탐욕과 맞먹을 정도였습니다. 난 땅의 정령계는 그들의 종교가 모든 것을 지배하는 위대한 존재가 되었다고 생각했는데, 꼭 그렇지는 않았습니다. 그들도 귀금속을 소유하는 것이 개인이나 사회에 도움이 되지 않는 다는 것을 알고 있었지만, 금과 은을 향하는 맹목적인 물욕은 종교와 사회를 능가했습니다. 그저 갖고만 있어도 좋다는 것입니다. 신에게서 지구의 모든 것을 다스리는 지배자의 권리를 받았다고 주장하면서 다른 동물과 식물을 자기들이 원하는 대로 다루는 고상하고 위대한 종족은 아직도 본능을 극복하지 못했습니다.

나는 이 정도면 경제 체제에 대해서 충분히 파악했다는 생각이 들었습니다. 종교와 경제 이야기를 하니 너무 머리가 복잡했습니다. 그래서 그들의 박물관과 유적지, 문화재를 구경하러 다녔습니다. 다른 정령계는 형태가 불명확하지만, 땅의 정령계는 형태가 존재하는 것들이 있었기 때문에 인간의 입장에서 구경할 것이 많았습니다. 박물관에서 일하던 정령이 내게 자세하고 친절하게 설명을 해 주었는데, 본 것이 너무 많아서 다 기억은 못하겠고, 기억나는 일부만 이야기하겠습니다.

가장 멋진 것은 그들의 지하신전입니다. 유일하게 햇빛을 반사시켜 주요 건축물을 비추게 만든 대리석 신전은 그들의 종교의 가르침과 경전을 모두 벽에 새긴 것이 특징입니다. 자세히 보면 그들은 점토판을 구운 뒤, 그것을 벽돌처럼 쌓아서 벽을 만들었습니다. 대단한 과학기술입니다. 인간들은 꽤 과학을 발전시켰다고 믿지만, 기록을 보관하는 방법 중에서 구운 점토판에 문자를 새기는 것보다 더 오래 기록을 보존할 수 있는 방법은 거의 존재하지 않습니다. 종이는 금방 썩지 않습니까? 목판도 썩고, 전산자료들도 금속이 산화되거나 녹스는 것을 생각하면 수천 년간 보존하기는 어렵습니다. 그냥 방치한다고 가정했을 때, 구운 점토판보다 더 오래 보존될 수 있는 기록방법은 현대 과학의 입장에서 보아도 거의 존재하지 않을 것입니다. 그런 것을 생각하면, 인류의 과학기술은 그리 발전된 것도 아닙니다. 구운 점토판은 인류 최초의 문명이라고 하는 수메르 시대에 쓰이던 것 아닙니까?

그들은 자신들의 기록을 오래 남기기 위해 신전을 만들었고, 신전은 목적을 잘 수행해내고 있었습니다. 신전 안은 그들에게 경전을 전한 유일신의 석상이 있습니다. 석상뿐 아니라, 지구상의 존재하는 모든 금속과 합금을 이용해서 만든 신의 조각상들이 신전을 가득 채우고 있습니다. 난 금속이 그렇게 많은 줄 미처 몰랐습니다. 내가 보기에는 같은 신을 다르게 조각한 것뿐인데, 그들은 각 조각상들의 표정이나 몸짓 하나하나가 다 다른 의미를 가지고 있다고 말했습니다. 사제들이란 그런 것을 연구하는 것을 직업으로 삼는 존재들이니까 그렇게 보이는 것이라고 생각합니다. 사제라는 특별한 직업을 가진 이들은 신전의 여러 장소에서 신이 원한다고 하는 의식을 치루거나 종교에 관한 토론을 합니다. 사제는 세금을 내지 않고, 노동을 하지도 않습니다. 생업에 종사하지 않지만, 신이 원하는 바를 행하기 위해 신도들에게 돈이나 노동을 요구할 권리도 가지고 있으며, 신도들이 바친 기부금으로 풍족한 생활을 하고 있습니다. 지하신전은 그런 사제 수천 명을 포용할 수 있는 크기입니다. 내가 본 지구상의 그 어떤 신전도 그들의 신전만큼 거대하고 화려하지 않았습니다. 그들은 자기들이 만들어낸 종교의 신인데도, 신을 열광적으로 섬기고 있습니다. 음… 자기들이 만든 신이기에 그렇게 좋아할 수도 있겠군요.

대다수의 인간들은 누구나 갖고 싶어 하지만, 아무도 가질 수 없는 매우 특별한 것도 있습니다. 지하의 광맥과 유전을 모두 기록한 지도가 그것입니다. 그들은 이 지도를 만드는 데 천 년이 넘는 세월이 걸렸고, 지금도 변하는 지형 정보를 갱신하고 있다고 합니다. 어디에 금이 많이 있고, 어디에 어떤 종류의 금속이 있으며, 석유 매장량과 위치 및 각 지층의 특징까지 모두 기록된 이 지도는 도시마다 한 개씩 있으며, 도시의 지도들은 모두 연결되어 있습니다. 한 도시에서 정보를 수정하면 다른 도시의 지도들도 수정된 정보를 반영할 수 있도록 만들어졌습니다. 그들은 이것을 매우 유용하게 사용합니다. 지구의 드러난 땅 모양, 즉 지표만을 그리는 인간의 지도를 보고 그들은 인간이 매우 미개한 존재라고 생각했었다는데, 그들의 생각을 이해할 수 있었습니다. 그것은 인간들의 지도와는 개념 자체가 다른 입체적인 지도였습니다.

그들은 자기들이 원하는 대로 형태가 변하는 금속 장신구들도 전시해 놓았습니다. 그것은 형상기억합금의 일종인데, 온도에 따라서 변하는 것도 있었고, 주변 환경에 따라 변하는 것도 있었습니다. 어떤 쟁반은 근처에 있는 광물의 성분에 따라 변하는데, 금이 근처에 있으면, 금쟁반이 되고, 은이 근처에 있으면 은쟁반으로 변했습니다. 둥근 모양의 팔찌는 온도가 2도씩 올라갈 때마다 조금씩 갈라져서 온도가 높은 곳으로 가면, 아주 가느다란 실 수백 개를 연결해 놓은 것처럼 변합니다. 그들이 불의 정령들과 기술교류를 통해 만들었다는 무기는 그 결정체라고 할 수 있습니다. 불의 정령들의 고유 온도가 조금씩 다른 것은 앞에서 이야기했었죠? 그 온도에 따라서 무기는 검이 되거나 창이 되거나 도끼가 되었습니다. 불의 정령들은 자신이 가장 잘 쓰는 무기를 자신의 체온에 맞춰서 만들었을 것입니다. 이런 무기가 있다면, 누구든지 그 무기를 잡는 순간, 그 무기는 사용자에게 적합한 무기로 변할 것이고, 부족 전체가 언제든지 자신이 원하는 무기를 들고 전쟁에 나갈 수 있었을 것입니다.

그들은 자신들의 노동을 대신할 수 있는 정교한 기계장치들도 보유하고 있었습니다. 그런 기계들이 있다면, 기계를 사용해서 일을 하면 될 텐데, 왜 동물들을 탈 것으로 이용하는지 모르겠습니다. 그들의 주장에 따르면, 이런 기계를 정확하게 만들 수 있는 기술자가 현재 없고, 기계는 극소량이기 때문에 공정한 분배를 할 수 없다고 합니다. 기계들은 그들이 쓰는 경제시스템 내에서 너무 높은 가치를 가지고 있기 때문에 사용하지 않는다고 합니다. 그런 기계를 두 개만 보유하고 있어도 엄청난 자산가가 되는 것이죠. 확실히 그것은 땅의 정령들이 추구하는 경제 개념과 맞는 것은 아닙니다. 그 기계들은 땅을 파거나 광물을 분리하거나 다른 도구를 만드는 일에 쓰입니다. 그들은 기계를 이용해서 전쟁을 하지 않기 때문에 살상용으로 만들어진 기계들은 없었습니다. 그것은 참 멋진 일이라고 칭찬했는데, 나중에 알고 보니, 전쟁기계도 있었다고 합니다. 기관총이나 다이너마이트가 탄생한 기원처럼 그것을 보면 너무 끔찍해서 전쟁을 할 생각조차 하지 않도록 만들어진 것들이었다고 합니다. 전쟁기계를 만든 과학자들은 인간과 달리 자신들의 의도를 충족시켰습니다. 몇 초 만에 수천 개의 금속파편과 용암, 기름을 뿜어대는 전쟁기계들을 본 땅의 정령들은 전쟁과 파괴를 증오하고 두려워하게 되었고, 그것은 결국 모두의 전쟁기계를 폐지하는 합의를 이끌어내는 계기가 되었다고 합니다. 인간은 기관총과 다이너마이트를 개발자의 의도와 좀 다르게 사용했는데, 그 점에서 그들이 좀 부러웠습니다.

그들은 자신들의 조상이 남긴 문화유산을 매우 자랑스럽게 여기고 있었습니다. 그리고 내게 물었습니다. 이 중에서 아는 것이 무엇이 있냐고 말입니다. 나는 당연히 하나도 모른다고 말했습니다. 그러자 나에게 안내를 하던 땅의 정령이 화를 내었습니다.

"네가 지금 우리를 무시하는 거냐? 우리는 인간보다 오랜 역사를 지닌 정령이다. 정령들 중에서 최초로 금속인쇄술을 발명하였고, 다른 정령들과 달리 우수한 문자체계를 가지고 있으며, 가장 다양한 음식을 먹을 수 있고, 가장 우수한 지도를 가지고 있다. 우리 조상들은 매우 훌륭한 정령들이어서 인간들과도 많이 접촉해서 귀금속을 주었고, 금광, 탄광, 유전의 위치에 대한 영감도 주었다. 우리들을 무시하면 안 된다!"

그들의 문화나 오래된 역사가 훌륭한 것은 알겠는데, 그것을 다른 이들이 모두 알아야 할 의무는 없는 것 아닙니까? 잘 모른다고 해서 그들을 무시하는 것은 아닌데 마치 그들은 열등감이라도 있는 것처럼 자신들의 우수성을 강조했습니다.

그런데, 한 가지 의문점이 생겼습니다. 그렇게 잘난 조상을 가진 그들이 최근에 이룩한 위업은 무엇인가 하는 것입니다. 그들이 자랑하는 것은 모두 오래 전의 유산입니다. 유일하게 그들이 수정하는 것은 지도인데, 지도시스템 자체는 천 년 전에 개발된 것입니다. 잘난 조상에 대한 자랑만을 할 것이 아니라, 자신들이 무엇을 했는지 말해야 하는데, 그들은 자신들의 이룩한 업적이나 문화유산에 대해서는 한 마디도 하지 않았습니다. 왜 그들은 조상을 능가하는 발전을 이룩할 생각을 하지 않고, 잘난 과거에 기대어 자기만족을 추구하면서 사는지 알 수 없었습니다. 어쩌면 과거의 조상보다 못한 그들의 현재 모습에 열등감을 느껴서 조상들의 위업만을 자랑하게 만드는지도 모르겠

습니다. 그들은 가장 중요한 것을 잊고 있었습니다. 종족의 위대함이
란 과거의 역사에 의해 평가받는 것이 아니라, 현재 보이는 모습으로
평가받는다는 사실입니다. 제가 보기에 현재 땅의 정령들은 과거의
땅의 정령들만큼 대단해 보이지 않았습니다. 아무리 그들이 자신들의
역사와 문화를 자랑해도, 내 눈에는 그들의 현실만 보일 뿐입니다.

아마 과거의 땅의 정령들과 현재 땅의 정령들이 다른 환경에서 자
라고, 양육문화가 다르며, 가정과 공교육의 변화가 있었기에 차이가
있었던 것 같습니다. 그들의 조상은 뛰어난 공교육을 받았고, 창의성
을 발휘할 기회가 있었습니다. 가정에서 가족들과 상호작용을 하면서
많은 것을 배웠고, 그 배운 것들은 사회에 기여하거나 사회를 발전시
키는 데 사용되었을 것입니다. 그러나 현재 그들은 가정에서 자유로
운 교육을 받는 것이 아니라, 사회구성원으로서 직업교육을 받습니
다. 너무 잘 만들어진 교육제도와 사회제도가 그들의 창의성을 발휘
할 기회를 오히려 줄어들게 하고 있는 것입니다. 배운 대로만 하면 모
든 것이 해결되는 세상은 새로운 것에 도전할 의지를 꺾어버립니다.
배우지 못했던 문제에 직면하고, 스스로 생각해서 문제를 해결해 나
가는 경험이 필요한데, 그들의 교육은 가능한 모든 문제의 답안을 미
리 줘버립니다. 답안을 외우는 것만으로도 인생의 모든 문제가 해결
됩니다. 이런 상황에서는 남과 다른 특별한 무언가가 창조될 수 없습
니다. 국가와 가정의 지원이 그들에게 좋은 직업과 삶의 환경을 제공
해 줄 수 있지만, 다양성과 혁신을 제거해버릴 수도 있습니다. 곤충이
고치에서 나와 탈피를 할 때, 누군가가 몸을 말리는 것을 손으로 도
와주면 그 곤충의 몸은 기형이 되어버립니다.

나는 충분한 유람을 마친 뒤, 사제들에게 여러 가르침을 배웠습니다. 그들은 나에게 금속과 땅을 탐색하는 법, 조종하는 법을 가르쳐주었습니다. 염동력과 사이코메트리를 가르쳐주었으며, 땅속의 존재와 교감하는 법을 알려주었습니다. 내 의식은 원한다면, 언제든지 그들의 지도와 접속할 수 있게 되었습니다. 나는 고통을 참는 법과 지구의 존재들과 화합하는 법, 나를 낮추는 겸손, 다른 존재를 존중하는 법, 약자에 대한 사랑과 자비를 배웠습니다. 종교적인 맹신이 가져오는 잘못을 배웠고, 한때 잘 나갔던 과거에 집착하는 자들이 현재 얼마나 초라한 모습으로 보이는지 알게 되었습니다. 종족이나 국가수준의 영적의식이 어떻게 현실에 작용하는지 알 수 있었고, 인간들이 몰랐던 지구 내부의 비밀을 알게 되었습니다. 나는 그들에게 작별인사를 하고 집으로 돌아왔습니다.

땅의 정령계와 바람의 정령계는 정반대의 차원이었고, 나는 바람의 정령계로 가기 위해 인간세상에서 적응하는 시간이 필요했습니다. 땅의 정령계로 가기 위한 영혼의 무게는 무거워야 했고, 바람의 정령계로 가기 위한 영혼의 무게는 가벼워야 했습니다. 한 번에 무게를 모두 털어내기는 힘든 일이었습니다. 나는 바람의 정령왕을 만났습니다. 나는 그들의 선민사상에 대해서 이야기했습니다. 그는 한 종족이 마치 지구의 지배자인 양 다른 종족을 괴롭히고, 그 희생 위에 자신의 문명을 쌓아올리는 것은 정말 잔인한 짓이라고 말했습니다. 그 악덕이 그 종족을 멸망케 하는 업보가 될 것이라고 말하면서 슬퍼했습니다. 그는 종교에 대한 이야기를 자세하게 듣자, 더 이상 말할 필요가 없다면서 내 말을 막았습니다. 그는 다른 정령계는 참고할 만한 곳이 되지 않으니, 인간들의 세상에 대해 간단하게 말해달라고 했습니다. 그래서 나는 그가 원하는 대로 말해 주었습니다.

인간들의 세상은 4정령의 모습을 모두 갖추었고, 이곳에서 몇 십 년만 살아가면, 4개 차원의 정령들이 수백 년에 걸쳐서 배우는 지식과 감정을 모두 배울 수 있다고 말했습니다. 긍정적인 것이나 부정적인 것을 모두 포함해서…. 그러자 그는 인간들은 사차원의 정령들이 가진 부정적인 면도 모두 가지고 있냐고 물었습니다. 나는 그렇다고 말했습니다. 그는 인간들이 그토록 악한 면을 다 가지고 있다면, 자연의 실수로 태어난 존재가 아니냐고 물었습니다. 나는 딱히 대답할 말을 찾지 못했습니다. 그러자 그가 웃으면서 농담이라고 말했습니다. 그는 인간세상은 선과 악의 기회가 넘치는 곳으로 악을 극복함으로써 가장 많이 성장할 기회를 가질 수 있는 차원이라며 인간들을 부러워했습니다. 동전이 크다는 것은 어느 한쪽이 아닌 양면이 모두 크다는 것을 의미하는데, 인간들은 동전 같은 세상에서 살고 있기에 선이 크면 악도 크고, 타락할 기회가 많다면, 성장할 기회도 많다고 했습니다. 다만, 인간들은 자신들이 그런 기회를 가진 존재들인지 깨닫지 못한다고 말했습니다. 나는 그에 동의했습니다. 그것은 나조차도 몰랐던 것이니까요. 그리고 나는 그에게 마지막 작별인사를 했습니다. 인간들이 선한 선택을 하도록 충고하는 것이 나의 역할이다. 나는 더 많은 인류가 이 복잡한 세상에서 한 번이라도 더 많은 선한 선택을 하도록 노력할 것이라고 말했습니다. 그는 떠나는 나에게 축복을 내려주었습니다.

떠나는 일행

산초는 긴 이야기를 마쳤다. 존은 만족스러운 눈길로 산초를 보았다.

"축하하네. 자네의 성장은 우리와 함께 할 역량을 갖추었음을 보여준다네."

"솔직히 말할게요. 난 당신이 약간 미친 사람처럼 보일 때가 많았어요. 이 모든 것을 겪고 나니까 당신을 이해할 수 있게 되었어요. 하지만 다른 사람들 눈에는 내가 미친 사람처럼 보이겠지요."

"이제 약속한 이야기를 해야 되겠군. 일단, 어떤 사건으로 최초의 빅 파더가 나타났는지, 우리의 할 일은 무엇인지, 우리와 같은 사람들이 얼마나 있는지, 일단 우리의 기원부터 이야기를 하는 것이 순서겠군."

존은 남은 차를 모두 마셨다. 그리고 부드럽게 산초의 눈을 응시하면서 말했다.

"중세 유럽 수도원에서 다른 종교의 서적과 경전, 기록을 관리하는 사제가 있었어. 그는 모든 종교가 지향하는 절대선이란 결국 하나이고, 세상의 종교들은 그 절대 선을 추구하는 방법의 차이일 뿐이라는 진리를 깨달았지. 그로 인해 수도원장과 마찰이 생겼고, 그는 수도원에서 쫓겨났어. 그는 북유럽과 그리스, 이집트, 중동, 인도 등을 여행하면서 자신의 생각에 확신을 가졌지. 그는 많은 수행을 통해서 지금의 우리 정도 되는 능력을 갖추게 되었다네. 그러던 중 보통 사람은 들어갈 수 없는 환각으로 보호받고 있는 숲을 보았다네. 그는 그 숲으로 들어갔지. 그곳에는 한 남자 마법사가 악마와 계약을 해서 큰 성과 작은 신전 일곱 개를 짓고 있었어. 사제는 그들을 돕는 조건으로 숙식을 제공받았다네. 7개의 신전이 완성되었고, 사제는 그 신전에서 여러 신들의 가르침을 받았다네. 사제는 인류를 이끌 영적 지도자 수준으로 성장했지. 성이 완공되자, 남자 마법사는 허무하게 죽어 버렸고, 악마는 그의 영혼을 취했지. 그 악마는 사제를 유혹했다네. 무슨 소원이건 모두 들어 줄 테니, 죽은 뒤에 자신을 위해서 300년만 일해 달라고."

"광야에서 악마가 예수를 유혹한 이야기를 듣는 것 같군요."

"그분은 우리의 기원과 상관이 없는 분이지. 그분이 했던 것처럼 그 사제도 악마의 유혹을 거절했어. 거절한 것에 그치지 않고 그는 대단히 높고 신성한 정화의 진동을 발산해서 그 악마를 소멸시켜 버렸지. 우리는 날려버렸다고 표현해. 사제가 날려버린 악마는 메피스토의 화신이었어."

"메피스토? 『파우스트』에 나오는 메피스토요?"

"그래, 맞아. 원래는 기원전 1만 년 이전에 지구에서 살았던 반신 같은 존재였는데, 결국 교만을 다스리는 악마가 되어 버렸지. 화신이 입은 피해는 그와 연결되어 있던 메피스토 본체에게도 심각한 충격을 주었지. 메피스토는 강력한 한 방을 얻어맞고, 인간 기준으로 100년 이상을 회복하지 못했지. 그 진동은 메피스토의 차원을 부수고, 그에게 갇혀 있던 여러 영혼들을 탈출시키기도 했어. 여러모로 메피스토는 그 사제에게 원한을 갖게 되었지. 그는 자신의 화신이 소멸당할 것을 두려워해서 부하 악마들을 시켜서 그를 괴롭히게 했어. 사제는 악마와 싸우면서 자신의 뒤를 이을 후계자들을 키웠지. 그들은 빅 파더라고 불렸어. 그와 그의 제자들은 인간들이 선한 방향으로 발전할 수 있도록 적극적으로 인간들에게 개입했지. 악마들은 반대로 인간들이 악한 방향으로 가도록 활동했어. 그러자 중간에서 그들을 지켜보고 있던 또 다른 존재들이 사제와 악마를 중재했어. '너희들의 노력은 인간의 자유의지를 제한한다. 인간들은 자유의지에 의해서 자신들을 발전시켜야 할 우주적 의무를 가지고 있는 존재이다. 너희들의 지나친 개입은 오히려 인간들의 발전에 해가 된다.'고 말했지. 그들은 아주 오래 전부터 인류의 균형과 발전을 위해 노력해온 '센티넬'이라는 존재들로 고대 신의 가르침을 받은 후예들로 구성된 비밀 조직이지. 지금도 세상을 위해 보이지 않는 곳에서 노력하는 자들이야. 그들은 우리 인류보다 오래된 위대한 문명도 일부 가지고 있지. 그들의 노력으로 사제와 그의 제자들, 메피스토의 부하들은 가능한 인간의 자유의지를 존중하고 직접 개입하는 것을 피하기로 약속을 했어.

왜 센티넬이 악마의 편을 드는지 궁금하지? 오직 선만이 가득한 세상에서 인간은 매우 느리게 발전해. 하지만 선악의 갈림길에서 힘들지라도 선을 택하면 영혼은 크게 발전할 수 있지. 단기간에 많은 경험을 통해 인간의 영혼이 발전하기 위해서는 장애물인 악도 필요해. 필요하니까 신이 창조해낸 것이지. 악마도 신의 법칙 안에 존재하는 피조물 중의 하나야. 인간의 발전을 돕기 위한 악마의 역할은 천사들의 역할만큼이나 중요하지. 그러나 인간이 선이 아닌 악을 선택하면 영혼이 올바로 성장하지 못하고, 심지어 퇴보할 수도 있어. 그래서 선과 악은 미묘한 관계인거지. 인간의 발전을 최우선적으로 여기는 센티넬은 악의 존재를 말살시키면 안 된다고 판단한 거야. 결국 그들은 약속을 했어. 간접적으로 자신들이 원하는 바를 추구하기로⋯. 사제는 사람이기에 늙어서 죽었고, 그 후계자는 계속 이어져 내려왔지. 사제가 새로운 사람으로 바뀔 때마다 악마도 새로 태어나서 그 사제에 맞추어 진화했어. 가장 최근에 각성한 사제가 산초, 바로 자네일세."

"멋진 이야기를 나누고 있었군."

산초의 뒤에서 낯선 목소리가 들렸다. 처음 보는 남자 세 명이 산초의 침대와 바닥에 앉아 있었다. 산초는 말하지 않아도 그들이 어떤 사람들인지 알 수 있었다. 그중에서 가장 나이가 많아 보이는 사람이 말했다.

"우리는 나름의 신념이 있다네. 신을 돕고 더 나은 우주를 만들겠다는 것이지. 신은 우주를 몇 번씩 반복해서 창조한다네. 이전의 있던 잘못을 토대로 그 잘못이 보완된, 더 나은 우주를 만드는 것이지. 우리는 그에 기여하는 것을 보람으로 생각한다네."

"만나서 반갑군요. 우리 외에 다른 사람이 있냐는 질문에는 답을 들을 필요가 없네요. 온다고 미리 말했으면 음식이라도 준비해 뒀을 텐데."

"만찬이 없는 것은 늘 아쉬운 일이지. 하지만, 친구가 있다면 그 아쉬움은 즐거움으로 바뀔 수 있다네. 우리의 기원에 대한 이야기가 궁금하다면, 우리는 그 이야기를 자네에게 해 줄 수 있지."

산초는 이야기가 길어질 것을 직감하고, 사람 수에 맞추어 코코아를 타왔다. 그들 중 가장 나이가 많아 보이는 사람이 품에서 호두를 넣어 구운 쿠키를 꺼내면서 입을 열었다.

"좀 지루할 수도 있어. 하지만 자네의 상상력을 자극하면서 들어보면 아주 재미없는 이야기만은 아닐 거야. 음… 아니 이야기보다는 직접 체험하는 편이 이해가 더 빠르겠군."

그 남자는 산초에게 다가오라는 손짓을 하였다. 산초는 그의 앞에 앉았다.

"우리에게는 시간이 별로 없어. 가면서 모든 것을 알려주도록 하지."

"아까 전부터 계속 떠나야 한다고 말을 하는데, 어디로 떠나는 겁니까?"

"음… 내가 사제가 날린 진동에 의해서 메피스토의 차원이 부서졌고, 그와 계약을 맺은 영혼 중 일부가 탈출했다고 말했었지?"

"그랬죠."

"그중 하나가 메피스토의 화신을 소환했다네. 실수인 것처럼 보이긴 하는데, 어찌 되었건 메피스토의 화신이라면 현 지구상에서 대단히 강력하고 위험한 악마지. 그래서 우리가 그 악마를 날려버리러 가야 해."

"교황청이나 아까 말한 센티넬이나 다른 사람들은 모르나요?"

"알고 있지. 그렇지만, 오랜 인연이 있으니 우리 손으로 처리해 주는 것이 예의 아니겠나?"

"메피스토⋯. 진짜 악마와 싸움을 하러 간다는 말이죠⋯?"

"그래. 뭐 긴장은 하지 마. 알고 보면 별거 아냐. 우리가 이길 거니까. 누가 악마를 날려 버릴 것인가에 대해 우리끼리 내기를 하자고! 점심이라든가, 저녁이라든가⋯."

산초는 잠옷을 벗고, 외출복으로 갈아입었다. 그리고 배낭을 꾸리기 시작했다. 존과 세 명의 남자는 서로 안부를 물으면서 담소를 나누었다. 산초는 준비를 마치고 그들 앞에 섰다. 다소 긴장한 그의 모습을 본 존이 산초에게 다가와서 말했다.

"편하게 생각해. 그냥 악마 구경하러 가는 거라고."

"음⋯ 만일의 경우를 생각해서 내 유언이 될 만한 교훈적인 말을 남기고 가고 싶은데, 시간이 충분하지 않군요."

"아, 그런 것을 원한다면 초안을 잡아 줄 수 있어."

존은 헛기침을 한 뒤, 산초의 목소리를 흉내 내면서 말했다.

"세상을 살아가는 것은 어려운 일입니다. 가난, 질병, 전쟁, 증오로 가득 찬 세상을 보면서 왜 나는 이런 지구에서 태어났는가, 신은 왜 이런 세상을 만들었는가, 라고 생각하며 우리가 알 수 없는 어떤 존재를 원망하고 미워할 수도 있습니다.

우리가 스스로 선택해서 이곳에 태어났다고 생각하십시오. 지금은 알 수 없지만, 우리에게는 목적이 있었을 것입니다. 그러니 그 목적을 찾고 여러분이 원하던 바를 이루어내십시오. 우리가 태어난 이유가 고통받기 위해서는 아닙니다. 일시적인 고통을 회피하기 위해 작고 초라한 물질적 이익에 인생의 전부를 바치지 마십시오. 여러분들의 위대함과 물질적 이익은 비교대상 자체가 되지 않습니다. 여러분은 용감하고 정의로운 존재이고, 위대한 우주의 살아 있는 역사입니다. 여러분이 뿌린 씨앗은 여러분에게 혹은 여러분이 사랑하는 이에게 열매를 줄 것입니다. 행복과 즐거움의 열매를 맺는 씨를 뿌리십시오. 지금 행하는 정의와 용기 있는 행동은 결국 나와 내가 사랑하는 이들을 위한 최고의 선물이 될 것입니다.

내가 남보다 조금 더 우수하다고 자만하지 마십시오. 여러분이 우수하게 태어난 이유는 남을 무시하고 그 위에 올라서기 위함이 아니라, 그 우수함으로 남을 돕기 위해서입니다. 어리석은 교만함을 여러분의 소중한 인생에 담지 마십시오. 여러분의 인생은 그런 가치 없는 것에 내어줄 여유를 가지고 있지 않습니다. 질투, 불만, 증오 등 모든 악덕들도 마찬가지입니다. 그런 것들을 생각하는 데 쓰여야 할 당신의 시간은 너무 아깝습니다.

먼 곳에서 들려오는 사회문제도 관심을 가지십시오. 내가 지금 살고 있는 나라는 마약문제가 없고, 총기문제가 없으며, 기아문제가 없다고 하여 다른 나라의 고통받고 있는 사람들을 외면하지 마십시오. 나보다 어려운 이들을 돕고자 하는 것은 충실해도 되는 선한 본능입니다. 거액의 기부금을 내는 것이나 현지에서 그들을 위해 일하는 것만이 전부는 아닙니다. 여러분의 입장에서 할 수 있는 최선을 다해서 인간들의 사회가 지금보다 나아지도록 노력해야 합니다. 그들도 여러분과 같은 인간들입니다. 우리가 베푼 도움이 더욱 커져서 우리에게 돌아올 수 있습니다. 믿을 수 없겠지만, 인류는 수많은 인간들의 총칭이 아니라, 복잡하고 다양한 면면을 가진 하나의 개체입니다.

당신은 위대한 존재입니다. 사회가 엉망이고, 취업이 어렵고, 연애도 안 되고, 공부도 안 되고, 돈이 없다고 해서 움츠러들지 마십시오. 당신의 행복한 인생은 아직 시작되지 않았을 뿐입니다. 주변의 힘든 환경에 굴복하지 마십시오. 당신은 그 환경을 극복하고 이겨내기 위해 태어났고, 충분한 능력을 가지고 있습니다. 자신을 과소평가하지 마십시오. 당신은 정말 대단한 사람입니다. 가장 극적인 드라마의 주인공이고, 우주의 역사에 길이 남을 영웅이 될 수 있습니다. 스스로를 믿지 못하겠다면, 당신을 믿는 나를 믿으십시오. 내 안목은 틀림없습니다. 첫걸음을 내딛을 때는 혼자지만, 언젠가 당신과 같은 선택을 한 좋은 친구들을 만날 것입니다. 시간이 더 지나면 당신 곁에 내가 함께 할 것입니다.

행동을 통해 여러분은 원하는 것을 해낼 수 있습니다. 행복한 인생을 살아갈 수 있습니다. 당신과 함께 모두가 행복한 사회 속에서 살아갈 수 있도록 당신이 가진 시간과 노력을 조금만 나누어 주십시오. 부탁드립니다."

작가 후기

　이 책은『돈키호테』와『걸리버 여행기』의 구성을 토대로 만들어졌고, 조지 오웰의 '빅 브라더'에서 이름을 따온 작품으로 현대의 사회적인 문제를 우화적으로 표현하기 위해 만들었습니다. 아쉽지만, 그때나 지금이나 우리를 힘들게 하는 것은 크게 변하지 않았습니다. 글을 쓰면서, 저는 스스로에게 물어본 적이 있습니다.

　"난 분명히 수백 년 전의 외국소설을 다시 쓰는 것 같은데, 왜 현대 이야기를 쓰는 것 같은 기분이 드는 거지?"

　제목이면서 자주 등장하는 '빅 파더'가 무엇을 가리키는 단어냐고 제게 물어볼 사람이 있을 것입니다. 제가 생각한 빅 파더의 뜻은 두 가지입니다.

　첫 번째는 지도자가 원하는 것을 국민이 원하도록 만드는 교묘한 통치체제를 뜻하는 것입니다. 이 통치체제는 조지오웰의 빅 브라더보다 더 우리에게 해롭고 강력할 것이라는 생각이 들었고, 그것은 지금 진행 중일지도 모른다는 생각도 들었습니다. 우리가 미리 알고 대응해서 그런 끔찍한 세상을 만들지 않기를 바라는 마음에서 글의 제목으로 정했습니다.

두 번째는 인류를 선의 길로 이끄는 소수의 선구자들을 정의하는 말입니다. 그들은 언제 어디서나 늘 존재했을 것입니다.

시간이 지나서, 빅 파더라는 단어가 유명해진다면, 두 가지 뜻 중의 하나로 고유명사화될 지도 모르겠습니다. 만일 그렇게 된다면, 저는 두 번째 뜻만이 세상에 남아 있기를 원합니다.

그리고 가능하면 다음 권의 분량이 줄어들기를 바랍니다. 현대 사회를 살아가는 사람의 입장에서 사회문제를 다룬 소설의 소재가 늘어난다는 것은 유쾌한 일이 아니기 때문입니다.

다음 작품에서 계속 뵐 수 있기를 바라겠습니다.